光文社古典新訳文庫

小公女

バーネット

土屋京子訳

光文社

Title : A LITTLE PRINCESS
1905
Author : Frances Hodgson Burnett

挿絵／E・F・ベッツ

小公女◎目次

小公女（しょうこうじょ）

このたび初（はじ）めて語られるセーラ・クルーのすべての物語（ものがたり）

物語の全体像

物語の背景に、文字にならなかったお話がどれほどたくさん隠れているか。そのことに気づいている人が多いのか、そうでないのか、わたしにはわかりません。どれほど多くの部分が語られないままに眠っているのか。読者が手にして読みふけっている本に書かれていることのほかに、どれだけの物語がほんとうは存在したのか。物語というものは、手紙に似ています。手紙を書いたあとで、書き忘れたことを思い出して、「ああ、なぜあのことを知らせてあげなかったのだろう」と思うことは、たびたびあるのではないでしょうか。本を書くとき、作家はその時点で頭の中にあることをすべて物語るのですが、もしもほんとうに起こったことをすべて書きつくそうとしたら、本はどこまで書いても終わらないでしょう。どんな物語も、行間にさらに別の物語が潜んでいます。それはけっして文字にならない部分で、察しのいい読者が推察するだけのものです。物語を書く作家自身にも、すべての物語が見えているとはかぎりません。ときには語り忘れた物語に気がついて、もういちど本を書きなおせたら、と思うこともあります。

わたしが「セーラ・クルー」の物語を書いたとき、ミンチン先生の学校ではわたしが執筆中に発掘したよりもはるかにたくさんのことが起こっていただろうということは想像していました。どの場面でも、たくさんの章に溢れんばかりのエピソードがあったにちがいないとわかっていました。そして、「セーラ・クルー」の本をもとにして劇の脚本を書きはじめ、それを『小公女』と名付けたとき、三幕ぶんたっぷりのエピソードを新しく発掘したのです。ことに興味深かったのは、ミンチン先生の学校でわたし自身もそれまで名前さえ知らなかった女の子たちが何人も見つかったことでした。ロティという名前の小さな女の子が見つかりました。おもしろい女の子です。お腹をすかせた皿洗いの女の子もいました。この子はセーラに憧れる友人でした。アーメンガードは、初めに見出したときよりずっと愉快な子でした。「セーラ・クルー」の本ではまったく語られていませんでしたが、屋根裏部屋にもいろいろなエピソードがありました。メルキゼデクという名の紳士はセーラの親しい友で、ちゃんと間に合うタイミングで出てきてくれていたならば「セーラ・クルー」の本に登場してしかるべき存在でした。メルキゼデクもベッキーもロティもミンチン先生の学校の住人で、なぜ最初からわたしの前に出てきて存在を主張しなかったのか、不思議なくらいです。いずれもセーラに負けない存在感があり、物語の影の世界からちゃんと出てきて「わたしはここにいますよ。わたしのことを書いてください」と言わなかったのは、まったく不注意としか言いようがありません。でも、とにかく、出てきませんでした――それは彼らの落ち度であって、わたしの落ち度ではありません。物語の中に住む登場人物たちは、最初からちゃんと出てきて作家の肩をたたき、「もしもし、わたしのことは書いてくれましたか?」と声をかけるべきなのです。そうしないのなら、それはほかの誰の責任でもなく、彼ら自身の怠惰や怠慢こそ責められるべきなのです。

ニューヨークで『小公女』の舞台がかかり、たくさんの子供たちが舞台を見てベッキーやロティやメルキゼデクを気に入ってくれたおかげで、出版社から、前の本には書いてなかったエピソードや登場人物をぜんぶ入れてセーラの物語をもういちど書き直してみませんか、というお話があり、そのようにしました。書きはじめてみると、劇にも登場しなかったエピソードが何ページぶんも次々に出てきて、見つかったことをすべて入れて書きなおした結果、今回の新しい『小公女』が完成しました。

フランシス・ホジソン・バーネット

第1章　セーラ

　どんより暗い冬の日、ロンドンの街は黄色い霧に重苦しく閉ざされていた。街灯には灯がはいり、店のショーウィンドーは夜のようにガス灯で明るく照らされていた。そんなロンドンの大通りを、風変わりな容貌の女の子が父親と二人、馬車に乗ってゆっくりと進んでいく。

　女の子は座席の上に膝をたたんですわり、父親にもたれるようにして腕に抱かれたまま、大きな目を見開いて、通りを行きかう人々を妙に大人びた思案顔で眺めている。

　その表情は、こんな幼い女の子が小さな顔に浮かべるには、いささか不似合いに見えた。一二歳の女の子の表情だったとしても、ずいぶんませて見えただろうが、セーラ・クルーはわずか七歳だった。しかし、実際には、セーラはいつも夢想したり風変わりなことを空想したりしている子で、物心ついたころから大人たちのことや大人の世界のことをいつもあれこれ考えていた。そして、自分でも、ずいぶん長く生きてきたような気がしていた。

このときのセーラは、父であるクルー大尉と二人でボンベイ[1]から船に乗って旅してきたことを思い出していた。大きな船のこと。甲板を黙って行き来していた〈ラスカー[2]〉たちのこと。暑い甲板で遊んでいた子供たちのこと。若い将校の奥さんたちのこと。将校の奥さんたちは、セーラにいろいろ話をさせるように仕向けては、それを聞いて笑ったものだった。

セーラの頭を占めていたのは、灼熱の太陽に照らされるインドにいたと思ったら、次には大洋の真ん中にいて、それからこんどは見知らぬ乗り物に乗って昼間なのに夜

1　現在のムンバイ。
2　一六世紀から二〇世紀初頭のインド人水兵。

みたいに暗い見知らぬ街の通りを進んでいくなんて、なんと不思議なことだろう、という思いだった。考えるとわからないことだらけで、セーラは父親にますます身を寄せた。

「お父様」セーラはささやくように低くいわくありげな声で、そっと言った。「お父様……」

「なんだい？」クルー大尉は娘を抱き寄せて、顔をのぞきこんだ。「セーラは何を考えているのかな？」

「ここが、その場所なの？」セーラはますます父親に身を寄せて、小声で言った。

「ここがそうなの、お父様？」

「そうだよ、セーラ。ここだよ。ようやく着いたね」わずか七歳だったけれども、セーラには父親の声に込められた悲しみがわかった。

〈その場所〉（セーラの中では、いつも〈その場所〉と呼んでいた）のことを父から聞かされるようになったのは、もう何年も前だったような気がする。母親はお産で亡くなったので、セーラは母親を知らないし、恋しいと思うこともなかった。若くてハンサムでお金持ちでセーラを甘やかしてくれる父親が、この世でただ一人の身寄りらしかった。セーラと父親はいつもいっしょに遊び、とても仲が良かった。セーラが父親のことをお金持ちだと知っていたのは、子供が聞いていないと思って大人たちが話しているのを耳にしたことがあるからで、大人たちの話からすると、セーラ自身も大きくなったらお金持ちになるらしかった。でも、お金持ちというのがどういうことなのかは、よくわからなかった。セーラは小さいころからずっと美しいインド式の平屋建ての邸宅に住んでいて、多くの召使いたちから頭を下げてうやうやしく挨拶されるのに慣れていたし、「お嬢様」と呼ばれるのにも慣れていた。そして、なんでも自分の思いどおりにさせてもらっていた。おもちゃもあったし、ペットもいたし、「アーヤ」と呼ばれるインド人の乳母にもかしずかれていた。そして、だんだん大きくなるにつれて、お金持ちというのはこういう生活をしている人たちのことなのだと理解するようになっていった。でも、セーラが知っているのは、それだけだった。

まだ年端もいかないセーラではあったが、ひとつだけ、心を悩ませることがあった。それが、いつか連れていかれることになっている〈その場所〉のことだった。インドの気候は子供にはとても悪いので、子供たちはできるだけ早いうちにインドを離れて、たいていはイギリスの寄宿学校へ送られることになっていた。セーラも、ほかの子供たちがインドを離れていくのを見ていたし、そういう子供たちの両親がイギリスの学校に入れた息子や娘から届いた手紙の話をしているのを聞いたこともあった。だから、自分も行かなければならないとはわかっていた。父親から聞かされる船旅の話や行ったことのない国の話を魅力的だとは思ったけれど、父親といっしょにいられなくなると思うと、心安らかではなかった。

「お父様も〈その場所〉にいっしょに行けないの?」五歳のころ、セーラはそう尋ねたことがあった。「お父様も学校に行けないの? わたし、お父様のお勉強をお手伝いしてあげるわ」

「でもね、セーラ、そんなに長いあいだのことではないんだよ」いつも父親はそう答えるのだった。「セーラは、すてきな学校へ行くんだよ。そこには小さい女の子たちがたくさんいて、いっしょに遊べるんだ。お父様は本をいっぱい送ってあげるよ。セーラはぐんぐん大きくなるから、一年たったかどうかもわからないくらいあっという間にりっぱな賢い大人になって、帰ってきて、お父様のお世話をできるようになるよ」

　そのことを考えると、セーラはうれしかった。お父様のために家を切り盛りすること。お父様といっしょに馬に乗り、お父様がディナー・パーティーを開くときにはテーブルの最上席に着き、お父様とおしゃべりをして、お父様の本を読む――それこそ、セーラが何よりも望む暮らしだった。それを実現させるためにイギリスの〈その場所〉に行かなければならないのならば、覚悟して行くしかない。

　ほかの女の子たちにはさほど興味はなかったけれど、本さえたっぷりあれば、がまんできると思った。セーラは何よりも本が好きで、実際、自分でもいつもすてきな主人公がいっぱい登場するお話を作っては、自分にそのお話を語り聞かせて遊んでいた。たまには父親にお話を聞かせてあげることもあり、父親もセーラと同じくらいにお話を楽しんでくれるのだった。

「それじゃ、お父様」と、セーラは小さな声で言った。「〈その場所〉に着いたのなら、覚悟を決めるしかないわね」

父親は、娘のませた物言いを聞いて笑いだし、娘にキスをした。父親自身は正直言って「覚悟を決める」心境にはとうていなれずにいたのだが、そのことは口にするわけにはいかないと思っていた。この風変わりな愛娘セーラは、父親にとって大切な話し相手だった。インドに戻ったあとは自宅に帰っても自分を出迎えてくれる白いドレス姿の娘がいないのだと思うと、ひどくわびしい気がして、父親は娘を両腕でぎゅっと抱きしめた。馬車は、目ざす建物がある大きくて陰気な感じの広場へはいっていった。

それは大きくて陰気な感じのレンガ造りの建物で、広場に面して並んでいるほかの建物もみなそっくり同じ外観だったが、表の玄関扉にはぴかぴかの真鍮の表札がかかっていて、黒い文字でこう刻まれていた。

ミンチン上流女子寄宿学校

「さあ、着いたよ、セーラ」クルー大尉はできるだけ晴れやかな声を出した。そして、セーラを抱えて馬車から降ろし、二人で玄関の階段を上がって、呼び鈴を鳴らした。あとになって、この建物はミンチン女史にそっくりだわ、と、セーラはたびたび思ったものだった。りっぱで、家具類も上等だけれど、何もかもが醜いのだ。ひじ掛け椅子でさえ、中に硬い骨がはいっていそうに見えた。玄関ホールにあるありとあらゆるものがぎすぎすした感じで、ほこりひとつなく磨きあげられていた。片隅にある背の高い置き時計のお月様の顔をした文字盤でさえ、赤い頬は見せかけだけで、ほんとうは冷酷そうに見えた。二人が招き入れられた応接室に敷かれたじゅうたんは四角い模様だったし、椅子も角ばった形で、どっしりした大理石でできた暖炉の上の棚には、どっしりとした大理石の時計が鎮座していた。

硬いマホガニー製の椅子に腰をおろしながら、セーラはすばやくあたりを見まわした。

「お父様、わたし、ここ、好きじゃないわ」セーラは言った。「でも、兵隊さんは、勇敢な兵隊さんでさえも、ほんとうは戦場へ行きたくないものだ、って言うし……」

これを聞いて、クルー大尉は笑いだしてしまった。クルー大尉は若くてユーモア好きな人で、セーラの風変わりな物言いをこよなく愛していた。

「ああ、セーラはかわいいねえ」大尉は言った。「そういうまじめな話をしてくれる人がいなくなったら、お父様はどうすればいいのだろうね？　セーラみたいなまじめな人は、どこにもいないよ」

「でも、どうしてまじめなことなのに、お父様はそんなに笑うの？」セーラが聞いた。

「セーラのそのまじめなおしゃべりが、とってもおもしろいからだよ」ますます笑いながら、父親が答えた。と思ったら、突然、クルー大尉はセーラを両手で抱きしめて、激しくキスの雨を降らせた。笑い声はすっかり消えて、目は涙ぐんでいるように見えた。

ちょうどそのとき、ミンチン女史が部屋にはいってきた。この家とそっくりの人だわ、と、セーラは思った。背が高くて、堅苦しくて、大仰で、醜くて。ミンチン女史は大きくて冷たくて無感情な目をしていて、笑顔も大きくて冷たくて無感情だった。セーラとクルー大尉の姿を見たミンチン女史は、満面の笑みを作ってみせた。若きクルー大尉について、ミンチン女史は、この学校を大尉に推薦してくれた貴婦人から望ましい話をいろいろ聞いていたのだ。その中には、大尉が金持ちで愛娘のためなら惜しまず大金を出すだろう、という話も含まれていた。

「クルー大尉、このように美しくて前途有望なお嬢様をわたくしどもにお任せいただけるとは、たいへんに光栄なことでございますわ」ミンチン女史はセーラの手を取ってさすりながら言った。「お嬢様がずばぬけて聡明でいらっしゃることは、レディ・メレディスからうかがっております。聡明な生徒は、わたくしどものような学校にとっては大いなる宝でございます」

　セーラはミンチン女史の顔をじっと見つめたまま黙っていた。例によって、風変わりなことを考えていたのだ。

「どうしてわたしのことを美しい子供だなんて言うのかしら？」と、セーラは考えていた。「わたし、ちっとも美しくなんかないのに。グレインジ大佐のお嬢さんのイザベルなら、美しいわ。えくぼができるし、ほっぺはバラ色だし、長い髪は金色だし。でも、わたしの髪は黒くて短いし、目はグリーンだもの。それに、わたしは痩せっぽちで、色白でもないし。わたしみたいに醜い子供は見たことがないくらいだわ。この人、初めから嘘をついてる……」

　とはいっても、醜いというのは、セーラの思いこみだった。たしかに連隊一の器量良しといわれるイザベル・グレインジとは似ても似つかぬ風貌だったけれども、セーラにはセーラなりの独特な魅力があった。セーラはほっそりとしなやかなからだつきで、歳のわりには背が高く、どこか思いつめたような、人の心をひきつけずにはおかない顔をしていた。豊かな髪は深々とした黒色で、先端だけがカールしていた。瞳はたしかにグリーンがかったグレーだったが、大きくて魅力的な目で、黒くて長いまつ毛にびっしりと縁どられ、セーラ自身はそんな瞳の色が好きではなかったけれど、そのグリーン・グレーの瞳が好きだという人もたくさんいた。それでも、セーラは自分が醜い小さな女の子であると強く思いこんでいて、ミンチン女史にお世辞を言われても少しも得意な気分にはならなかった。

「この先生のことを美人だなんて言ったら、それは嘘になるわ」と、セーラは考えていた。「嘘で自分をごまかすことはできない。わたしもこの人と同じで、醜いと思う——この人とはちがう意味で、だけれど。どうして、この人はあんなことを言ったのかしら？」

後日、ミンチン女史のことをもっとよく知るようになってから、セーラはなぜミンチン女史があんなことを言ったのかがわかった。学校に子供を預けにきた親たちに向かって、ミンチン女史はいつも同じことを言っていたのだ。

父親がミンチン女史と話をしているあいだ、セーラは父親のそばに立って聞いていた。セーラがこの上流女子寄宿学校に連れてこられたのは、レディ・メレディスが二人の娘たちをこの学校に入れており、クルー大尉がレディ・メレディスの見識をおおいに信頼していたからだった。セーラはいわゆる「特別寄宿生」として扱われることになっていた。しかも、ふつうの「特別寄宿生」とはちがって、もっと大きな特権を与えられることになっていた。セーラには美しい寝室と専用の居間が与えられ、ポニーと馬車が付き、インドで身の回りの世話をしてくれた「アーヤ」のかわりに小間使いが付くことになっていた。

「この子の教育については、まったく心配しておりません」クルー大尉は明るい声で笑い、セーラの手を取ってやさしくたたきながら言った。「むしろ、勉強しすぎることのほうが心配なくらいで。この子はいつも本に食らいついているんです。本を読むんじゃないんですよ、ミンチン先生。まるで小さなオオカミが本をむさぼり食うような勢いなんです。いつも新しい本に飢えていて、しかも大人が読むような本を欲しがるんです。難しくて分厚い本を。英語だけでなく、フランス語でも、ドイツ語でも読みます。歴史の本、伝記、詩、何でも来いです。読書ばかりしているときは、本から引き離してやってください。ロットン通り[3]あたりでポニーを乗りまわすか、ショッピングに出かけて新しい人形でも買うように仕向けてやってください。この子は、もっと人形遊びをしたほうがいい」

「お父様」セーラが口を開いた。「でもね、二、三日ごとに新しいお人形を買いに出かけていたら、お人形が増えすぎて、かわいがってあげられなくなっちゃうわ。お人形は、とっても仲良しのお友だちでなくちゃいけないのよ。エミリーはわたしの大の親友になるの」

　クルー大尉とミンチン女史は顔を見合わせた。

「エミリーというのは誰ですか？」ミンチン女史が尋ねた。

「お話ししてあげなさい、セーラ」クルー大尉がほほ笑みながらうながした。

セーラのグリーン・グレーの瞳に大まじめな、そしてとても優しい表情が浮かんだ。

「エミリーはお人形だけど、まだ手に入れていないんです」セーラは話した。「お父様が買ってくださることになっているお人形です。これから二人で探しに行くんです。その子はエミリーという名前で、お父様が行ってしまったあとはエミリーがわたしのお友だちになるんです。エミリーは、お父様のことをお話しする相手になってくれるの」

ミンチン女史の大きくて無感情な顔が、いかにもわざとらしい笑顔になった。

「なんと独創性にあふれたお嬢様でしょう！」ミンチン女史が言った。「なんとかわいらしいお子様なんでしょう！」

3　ロンドンのハイドパークの南側を通る一・四キロ弱の広い道路。一八世紀から一九世紀にかけて、ここを騎馬や馬車で通る遊びが上流階級のあいだで流行した。

「そうなんです」クルー大尉がセーラを抱き寄せながら言った。「この子は、ほんとうにかわいらしい子です。しっかり面倒を見てくださるようお願いしますよ、ミンチン先生」

それから数日のあいだ、セーラは父親といっしょにホテルに泊まった。父親がふたたびインドへ向けて出航するまで、セーラは父親といっしょに過ごした。二人は外に出かけては、大きな店をあれこれ見て歩き、たくさんの買い物をした。実際、セーラが必要とするよりはるかに多くの品物を買った。クルー大尉は娘に甘すぎる人の好い若い父親で、娘が喜ぶものなら何でも与えてやりたいと思ったし、自分が気に入ったものも何でも娘に与えてやりたいと思ったので、二人で買い物をしまくった結果、セーラは七歳の女の子としてはぜいたくすぎるほどの衣装持ちになった。高価な毛皮で縁取りしたベルベットのドレスを何着も。レース地のドレスも何着も。刺繍をしたドレスも多数。それに、大きくてふわふわしたダチョウの羽根飾りがついた帽子。アーミン[4]のコートやマフ[5]。小さな手袋やハンカチやシルクの靴下を何箱も。あまり大量に買うので、カウンターの奥に立つ若い売り子たちは、あの大きくて真剣な目をした風変わりな女の子はきっとどこか外国のプリンセスにちがいない、たぶんインドのラージャ[6]の娘だろう、などと小声で噂しあったのだった。

　ようやくエミリーが見つかるまでに、二人はたくさんのおもちゃ屋をのぞき、数えきれないほどたくさんの人形を見て歩いた。

「お人形じゃないみたいな子がいいの」セーラは言った。「わたしが話しかけたときに、ほんとうに聞いているみたいに見える子が欲しいの。ねえ、お父様、お人形で残念なのはね」――と言って、セーラは小首をかしげて思案顔になった――「お人形で残念なのは、お話をちっとも聞いていないように見えることなの」そういうわけで、二人は大きな人形や小さな人形、黒い目の人形や青い目の人形、茶色の巻き毛の人形や金髪をおさげに結った人形、ドレスを着ている人形や着ていない人形など、いろいろな人形を見て歩いた。

4　オコジョの冬の白くつやつやした毛皮。とても高価。
5　毛皮などを筒状に縫った婦人用の防寒具。両端から手を入れる。
6　インドの王様や領主。

「ねえ、お父様」セーラは服を着ていない人形をあちこちひっくり返して見ながら言った。「エミリーを見つけたときに、もしドレスを着ていなかったら、仕立屋さんに連れていって、ぴったりのお洋服を仕立ててもらえばいいわね。仮縫いをしたほうが、ぴったり仕上がると思うわ」

何軒か店を見て歩いてもエミリーが見つからなかったので、二人は馬車を降りて店のショーウィンドーをのぞきながら歩き、馬車にはあとから付いてこさせるようにした。二軒か三軒の店を中も見ずに通り過ぎたあと、さほど大きくない店に向かって歩いていたとき、セーラが突然ハッとして父親の腕をつかんだ。

「ああ、お父様！　エミリーがいたわ！」

セーラの頰に赤みがさし、グリーン・グレーの瞳が大好きな親友の姿を見つけたときのような表情になった。

「ほら、あそこでわたしたちを待っているわ！　お店にはいってエミリーのところへ行きましょう」

「いやはや」クルー大尉が言った。「誰かに頼んで正式に紹介してもらったほうがいいのじゃないか、という気になるね」

「お父様がわたしを紹介するの。そして、わたしがお父様を紹介してあげるわ」

セーラが言った。「でも、わたし、見た瞬間にエミリーだってわかったの。だから、きっと、エミリーもわたしのことがわかっていると思うわ」

　おそらく、エミリーはセーラのことをわかっていたのだろう。セーラが腕に抱きとった人形は、たしかにとても知的な目をしていた。エミリーは大きな人形だったが、抱いて連れ歩くのに困るほど大きくはなかった。自然にカールした茶色がかった金色の髪がマントのように肩に垂れかかっていて、瞳は深く澄んだグレー・ブルーで、柔らかくて濃いまつげは線で描いたものではなく本物のまつげだった。

「そうよ、まちがいないわ」セーラは膝に抱いた人形の顔をのぞきこみながら言った。

「お父様、まちがいないわ。この子がエミリーよ」

　というわけで、エミリーは買い上げられ、実際に子供向けの洋品店へ連れていかれ、寸法を測ってもらい、セーラと同じくらい豪華な衣装をあつらえてもらった。レース地のドレス。ベルベットやモスリンのドレス。帽子やコートや美しいレースで縁取り下着も仕立ててもらい、手袋やハンカチや毛皮製品もそろえてもらった。

「エミリーには、いつもちゃんとしたお母様がいる子のような格好をさせておきたいの」セーラは言った。「わたしがエミリーのお母様よ。でも、エミリーはわたしのお友だちにもなるんだけど」

胸をふさぐ憂いがなければ、クルー大尉にとって、セーラとの買い物はおおいに楽しみなはずだった。しかし、買い物は、つまり、愛する風変わりな小さい相棒との別れを意味するものだった。

その晩、大尉は真夜中にベッドから起き出してセーラの部屋へ行き、愛娘の寝顔を見下ろした。セーラはエミリーを抱いて眠っていた。枕の上にセーラの黒い髪が広がり、エミリーの金茶色の髪とからみあっていた。セーラもエミリーもレースのフリルがついたネグリジェを着て、二人とも長いまつげが頰の上でカールしている。エミリーは本物の子供そっくりに見え、クルー大尉はエミリーがいてくれてよかったと思った。大尉は大きなため息をつき、青年の面影が残る表情で口ひげをしごいた。

「やれやれ、セーラよ」大尉はつぶやいた。「おまえと別れてお父様がどんなに恋しい思いをするか、おまえにはわからないだろうなあ」

翌日、クルー大尉はセーラをミンチン女史の寄宿学校へ連れていった。大尉はその次の朝に船で出航することになっていた。大尉は、イギリスにおける自分の代理をバロー・アンド・スキップワース法律事務所に依頼してあること、何か問題があった場合にはこの事務所に相談してほしいこと、セーラにかかった出費はこの事務所に請求すれば支払ってもらえること、をミンチン女史に説明した。そして、クルー大尉からはセーラあてに週二回手紙を書く、セーラが望むことは何でもすべてかなえてやってほしい、と申し添えた。

「あの子は聞き分けのいい子で、けっして無茶な要求はしません」大尉は言った。

そのあと、クルー大尉はセーラといっしょに小さな専用の居間へ行き、そこで別れをかわした。セーラは父親の膝にすわって小さな両手で父親の上着の襟をつかみ、長いあいだじっと父親の顔を見ていた。

「お父様の顔をおぼえておこうとしているのかい、セーラ?」大尉が娘の髪をなでながら言った。

わした。

「ううん」セーラが答えた。「お父様の顔は、もうおぼえているわ。お父様はセーラの心の中にいるんだもの」そして二人は抱きあい、別れがたい思いを込めてキスをかわした。

馬車が去っていくとき、セーラは自室の居間の床にすわり、両手の上にあごを乗せて、馬車が広場の角を曲がって行ってしまうまで目で追っていた。エミリーも、セーラのかたわらにすわって馬車を見送った。ミンチン女史に言われて妹のアミリア嬢がようすを見にきたとき、セーラの部屋のドアは開かなかった。

「鍵をかけてあります」部屋の中から風変わりな礼儀正しい子供の声がした。「ひとりにしておいていただけませんか」

アミリア嬢は太った不格好な女性で、姉のミンチン女史にまったく頭が上がらなかった。二人のうちではアミリア嬢のほうが性格が良かったのだが、アミリア嬢が姉のミンチン女史に逆らうことはぜったいになかった。アミリア嬢はひどく驚いた顔で階下へもどってきた。

「お姉様、わたし、あんなに風変わりでませた子供は見たことがありませんわ」アミリア嬢が言った。「部屋に鍵をかけて閉じこもったきり、コトリとも音を立てないんですもの」

「足をバタバタ蹴散らしたり泣きわめいたりされるより、ずっとましです。そういう生徒もいますからね」ミンチン女史が答えた。「あんなふうに甘やかされた子だから、さぞや学校じゅうに響きわたるほどの大騒ぎをするだろうと思っていましたけれど。甘やかされ放題というのは、あの子のことを言うのです」

「わたし、あの子のトランクを開けて荷物を片づけたんですけど」アミリア嬢が言った。「あんなのは見たことがありませんわ。コートはセーブル[7]やアーミンの毛皮が使ってあるし、下着には本物のヴァランシエンヌ・レース[8]が使ってあるんですよ。お姉様もあの子の衣装をいくつかご覧になったでしょう？　どう思われます？」

「まるっきりバカげていますよ」ミンチン女史がぴしゃりと言った。「でも、日曜日

7　黒テン。毛皮はとても高価。
8　フランスまたはベルギー産の高級レース。

に生徒たちを教会に連れていくときには、あの子を列の先頭に立たせれば、さぞ見栄えがいいでしょう。何から何まで、まるで小さなプリンセスのような持ち物ですからね」

上の階の鍵をかけた部屋の中では、セーラとエミリーが床にすわり、馬車が曲がって姿を消した角をじっと見つめていた。クルー大尉のほうは、後ろをふりかえり、ふりかえり、いつまでもなごり惜しそうに手を振ったり投げキッスをくりかえしていた。

第2章　フランス語の授業

翌日の朝、セーラが教室にはいっていくと、誰もが興味津々で目を丸くしてセーラを見た。授業が始まるころには、もうすぐ一三歳になる大人気取りのラヴィニア・ハーバートから、まだ四歳で学校で最年少のロティ・リーまで、すべての生徒がセーラについてあれこれいろいろなことを知っていた。セーラがミンチン女史ご自慢の生徒であることも、この学校の誉れとみなされていることも、知らぬ者はいなかった。前の晩にやってきたセーラ専属のフランス人の小間使いマリエットの姿を見た生徒も、一人か二人いた。ラヴィニアはちょうどセーラの部屋のドアが開いているときに前を通りかかり、マリエットが店から夜遅くに届いた箱を開けているところを見た。

「レースのフリルがついたペチコートがいっぱいはいってたわよ。フリル、フリル、フリルだらけ!」ラヴィニアは、地理の教科書を読んでいるふりをしながら親友のジェシーにささやいた。「小間使いがたたみじわを伸ばしているところを見たの。ミンチン先生がアミリア先生におっしゃってたわよ、あの子の衣類は豪華すぎて子供にはバカげてる、って。あたしのお母様は、子供の服はシンプルなのがいい、っておっしゃるわ。あの子、いま、例のペチコートつけてるわよ。さっきすわったときに見えたもの」

「あの子ったら、シルクのストッキングはいてるわ!」ジェシーも地理の教科書を読むふりをしながら、小声で言った。「それに、あの足の小さいこと! あんなに小さな足、見たことないわ!」

「ふん」ラヴィニアが意地悪そうに鼻であしらった。「あれは靴のせいよ。うちのお母様がおっしゃってたけど、腕のいい靴屋に作らせれば、大きい足だって小さく見えるんですって。あの子、ちっとも美人だとは思わないわ。あの目、すごく変な色だし」

「たしかに、いわゆる美人ではないわね」ジェシーが教室の前方をそっとうかがいながら言った。「でも、思わずふりかえって見ちゃうような顔だわ。まつ毛がめちゃくちゃ長いし、目だってほとんどグリーンに近い色してるし」

セーラは席について、静かに教師からの指示を待っていた。席はミンチン先生のすぐそばだった。教室じゅうの生徒たちから注目されても、セーラはどぎまぎすることはなかった。むしろ、ほかの生徒たちに興味を抱き、自分のほうを見ている生徒たちを静かに眺めかえしながら、みんな何を考えているのかしら、ミンチン先生のことは好きなのかしら、勉強は好きなのかしら、わたしみたいにすてきなお父様がいるのかしら、などと考えていた。その日の朝、セーラはエミリーとお父様のことについて長いおしゃべりをしてきたところだった。

「エミリー、お父様はね、いま海を渡っていらっしゃるのよ」セーラは言った。「わたしたち、大の仲良しになって、いろいろなことをおしゃべりしましょうね。エミリー、わたしを見て。あなた、最高にすてきな瞳をしているわね――ああ、でも、あなた、おしゃべりができたらいいのに」

セーラは想像力にあふれ、奇抜なことをあれこれ考えつく子だったので、エミリーは生きていて、ほんとうは話を聞いたり理解したりできるのだ、というふうに空想するだけでも心がとてもなぐさめられるだろうと考えていた。マリエットに学校用の紺色のドレスを着せてもらい、髪に紺色のリボンを結んでもらったあと、セーラは人形用の椅子にすわっているエミリーのところへ行き、本を一冊持たせた。

「わたしが階下へ行っているあいだ、その本を読んでいたらいいわ」人形に話しかけているセーラをマリエットがけげんそうな顔で見ていたので、セーラは小さな顔に真剣な表情を浮かべて説明した。

「お人形ってね、いろいろなことができるけれど、わたしたちには知られないようにしているのよ。たぶん、ほんとうは、エミリーは字が読めるし、お話もできるし、歩くこともできるの。でも、そういうことは、人間が部屋にいないときしかしないのよ。お人形の秘密なの。だってね、もしそういうことができるって人間に知られたら、働かされちゃうでしょう？　だから、きっと、そういうことは秘密にしておこうって、みんなで約束しているんだと思うの。あなたがお部屋にいるときは、エミリーはただそこにすわって前を見ているだけなの。だけど、あなたが部屋から出ていったら、たぶん本を読みはじめると思うわ。それか、窓のところへ行って外を眺めるかも。で、あなたやわたしが近づいてくる足音が聞こえたら、走ってもどってきて、ぴょんと椅子にとび乗って、ずうっとそこにいました、っていうふりをするの」

「おもしろいお嬢様だこと！」マリエットはそうつぶやき、階下に下りたときに女中頭にそのことを話した。とはいえ、マリエットはすでにこの風変わりなお嬢様を好きになりはじめていた。このお嬢様はとても賢そうな小さな顔をしていて、お行儀も完ぺきだった。マリエットが以前にお世話をした子供たちは、こんなにお行儀のいい子たちばかりではなかった。セーラはとてもよくできた子で、「マリエット、お願いがあるんだけど」とか、「ありがとう、マリエット」など、優しく感謝の気持ちを込めて、かわいらしい言葉をかけてくれた。まるでレディにお礼を言うような口調で話しかけてくださるんですよ、と、マリエットは女中頭に話した。

「あのお嬢様にはプリンセスの風格があるわ」と、マリエットは言った。実際、マリエットは新しいお嬢様にとても満足していて、セーラの小間使いになれたことをとても喜んでいた。

セーラが教室で席に着き、ほかの生徒たちの注目を浴びながら数分ほど経ったところで、ミンチン女史が威厳たっぷりのしぐさで教卓をたたいた。

「みなさん、新しいご学友を紹介します」生徒たち全員が起立し、セーラも起立した。「みなさん、ぜひともクルーさんと仲良くしてあげてください。クルーさんはとても遠いところから――インドからやってきて、この学校に入学しました。授業が終わりしだい、みなさんクルーさんとお近づきになるように」

生徒たちは礼儀どおりに頭を下げ、セーラは膝を折って左足を後ろに引くていねいなおじぎをした。そのあと、生徒たちは着席し、ふたたびたがいに顔を見合わせた。

「セーラ」ミンチン女史が教師然とした口調で言った。「こちらへ来なさい」

ミンチン女史は教卓の上にあった本を取り上げて、ページをぱらぱらとめくった。

セーラはおとなしくミンチン女史の前に出た。

「あなたのお父様は、あなたにフランス人の小間使いをつけましたね」ミンチン女史が口を開いた。「それはつまり、あなたにとくにフランス語を勉強してほしい、とい

教室じゅうの生徒たちから注目されても、セーラはどぎまぎすることはなかった。

うご意向なのだと思います」

　セーラは少し困ってしまった。

「ミンチン先生、父がわたしにフランス人の小間使いをつけたのは……それは……わたしがあの小間使いを気に入るだろうと父が考えたからだと思います」

「心配していたとおりですね」ミンチン女史の微笑にはかすかに不愉快そうな色が混じっていた。「あなたはこれまで甘やかされ放題で育ってきたから、何につけ、ものごとが自分の気に入るようになされるものだと思いこんでいるようですが、わたくしが受けた印象では、あなたのお父様はあなたにフランス語を習わせたいと考えておいでです」

　もしセーラがもう少し年長であったなら、あるいは礼儀正しさにこれほど律儀にこだわる性格でなかったなら、二言三言で事情を説明できたことだろう。けれども、セーラは言い返せないまま、顔が赤くなるのを感じた。ミンチン女史は非常に厳格で威圧的な人物であり、セーラがフランス語をまったく知らないと決めてかかっているようなので、その思いちがいをただすことは失礼にあたるのではないか、と、セーラは思ってしまった。実際には、セーラはものごころついたときからずっとフランス語を使ってきた。赤ん坊だったセーラに、父親はよくフランス語で話しかけたものだったし、セーラの母親はフランス人で、クルー大尉は妻の母国語を愛しており、セーラは小さいころからいつもフランス語を耳にし、フランス語に親しんできたのだった。

「わたし、正式にフランス語を勉強したことはないんですけれど……でも……」セーラは遠慮がちに説明しようと口を開いた。

じつは、フランス語が話せないことはミンチン女史のひそかな負い目で、女史はそのようないまいましい事実は隠しておきたいと思っていた。だから、この件についてこれ以上深入りして新入生の無邪気な質問のせいで自分の手の内を見せてしまうことは避けたかった。

「もうよろしい」ミンチン女史は丁寧な口調ながらもぴしゃりと言った。「フランス語を習ったことがないのであれば、すぐに始めなくてはなりません。フランス語を教えてくださるムッシュ・デュファルジュがまもなくおいでになりますから、それまでこの本を見ていなさい」

　セーラは顔がカッと熱くなるのを感じたが、席にもどって本を開いた。そして、真剣な表情で最初のページを見つめた。ここで笑うのは失礼だと思ったし、ぜったいに失礼な態度を取ってはいけないと思っていたけれど、「le pére（ル・ペール）」は「お父さん」という意味で、「la mére（ラ・メール）」は「お母さん」という意味です、と書いてあるページを自分が勉強するなんて、いかにも滑稽に思われた。

　ミンチン女史はセーラを探るように見て、言った。

「セーラ、何か気に入らないのですか。フランス語を学びたくないとは、残念なことです」

「フランス語は大好きです」セーラは答えた。そして、もういちど説明してみようと思った。「でも――」

「何かをしなさいと言われたときに、『でも』と口答えしてはいけません」ミンチン女史が言った。「さっきの本を見ていなさい」

　セーラは言われたとおりにした。そして、「le fils（ル・フィス）」は「息子」という意味で、「le frère（ル・フレール）」は「男のきょうだい」という意味です、と説明してあるところを見ても、笑わないように努力した。

「ムッシュ・デュファルジュがいらしたら、きっとわかってもらえるわ」と、セーラは考えた。

それからまもなくして、ムッシュ・デュファルジュがやってきた。とても感じのいい知的な中年のフランス人男性で、セーラが小さな単語帳を一心に見つめるふりをしている姿を見て、興味をひかれたようだった。

「マダム、こちらはフランス語クラスの新しい生徒ですかな？」ムッシュ・デュファルジュがミンチン女史に話しかけた。「楽しみですな」

「この子の父親のクルー大尉は、この子にぜひともフランス語を習わせたいというご意向なのですが、どうも本人は子供じみた偏見があって、習いたくないようなのです」ミンチン女史が答えた。

「それは残念ですね、マドモワゼル」ムッシュ・デュファルジュは優しい口調でセーラに話しかけた。「いっしょに勉強を始めたら、きっとフランス語は魅力的な言葉だとわかるようになりますよ」

セーラはその場で立ち上がった。自分が不名誉な立場に置かれているような気がして、だんだん必死な気分になってきていたのだ。セーラはムッシュ・デュファルジュの顔を見上げた。グリーン・グレーの大きな瞳が、無垢な子供の必死な思いを訴えていた。自分が口を開けばこの先生はきっとわかってくれる、と、セーラは思った。そして、セーラは美しく流暢なフランス語ではっきりと説明を始めた。ミンチン先生は、おわかりではないのです。わたしは正式に本などでフランス語を勉強したことはありませんけれども、父親や周囲の人たちといつもフランス語をしゃべっていたし、読み書きも英語と同じようにできるのです。父はフランス語が大好きで、だからわたしもフランス語が大好きです。母はわたしを産んだときに亡くなったのですが、フランス人でした。先生が教えてくださることを何でも学びたいと思っていますけれども、この本に出ているような言葉はもう知っているということをミンチン先生に説明したかったのです――そう言って、セーラは小さな単語帳を差し出した。

セーラがフランス語で話しだすと、ミンチン女史はぎょっとした顔になり、セーラが話しおわるまで、怒ったような顔でメガネの上からにらみつけていた。ムッシュ・デュファルジュの顔に、とても満足げな笑みが広がった。かわいらしい子供の声で流暢に話されるフランス語を聞くうちに、まるで母国にもどったような気分になっていた。霧の立ちこめる暗いロンドンにいると、母国フランスがはるか遠い世界に感じられる日々もあったのだ。セーラが話しおえると、ムッシュ・デュファルジュは親愛の情を込めた表情でセーラから単語帳を受け取り、ミンチン女史に向かってこう言った。

「ああ、マダム、この子にはわたしが教えられることはたいしてありません。この子はフランス語を勉強したのではなく、フランス人そのものです。発音は申し分ありません」

「なぜそう言わなかったのですか」すっかり顔をつぶされたミンチン女史が、セーラに向かって声を大きくした。

「わたし……わたし、言おうとしたんです」セーラは言った。「あの……うまく言い出せなくて」

セーラは説明しようとしたし、説明させてもらえなかったのはセーラの落ち度ではない――それは、ミンチン女史にもわかっていた。しかし、ほかの生徒たちが一連の会話に聞き耳をたてていることに気がつき、ラヴィニアとジェシーがフランス語文法の教科書で顔を隠してクスクス笑っているのを見たとき、ミンチン女史は頭にカッと血がのぼった。

「みなさん、お静かにっ!」ミンチン女史は厳しい表情で机をたたいた。「いますぐ静かになさい!」

そして、このときから、ミンチン女史はご自慢の生徒に対して恨みに似た気持ちを抱くことになったのだった。

第3章　アーメンガード

一日目の午前中、ミンチン先生の横にすわらされてまもなく、教室じゅうの視線を浴びながら、セーラはある女の子の存在に気づいた。その子はセーラと同じくらいの年格好で、薄いブルーの鈍そうな瞳でセーラのことを熱心に見つめていた。その子は太っていて、どう見ても利発そうには見えなかったが、人の好さそうなおちょぼ口をしていた。亜麻色[1]の髪はきっちりとした一本の三つ編みにしてあり、先端にリボンが結んであった。その子はおさげの先っぽを顔の前に持ってきて、リボンの端を嚙みながら、机に両ひじをついて、新入りの生徒を感嘆の面持ちで見つめていた。ムッシュ・デュファルジュがセーラに話しかけたとき、その子は少しびくっとしたように見えた。そして、セーラが一歩前に出て、無垢で一途な眼差しでムッシュ・デュファルジュを見上げて、いきなりフランス語で返事を始めると、この太った女の子はびっくりしてとびあがり、あっけにとられたようすで顔を真っ赤にした。この子はどんなに努力してもフランス語の「la mère（ラ・メール）」が「お母さん」で「le père（ル・ペール）」が「お父さん」であることさえ覚えられず――英語はふつうに話せるのに――何週間も絶望のあまり泣き暮らしていたので、自分と同じ歳ごろの子供が「ル・ペール」や「ラ・メール」どころかもっとはるかにたくさんの単語を知っていて、おまけに動詞までとりまぜていともたやすくフランス語を操るのをいきなり耳にして、とても信じられない思いだったのだ。

その子はセーラを夢中で見つめたまま、おさげの先っぽのリボンをせわしなく噛んでいたところを、ちょうど最悪のご機嫌だったミンチン女史に見とがめられ、叱りとばされる羽目になった。

「セントジョンさんっ！」ミンチン女史の厳しい声が飛んだ。「何をやっているので

1 黄色っぽい褐色。

す！　ひじを机からおろしなさい！　リボンを噛むのをやめなさい！　きちんとすわりなさい！　早く！」

セントジョンと呼ばれた子はまたまたとびあがり、ラヴィニアとジェシーにクスクス笑われるといっそう顔を赤くして、頭の鈍そうなあわれな幼い瞳に涙があふれかけた。そのようすがあまりに気の毒だったので、セーラはその子に好意を抱き、友だちになってあげたいと思った。誰かが気まずい思いや嫌な思いをさせられているのを見ると助けに飛んでいかずにはいられないのが、セーラの性分だった。「セーラが男の子で、もう何世紀か前に生まれていたら、抜き身の剣を振りかざして国じゅうを飛びまわっては、苦しんでいる人々を助けたり守ったりしてやっただろうね。人が困っているのを見ると、戦わずにはいられない質だから」と、セーラの父親はたびたび言ったものだった。

そんなわけで、セーラはでぶでのろまで小さなセントジョン嬢が気になり、午前の授業のあいだ、その子に何度も視線を向けて過ごした。見ていると、セントジョン嬢は授業についていくのに苦労しており、どう逆立ちしても先生ご自慢の生徒として鼻高々の扱いを受ける見込みはなさそうだった。フランス語の授業は、気の毒なほどひどかった。セントジョン嬢の発音には、ムッシュ・デュファルジュでさえも失笑を禁じることができず、ラヴィニアやジェシーをはじめとするできる生徒たちはクスクス笑うか、信じられないという蔑みの目でセントジョン嬢を見た。でも、セーラは笑わなかった。セントジョン嬢が「おいしいパン」を「リー・ボング・パング」と発音したときには、聞かなかったふりをした。セーラには激しやすい一面もあって、出来が悪い気の毒な生徒の困った表情を目にして、その生徒がクスクス笑われているのを聞いたりすると、激しい怒りで頭に血がのぼるのだった。

「ちっともおかしくなんかないわ」セーラは教科書をにらみつけながら、小声でつぶやいた。「あの人たち、笑うなんて、ひどい」

授業が終わり、生徒たちがグループに分かれておしゃべりを始めたとき、セーラはセントジョン嬢の姿を探した。そして、窓ぎわに造りつけられたベンチの上で悲しそうに沈みこんでいるセントジョン嬢を見つけ、近づいていって声をかけた。それは、小さな女の子たちが知り合いになるときにふつうに話しかける言葉と何も変わらなかったが、セーラの声や態度には親しみが込もっていて、それはいつも相手に伝わるのだった。

「お名前はなんて言うの？」セーラが話しかけた。

セントジョン嬢は、びっくりした。なにしろ、新入りの生徒というものはさしあたって得体の知れない人物であるし、しかも、この新入りに関しては前の晩に学校じゅうが噂でもちきりになり、全校生徒が興奮と支離滅裂な噂話ですっかり疲労困憊したあげくに眠りについた、といういわくつきの人物だったからである。馬車とポニーと小間使い付きの新入生、おまけにインドから長い船旅でやってきた新入生とくれば、気安く友だちになれるような相手ではなかった。

「あたしはアーメンガード・セントジョンっていうの」女の子が答えた。

「わたしはセーラ・クルーよ」セーラは言った。「あなたのお名前、とってもすてきね。物語に出てきそうなお名前だわ」

「そう思う？」アーメンガードはどぎまぎしながら言った。「あたし……あたしはあなたの名前が好きよ」

セントジョン嬢の最大の悩みは、優秀すぎる父親を持ったことだった。それはもう、恐ろしい災難と思いたくなるほどの不運だった。何でも知っている父親。七つも八つもの外国語を話せる父親。蔵書が何千冊もあって、そのすべてが頭にはいっているらしい父親。そんな父親であれば、娘にせめて学校の勉強くらい身につけてほしいと願うのはあたりまえだった。歴史上の故事を覚え、フランス語の書き取りができるくらいのことを娘に期待したのも、無理はない。アーメンガードは、父親にとって大いなる苦悩の種だった。自分の娘ともあろうものが見るからに愚鈍で何をやらせても秀でたところがないというのは、理解しがたいことだった。

「なんということだ!」父親がアーメンガードを見つめてこう嘆息したのは、一度や二度ではなかった。「あの子は叔母のイライザと同じくらいバカじゃないかと思えてくるね」

物おぼえの悪さ。やっとおぼえたと思ったら、あっさり忘れてしまうお粗末な記憶力。アーメンガードのそんなところは、たしかに叔母のイライザそっくりだった。アーメンガードが学校一の劣等生であることは、否定のしようもなかった。

「あの子には、なんとしてでも知識をたたきこんでやってください」と、アーメンガードの父親はミンチン女史に言った。

そんなわけで、アーメンガードはほとんどいつも恥をかき、涙にくれていた。何を習っても、すぐに忘れてしまう。たとえおぼえていたとしても、理解しているわけではない。だから、セーラに声をかけられたアーメンガードがセーラを感嘆の目で見つめるばかりだったのも、不思議はないのである。

「あなた、フランス語が話せるのね」アーメンガードは尊敬の眼差しで言った。

セーラは、大きくて奥行きのある窓ぎわのベンチに自分もよじのぼり、足を引き寄せて、両膝を両手で抱くようにしてすわった。

「わたしがフランス語を話せるのは、生まれたときからずっと聞いてきたからよ」セーラは答えた。「あなただって、いつもフランス語を聞いていたら、話せるようになるわ」

「ううん、とんでもない」アーメンガードが言った。「ぜったい話せるはずないわ！」

「なぜ？」セーラは不思議そうに尋ねた。

アーメンガードが首を横に振ると、おさげが左右に揺れた。

「あたしのさっきの発音、聞いたでしょ」アーメンガードが言った。「あたし、いつもああなの。発音ができないのよ。フランス語って、すごく変な音なんだもの」

アーメンガードは一息おいてから、畏敬の念を込めた口調で言った。「あなた、頭がいいのね」

セーラは窓の外の薄暗い広場に目をやった。濡れた鉄柵やすすけた木の枝でスズメたちがチョンチョン跳んだりさえずったりしている。セーラは少し考えた。自分はよく「頭がいい」と言われるけれど、ほんとうにそうなのだろうか？　もしそうだとしたら、どうしてなのだろう？

「さあ、どうかしら」セーラは言った。「わたしには、わからないわ」そして、アーメンガードのぽっちゃりとした丸顔に浮かんだ悲しそうな表情を見ると、ちょっと笑って話題を変えた。

「ねえ、エミリーに会いたくない？」セーラが聞いた。

「エミリーって、誰？」アーメンガードも、ミンチン女史と同じように尋ねた。

「わたしの部屋に見にいらっしゃいよ」と言いながら、セーラは手を差し出した。

二人はいっしょに窓ぎわのベンチからとびおりて、二階へ向かった。

「あなた、自分専用の遊び部屋を持っているって、ほんとう？」玄関ホールを通るときに、アーメンガードが小声で聞いた。

「ええ」セーラが答えた。「お父様がミンチン先生にお願いしてくださったの。というのは、あのね、わたし、遊ぶときにいろんなお話を作って、それを自分に話して聞かせながら遊ぶからなの。それで、そういうのをほかの人に聞かれたくないから。聞かれていると思うと、楽しく遊べないんだもの」

このとき二人はセーラの部屋に通じる廊下まで来ていたが、アーメンガードはいきなり足を止め、息まで止まりそうに驚いてセーラを見つめた。

「あなた、お話を作るの⁉ そんなこともできるの？ フランス語が話せるだけじゃなくて？ ほんとうに？」

セーラのほうがかえって驚いて、アーメンガードを見た。

「あら、お話を作るなんて、誰でもできるじゃないの」セーラは言った。「あなたはお話を作ったことがないの？」

そう言った次の瞬間、セーラはアーメンガードの手を押さえて、「ここからドアのところまでは、すごく静かに行きましょう」とささやいた。「それで、わたしがいきなりドアを開けるから。もしかしたら、現場をつかまえられるかもしれないわ」

セーラは半分笑っていたが、その目には謎めいた期待の色があった。アーメンガードには何のことやら見当もつかなかったし、何の現場をつかまえるのか、なぜ現場をつかまえたいのか、ぜんぜんわからなかったけれど、それでも、すっかり心を奪われてしまった。どういう意味にせよ、きっと楽しくわくわくすることにちがいない――期待に胸を躍らせながら、アーメンガードはセーラのあとから廊下を忍び足で進んでいった。二人は、コトリとも音をたてないようにしてドアの前まで来た。そして、セーラがいきなりドアノブを回し、ドアを大きく開け放った。目の前に、きれいに片づいた静かな部屋があった。暖炉には火が穏やかに燃え、すばらしいお人形が暖炉のそばの椅子にすわっている。どうやら、本を読んでいるようだ。

「ああ、現場をつかまえる前に椅子にもどっちゃったのね！」セーラが説明した。

「やっぱりね。いつもそうなの。お人形って、稲妻みたいに素早いのよ」

アーメンガードはセーラの顔を見て、お人形を見て、もういちどセーラの顔を見た。

「この子って……歩けるの？」アーメンガードは息をするのも忘れて聞いた。

「そうよ」セーラが答えた。「少なくとも、わたしはそう信じているの。少なくとも、エミリーが歩けるって思う〈空想ごっこ〉をしているの。そうすると、ほんとうみたいに思えてくるから。あなた、〈空想ごっこ〉って、したことない？」

「ないわ」アーメンガードが答えた。「いちども。ねえ、それってどういうことなの？　教えて」

アーメンガードはこの風変わりな新しい友だちにすっかり魅了されて、エミリーよりもセーラの顔ばかり見つめていた。もちろん、エミリーはこれまで見たこともないほどすてきなお人形だったけれど。

「まず、すわりましょうよ」セーラが言った。「すわってから、話してあげるわ。〈空想ごっこ〉はとっても簡単だから、始めたら、やめられなくなっちゃうの。いつも空想していたくなっちゃうのよ。それに、とっても楽しいし。エミリー、聞いてちょうだい、こちらはアーメンガード・セントジョンさんよ。アーメンガード、こちらはエミリーよ。抱いてみる？」

「うわあ、いいの？」アーメンガードが声をあげた。「ほんとうにいいの？　なんてすてきなお人形なの！」セーラがエミリーをアーメンガードの腕に抱かせた。

昼食の時間を知らせるベルが鳴って階下へ下りていくまでのあいだ、この風変わりな新入生と過ごした一時間は、それまで退屈な短い人生を送ってきたセントジョン嬢にとって、夢にも見たことがないほどすばらしい時間だった。

セーラは暖炉の前の敷物に腰をおろし、不思議な物語を話して聞かせた。背中をちょっと丸めて、グリーンの瞳を輝かせ、頬を紅潮させながら。航海のこと。インドのこと。何よりもアーメンガードの心をとらえたのは、お人形の空想話だった。お人形は歩いたり話したりできること。お人形は人間が部屋にいないときは何でも好き勝手にしていること。でも、お人形の能力は秘密にしておかなければならないから、人間が部屋に帰ってくると、「稲妻のような速さで」もとの場所にもどること。

「わたしたちには、とても無理なことよ」セーラは大まじめに言った。「だって、これは一種の魔法なんだもの」

いちどだけ、エミリーを探していたときの話をするセーラの表情が急に変わったのを、アーメンガードは見た。表情がさっと曇って、瞳から輝きが消えた。セーラはひきつけたように短く息を吸いこんで、悲しそうな音を出した。そして、くちびるをぎゅっと結んだまま黙ってしまった。何かをしようと決意しているか、あるいは何かをするまいと決意しているか――そんな感じに見えた。ふつうの子だったら泣きだすところだ、と、アーメンガードは思った。でも、セーラは泣かなかった。

「どこか痛いの？」アーメンガードは思いきって尋ねてみた。

「ええ」一瞬の間をおいて、セーラが答えた。「でも、痛いのはからだじゃないの」

そのあと、セーラは低い声で言葉を続けたが、それは声が震えないよう努力しているように聞こえた。「あなたは、世界じゅうのどんなものよりもずっとずっとお父様のことを愛している？」

アーメンガードの口が、思わずぽかんと開いた。このようなりっぱな学校に通う生徒として、ぜったいにあってはならないことだとわかってはいるけれど……アーメンガードは、父親を愛することができるなんて、考えてみることすらできなかった。父親と二人きりで一〇分間過ごすことだって、何があってもぜったい避けたいのに。

アーメンガードはひどくきまり悪そうな顔で、口ごもりながら答えた。

「あたし……あたし、お父様とはめったに会わないから……。お父様はいつも書斎にいて……本を読んでいるの」

「わたしはね、この世界全体を一〇倍したよりもっとお父様を愛しているの」セーラが言った。「それが、わたしの痛みなの。お父様が遠くへ行ってしまったから」

セーラは、抱えた膝にそっと頭をのせて、少しのあいだ動かなかった。

この子、いまに大声で泣きだすわ……と思って、アーメンガードはあわてた。

でも、セーラは泣かなかった。短い黒髪が耳のあたりで震えていただけで、じっとすわっていた。そのあと、セーラは顔を伏せたまま話しだした。

「わたし、耐えるってお父様に約束したの。だから、耐えるの。人間は耐えなくてはならないのよ。兵隊さんたちがどんなに耐えているか、考えてみて！　お父様は兵士なの。戦争があったら、お父様は行軍に耐えて、のどのかわきに耐えて、そして、たぶん、深い傷にも耐えなくてはならないの。しかも、お父様は黙って耐えるの。ひとことも弱音を吐かずに」

アーメンガードはただセーラを見つめることしかできなかったが、心の中にセーラに対する尊敬の念が育っていくのを感じていた。この新しい友だちはとってもすばらしい子で、ほかの誰ともちがう子だと思った。

やがてセーラは顔を上げ、顔にかかった黒髪を払いのけて、ちょっとゆがんだ笑顔を見せた。

「こうやっていっぱいお話をして、〈空想ごっこ〉のお話なんかをしていると、耐えるのが楽になるの。忘れることはできないけれど、耐えるのは楽になるの」

なぜだか自分でもわからないままに、アーメンガードはのどに熱いものがこみあげてきて、涙ぐみそうになった。

「あのね、ラヴィニアとジェシーは〈大の親友〉なの」アーメンガードはかすれた声で言った。「あたしたちも〈大の親友〉になれたら、うれしいんだけど。あたしをあなたの〈大の親友〉にしてくれない？　あなたは頭が良くて、あたしは学校でいちばんバカな生徒だけど、でも……でも、あたし、あなたのことがとっても好きなの！」

「うれしいわ」セーラが言った。「人に好かれるって、ありがたいことよ。そうね。わたしたち、仲良しになりましょう。そうだわ、いいことがある！」セーラの顔が、ぱっと明るくなった。「わたし、あなたのフランス語の勉強を手伝ってあげるわ」

第4章　ロティ

もしもセーラがもっとちがった性格の子供だったならば、ミンチン上流女子寄宿学校で過ごしたその後の数年間は、セーラにとってきわめて望ましくないものとなったにちがいない。セーラは生徒の一人というよりも、むしろこの学校の来賓のような扱いを受けていた。もしもセーラがうぬぼれ屋でいばりちらすような子供だったならば、こんなに甘やかされおだてられて過ごしたら、どうしようもなく嫌な子供になっていたかもしれない。あるいは、もしもセーラがなまけ者だったとしたら、学業は何ひとつ身につかなかっただろう。ミンチン女史は内心ではセーラを嫌っていたが、計算高い人間だったので、これほどまでに望ましい生徒が学校を辞めたくなるようなことは態度にも言葉にも出さなかった。セーラが父親に書き送る手紙の中で学校での居心地が悪いとか楽しくないとか訴えれば、クルー大尉がすぐさま娘を学校から引きあげるであろうことは、ミンチン女史は百も承知だった。ミンチン女史の考えでは、子供というものはつねにほめそやして何でも好き放題にさせておけば、そういう扱いをしてくれる施設を気に入るに決まっているのだった。したがって、セーラは勉強のおぼえが速いといってほめられ、行儀が良いといってほめられ、ほかの生徒と仲良くできるといってほめられ、お金がいっぱい詰まった財布から物乞いに六ペンス恵んでやっただけで気前がいいといってほめられた。何でもないことをしただけでも美徳の見本としてほめそやされたから、セーラに気だての良さと聡明な頭脳がそなわっていなかったら、ひどく独りよがりの少女に育っていたかもしれない。さいわい聡明な頭脳がそなわっていたおかげで、セーラは自分自身や自分の置かれた状況について、まともな見方ができた。そして、機会あるごとに、そんな思いをアーメンガードに話して聞かせるのだった。

「人の身に起こることは、偶然だと思うの」セーラは、よくそう言った。「わたしの身には、すてきな偶然がたくさん起こったの。わたしは偶然にも昔から勉強や本が好きだったし、習ったことをおぼえておけたの。りっぱですてきで頭が良くてわたしに欲しいものを何でも与えてくださるお父様を持ったのも、偶然のおかげだと思うの。わたし、性格なんかちっとも良くないかもしれないわ。でも、欲しいものを何でも与えてもらえて、みんなから親切にしてもらえたら、ご機嫌よく暮らせるに決まってるじゃない？　自分でも疑問なのだけれど」――と、ここでセーラはすごく真剣な表情になった――「自分がほんとうに良い子なのか、それともすごく嫌な子なのか、どうやったらわかるのかしら？　もしかしたら、わたし、ものすごく、嫌な子なのかもしれないわ、誰も知らないだけで。だって、わたし、試練に遭ったことがないから」

「ラヴィニアも試練に遭ってないけど、どう見てもすごく嫌な子だわよ」アーメンガードがぼそっと言った。

セーラは鼻の頭をこすって少し考えたあと、口を開いた。

「そうね。たぶん……たぶん、それはラヴィニアが成長期だからだと思うわ」

じつは、セーラはアミリア嬢がラヴィニアのことを成長が速すぎて健康面や情緒面が心配だと言っていたのを小耳にはさんだことがあり、それを思い出して、ラヴィニアに同情的な意見を口にしたのだった。

実際、ラヴィニアは意地悪な子だった。そして、セーラをものすごくねたんでいた。セーラが学校にはいってくるまでは、ラヴィニアは生徒たちのリーダーを自任していた。ただし、ラヴィニアがリーダーでいられたのは、従わない生徒に対してすごい嫌がらせをするからだった。ラヴィニアは小さい子たちに対してはいばりちらし、自分と同じくらいの歳の子たちに対しては尊大な態度に出た。ラヴィニアはそれなりに美人で、上流女子寄宿学校の生徒たちが二人ずつ並んで列になって外出するときは、いちばん見ばえのする服装をしている生徒だった。ところが、そこへセーラが入学してきて、ベルベットのコートにセーブルの毛皮のマフをつけ、ダチョウの羽根が揺れるしゃれた帽子までかぶって、ミンチン女史と並んで列の先頭を歩くようになったのである。それだけでも腹に据えかねることだったが、しばらくするうちに、セーラにはリーダーの器量があることまで見えてきた。しかも、セーラは嫌がらせをしてみんなを従わせるのではなく、嫌がらせをしないからみんなが慕うのだった。

「セーラ・クルーにもいいところはあるわ」ジェシーは正直な感想を口にして〈大の

親友〉をカンカンに怒らせたことがあった。「ねえ、ラヴィー、あの子、自慢をひとつもしないでしょ、自慢できることがいっぱいあるのに。わたし、自分だったら、がまんできずに自慢しちゃいそう……ほんのちょっぴりだけど……あんなにすてきなものをいっぱい持ってて、あんなにちやほやされたら。親たちが学校に来たときのミンチン先生の態度には、うんざりだけど」

「『セーラさん、応接室へ来て、マスグレイヴ様にインドのお話をお聞かせなさい』だって！」ラヴィニアがミンチン女史の特徴を思いっきり誇張してまねてみせた。「『セーラさん、レディ・ピトキンにフランス語でお話ししてごらんなさい。この子の発音は、完ぺきですのよ』とかね。だいたい、あの子のフランス語はこの学校に来てからおぼえたわけでもないし。べつにフランス語ができるからって、頭がいいわけでもないわ。自分でも言ってるじゃない、ちゃんと勉強したわけじゃないんです、って。自然に身についただけよ、父親がフランス語をしゃべっていたから。それに、その父親にしたって、インド駐留の将校のどこがそんなに偉いのよ？」

「だけど……」ジェシーが気のきかない返事をした。「トラを仕留めたんでしょ。

セーラが部屋に敷いてるトラの皮がそうなんだって。だから、あの子、あんなにだいじにしてるのよ。トラの皮の上に寝そべって、頭をなでて、話しかけてるじゃない。まるでネコをなでるみたいにして」

「あの子、いつもバカげたことばかりしてるのよ」ラヴィニアが吐き捨てるように言った。「うちのお母様が言ってらしたわ、あの子の〈空想ごっこ〉はバカげてる、って。大きくなったら変人になるだろう、って」

セーラがけっして偉そうな態度を取らないのは、たしかにそのとおりだった。セーラは友好的な性格で、自分の特権や持ち物を惜しげもなくみんなと共有した。一〇歳や一二歳の上級生たちからしょっちゅうバカにされたり廊下で押しのけられたりしている低学年の生徒たちは、全校生徒の羨望の的であるセーラから泣かされたりしたことは、いちどもなかった。セーラには母親のような優しさがあり、小さい生徒が転んでひざをすりむいたりすると、駆け寄って助け起こし、汚れを払ってやり、ポケットからキャンディーや何かのご機嫌直しを出して与えるのだった。セーラは小さい子たちを押しのけたりすることはぜったいにしなかったし、年端がいかないからといってバカにすることもなかった。

「四歳は四歳なのだから、しかたないでしょう」ラヴィニアがロティをことをもあろうに平手打ちして「チビ」と呼んだとき、セーラは厳しい口調でこう言った。「でも、来年になれば五歳になるし、その次の年には六歳になるわ」セーラは大きな目でラヴィニアを諭すように言った。「あと一六年もすれば、二〇歳になるのよ」

「あらまあ、計算がおじょうずだこと！」ラヴィニアは言った。たしかに、一六と四を足したら二〇になることは否定しようがなかったし、二〇歳という歳は、どんなに怖いもの知らずの生徒でも想像すらできないような大人だったのである。

そんなわけで、小さい生徒たちはセーラを慕うようになった。セーラは何度かお茶会を開き、上級生からバカにされることの多い小さな子たちを自室に招いた。小さな子たちはお人形のエミリーと遊び、エミリーのティー・セットでお茶をいただいた。青い花模様のついたお人形用のカップはお茶がたっぷりはいる大きさで、子供たちはとても甘くて薄い紅茶をいただいた。こんなに本物そっくりに作られた人形のティー・セットを見るのは、みんな初めてだった。その午後を境に、セーラは低学年の生徒全員から女神様や女王様のようにあがめられる存在となった。

なかでもロティ・リーはセーラを熱烈に崇拝するようになったので、セーラが母性あふれる性格でなかったら、つきまとうロティをうっとうしく感じたことだろう。ロティがミンチン上流女子寄宿学校に入れられたのは、無責任な若い父親がこの子をどうすればいいか思案にくれた結果だった。ロティの母親は若くして亡くなり、赤ん坊のころからずっとかわいいお人形のように扱われ、あるいは甘やかされほうだいのペットのサルや愛玩犬のように扱われてきたロティは、あきれるほどわがままな子に育っていた。何か欲しいとき、あるいは何かが気に入らないとき、ロティは大声で泣きわめいた。ロティは「だめ」と言われるものばかり欲しがり、良かれと思われることは何でも拒絶する性格だったので、しょっちゅう学校のどこかでロティの金切り声が響きわたっているというありさまだった。

ロティは、幼くして母親に死に別れた娘はかわいそうだから大切にしてやらなければならない、という話をどこかで聞きつけたらしく、それがロティの最大の武器だった。おそらく、母親が亡くなったあとに大人たちが残された幼いロティのことを話題にしているのを聞きかじったのだろう。ロティはこの知識を最大限に利用した。

　セーラがロティの面倒を見るようになったのは、ある朝、居間の前を通りかかったときに、ミンチン女史とアミリア嬢がかんしゃくを起こしている子をなだめようとしているのを聞きつけたのがきっかけだった。どうやら子供のかんしゃくはおさまりそうもなく、あまりに激しく泣きわめくので、ミンチン女史が――厳格な体面は保ちつつも――思わず大声を張りあげざるをえないような状況だった。

「いったい何を泣いているのです⁉」ミンチン女史の声はどなり声に近かった。

「うわぁ～ん、うわぁ～ん！」という声がセーラの耳に届いた。「お・か・あ・しゃ・ま・が・い・ない・んだ・も～ん！」

「もう、ロティったら！」アミリア嬢の甲高い声が聞こえた。「おやめなさい、ロティ！　泣かないの！　お願いだから泣かないでちょうだい！」

「わぁ～ん、わぁ～ん、わぁ～ん！」ロティは荒れ狂ったように泣きわめいている。

「お・か・あ・しゃ・ま・が・い・な・い～！」

「これはもう、むち打ちです」ミンチン女史が言い放った。「言うことをきかない子

セーラは何度（なんど）かお茶会を開（ひら）き、小さな子たちを自室に招（まね）いた。

は、むち打ちですよ！」

　ロティはますます激しく泣きわめいた。アミリア嬢も泣きだした。そのうちにミンチン女史が雷鳴のごとき大声でどなったと思ったら、いっこうに泣きやまない子供に業を煮やしたらしく、いきなり椅子から立ち上がり、あとをアミリア嬢に押しつけて、部屋から飛び出してきた。

　セーラは玄関ホールで足を止め、部屋にはいっていこうかどうしようか迷っていた。というのも、少し前にロティとは仲良くなっていて、自分ならロティをなだめられるかもしれないと思ったからだ。部屋から出てきたミンチン女史は、そこに立っているセーラを見て不機嫌な顔になった。部屋の外にもれた自分の威厳もへったくれもないどなり声が聞こえただろうと思ったからだ。

「おや、セーラでしたか！」ミンチン女史は笑顔をとりつくろおうとした。

「立ち止まっていたのは、ロティの声だとわかったからです」セーラは説明した。

「もしかしたら……もしかしたら、わたし、ロティをおとなしくさせられるかもしれないと思いましたので。試してみてもよろしいでしょうか、ミンチン先生？」

「そんなことができたら、たいしたものですよ」ミンチン女史は口もとをゆがめて答えた。しかし、自分のとげとげしい言葉にセーラが少しひるんだのを見て、態度を変えた。「まあ、あなたは何をさせてもたいしたものだから」ミンチン女史は態度をやわらげ、「あなたならできるかもしれませんね。部屋へおはいりなさい」と言って、去っていった。

セーラが部屋にはいっていくと、ロティが床に寝ころがって泣きわめきながら太くて短い足をバタバタさせており、うろたえて困りはてたアミリア嬢が真っ赤な顔で汗だくになりながらロティの上にかがみこんでいた。ロティは自宅の子供部屋にいたころからずっと、足をばたつかせて泣き叫べばいつでも自分の要求が通るものだと知っていた。太ったあわれなアミリア嬢は、あの手この手でロティをおとなしくさせようとしていた。

アミリア嬢は、「かわいそうな子ね、お母さんがいなくて、かわいそうに……」と言ったかと思えば、次には口調をがらりと変えて、「ロティ、いいかげんにしないと揺さぶりますよ！　おーよちよち、ほらほら……！　まったく、なんてひねくれた悪い子なの！　憎らしい子ね、たたきますよ！　たたきますからね！」などと言うのだった。

セーラはそっと二人に近づいた。どうしようか、まだ何の考えもなかったけれど、アミリア嬢のように興奮してやみくもに矛盾した言葉を連発するのはうまくないのではないか、ということはなんとなくわかっていた。

「アミリア先生」セーラは小さな声で言った。「ミンチン先生にお願いしたら、わたしがなだめてみてもいいとおっしゃったので……やってみてもよろしいですか？」

アミリア嬢は万策つきた顔でセーラを見上げて、「あなた、できるの？」と、荒い息で聞いた。

「できるかどうか、わかりませんけれど、やってみます」セーラは、あいかわらずささやくような小声で言った。

床に膝をついていたアミリア嬢は、疲労困憊のため息を漏らしながらよろよろと立ち上がった。ロティは太くて短い足をますますバタバタさせている。

「そっとこの部屋からお出になってください」セーラは言った。「わたしがロティについていますから」

「ああ、セーラ！」アミリア嬢は、半分べそをかいていた。「こんなに手のかかる子供は預かったことがありません。うちの学校に置いておくのは無理かもしれないわね」

しかし、とにかくアミリア嬢は足音をしのばせて部屋から出ていき、ロティから解放されてほっとしたようすだった。

セーラはしばらくその場に立ったまま、泣きわめくロティを黙って見下ろしていた。そのあと、セーラはロティのすぐそばの床にぺたりと腰をおろして、じっと待った。ロティが怒って泣き叫ぶ声のほかには、部屋の中は何の物音もしなくなった。小さなロティ・リーにとって、これは初めて経験する事態だった。いつもなら、自分が泣きわめくと、大人たちが叱ったり、泣きやんでちょうだいと懇願したり、泣くのをやめなさいと命令したり、なだめすかしたりするのがふつうだったのだ。ところが、床に転がって足をバタバタさせて金切り声をあげても、そばにいるたった一人の人間が何の反応も示さないので、ロティは「あれ？」と思った。そして、ぎゅっとつむって涙を流していた目を開けて、そばで黙っているのが誰なのか見てみた。そしたら、なんと、それは自分とさほど変わらない小さな女の子だった。ただし、その子はエミリーを持っている子、いろんなすてきなおもちゃを持っている子だった。しかも、その子はロティをじっと見つめたまま、何か考えこんでいるような顔をしている。泣きわめくのを数秒間やめて周囲のようすを見て取ったロティは、またあらためて泣きわめこうとしたが、あたりがやけに静かだし、セーラが風変わりな表情で自分のことを興味深そうに眺めているので、泣き声を張りあげるつもりがなんだか中途半端になってしまった。

「お・か・あ・しゃ・ま……いな……いぃぃぃ！」と口に出してみたけれど、声に迫力がなかった。

セーラはあいかわらずロティをじっと見つめていたが、その瞳には共感の色があった。

「わたしもお母様がいないのよ」セーラが言った。

思ってもみなかった言葉に、ロティはびっくりした。そして、バタバタ蹴っていた足を下ろし、身をよじって、その場に寝ころんだままセーラをじっと見た。どんなに泣きやまない子供でも、新しいことが頭に飛びこんでくると、泣きやむものだ。それに、ロティは不機嫌なミンチン先生が嫌いだったし、バカみたいに自分を甘やかすだけのアミリア嬢も嫌いだったけれど、セーラのことは、まだあまりよく知らないとはいえ、どちらかというと好きだった。だだをこねるのをやめたくはなかったけれど、そのことから気がそれて、ロティはまた身をよじり、すねたようにしゃくりあげたあと、「どこにいるの?」と聞いた。

　セーラは、そこで少し間を置いた。自分の母親は天国へ行ったのだと聞かされていたので、そのことについてはすごくいろいろ考えていた。ただし、セーラが思い描いたのは、ふつうとはかなりちがう天国だった。

「わたしのお母様は、天国へいらしたの」セーラは言った。「でも、きっと、ときどき出ていらして、わたしのことを見ていらっしゃると思うわ。こちらからはお母様の姿が見えないけれど。あなたのお母様も同じよ。たぶん、二人とも、いま、わたしたちの姿をごらんになっていらっしゃると思うわ。二人とも、この部屋にいらっしゃるかもしれないわね」

ロティはハッとして起きあがり、あたりを見回した。ロティはかわいい顔をした巻き毛の幼女で、丸い目は濡れたワスレナグサの色をしていた。この三〇分間のあたしのようすを見たら、お母様はあたしを天使の娘にふさわしいとは思ってくださらないかも……と、ロティは思った。

セーラは天国の話を続けた。人によってはセーラの口から出た言葉をおとぎ話のようだと言うかもしれないが、セーラの想像はとても生き生きしていたので、ロティは思わず話に引き込まれてしまった。ロティは、お母様には翼があって頭に冠をつけているのだと聞かされていた。そして、美しい白いネグリジェのような服を着た女の人たちの絵を見せられて、それが天使というものだと教わっていた。でも、セーラの天国の話はもっと真に迫っていて、本物の人たちが住んでいる美しい国の話を聞いているようだった。

「ずっとずっと、どこまでもお花畑が続いているのよ」いったん話を始めると、セーラはいつものように我を忘れ、夢の中にいるような気持ちになって話した。「どこまでも、どこまでも、ユリのお花畑が続いているの。そして、そよ風が吹くと、ユリの香りが空中に漂うの。そして、みんな、いつもユリの香りをかげるのよ、いつもそよ風が吹いているから。小さな子供たちがお花畑を走りまわって、両手いっぱいにユリの花をつんで、笑いながら花の冠を作るの。それからね、道は光輝いていて、人々はどんなに遠くまで歩いてもけっして疲れることがないの。どこでも好きなところへふわふわ飛んでいけるのよ。街のまわりは、真珠と金でできた壁がぐるっと囲んでいるの。でも、低い壁だから、みんな壁によりかかって、天国から地上の世界を見下ろすことができるのよ。そして、にっこり笑って、すてきなメッセージを送ってくれるの」

セーラがどんな話を語ったとしても、ロティはきっと泣きやみ、お話に夢中になったことだろう。でも、このときの物語は、ほかのどんな物語よりずっとすてきだった。ロティはセーラのそばにくっついて、ひとことも聞きもらさないように物語を聞いていたが、やがて、あっという間に、お話の終わりがやってきた。お話が終わるのが悲しくて、またロティの口もとが泣きだしそうにゆがんだ。

「あたち、天国……行く……」ロティが泣き声をもらした。「この学校……お母しゃま……いないんだもの……」

セーラは雲行きが怪しくなったのを察知して、夢物語の世界からもどってきた。そして、ロティのぷくぷくした手を取って、あやすように小さく笑いかけながらロティを引き寄せた。

「わたしがあなたのお母様になってあげるわ」セーラは言った。「わたしと赤ちゃんごっこをしましょうね。エミリーをあなたの妹にしたらいいわ」

ロティの顔にかわいいえくぼができた。

「妹?」ロティが言った。

「そうよ」答えながら、セーラは元気よく立ち上がった。「さ、わたしの部屋へ行って、エミリーに教えてあげましょう。そのあとで、あなたのお顔を洗って、髪をとかしてあげるわ」

ロティは上機嫌でうなずき、トコトコと部屋を出て、セーラといっしょに二階へ上がっていった。この一時間の騒ぎがそもそも昼食前に顔を洗って髪をとかしてもらうのを嫌がったために始まったものであり、ミンチン女史がその厳格な権威で事態を収拾すべく呼びこまれたせいで騒ぎが大きくなったことなど、ロティはきれいさっぱり忘れていた。

その日から、セーラはロティのお母様がわりになった。

第5章　ベッキー

言うまでもなく、セーラの最大の魅力――ぜいたくな持ち物や学校の〈自慢の生徒〉であること以上に学友たちから慕われることになった魅力、ラヴィニアをはじめとする何人かの上級生たちが嫉妬しながらも夢中にならずにはいられなかった魅力とは、物語を語って聞かせる能力であり、あらゆる話をすばらしい物語に仕立ててしまうセーラの特技であった。

学校で物語のじょうずな生徒と学友だった人ならば、その魅力を知っているだろう。物語のじょうずな生徒には皆がついて歩き、物語を聞かせてほしいと小声で懇願する。皆がお目当ての生徒を取り巻き、自分も物語を聞かせてもらう輪に加わりたいと望む。セーラは物語を語るのがじょうずなだけでなく、自分自身も語ることをおおいに楽しんでいた。取り巻く生徒たちの中心にすわり、あるいは立ったまま、すてきな物語をつむぎ出して語るとき、セーラのグリーンの瞳は大きく見開かれて輝き、頬には赤みがさし、知らず知らずのうちに声が芝居がかって、声を高くしたり低くしたりしながら楽しい場面や危うい場面を演出し、ほっそりしたからだをかがめたり揺らしたり、両手を表情豊かに動かしたりして、物語に抑揚をつけるのだった。そんなとき、セーラは友だちを前にして語っていることを忘れ、冒険物語に登場する妖精たちや王様や女王様や美しい貴婦人たちを目の前に思い描いて、自分も物語の中で生きているような気分になる。物語を語りおわったときには興奮で息が切れ、激しく上下する薄い胸もとに手を当てて、まるで自分自身に笑いかけるように小さく笑ったりするのだった。

「お話を語りはじめると、ただの作り話だとは思えなくなってくるの」と、セーラは言うのだった。「いま目の前にあるこの世界よりもっと本当っぽく、この教室よりずっと本物っぽく思えてくるの。まるで、自分が物語に登場する人々になったみたいな気持ちで、一人ひとり、ぜんぶの人物になりきっちゃうの——たしかに、変よね」

ミンチン上流女子寄宿学校に入学して二年ほどたったある日、霧の深い冬の午後、セーラはいちばん暖かいベルベットのドレスと毛皮のコートに身を包み、馬車から降りてきた。その姿は、本人が意識しているよりずっと豪華に見えた。歩道を横切って玄関に向かおうとしたときに、セーラの目をひいたものがあった。薄汚れた小さな人影が、地下の勝手口[1]から上がってくる階段の途中に立って、首を精一杯に伸ばし、目を真ん丸に見開いて、鉄柵のあいだからセーラを見つめていたのだ。汚れた顔に浮かんだ一途で少しおどおどした表情にひかれて、セーラはその顔を見た。そして、にっこりほほえみかけた。人と目があったときにほほえむのは、セーラの習慣だった。

しかし、大きく見開いた目と薄汚れた顔の持ち主は、大切な生徒を見つめていたと

1　当時のロンドンのタウンハウスでは、半地下になっている最下層の階に調理場や洗い場があり、勝手口から外階段を上がると家の玄関脇に出られるようになっていた。

ころを見つかってあわてたらしく、びっくり箱の人形のようにパッと身をひるがえして、すばやく地下の調理場へ姿を消してしまった。そのあわてぶりを見たセーラは、その子がそれほどみすぼらしく気の毒なようすでなかったら、思わず笑ってしまうところだった。その同じ夜、セーラが教室の片隅でみんなに囲まれて腰をおろし、物語を語っていたとき、昼間に見かけたのと同じ少女がおずおずと教室にはいってきた。その少女は子供が運ぶには重すぎる石炭箱を運んできて、暖炉の前の敷物に膝をつき、暖炉の火に石炭を足したあと、燃えかすの灰を掃きはじめた。

勝手口の鉄柵からのぞいていたときよりはさっぱりした顔をしていたが、びくびくとおびえた態度は昼間と同じだった。あきらかに、子供たちのほうを見てはいけないし話を聞いてもいけない、とわきまえているようだった。少女は音をたてないように指で石炭をひとかけずつつまんで暖炉につぎたし、火ばしや火かき棒の周囲をそっと掃いた。しかし、セーラはものの二分で、その少女がお話にすごく興味を抱いていて、ひとことでもふたことでもお話を聞こうとしてわざと仕事をのろのろとやっていることを見抜いた。それに気づいたセーラは、声を一段と大きくして、遠くまで声が届くように物語を語った。

「マーメイドたちは、すきとおった緑色の水の中を、深海の真珠をつないだ魚獲り網を引いて、ゆったりと泳ぎまわっていました。マーメイドの王女様は白い岩の上に腰をおろし、マーメイドたちを眺めていました」

それはマーメイドの王女様が王子様に愛されて、海の底の輝く洞窟で二人幸せに暮らす物語だった。

暖炉の前にかがみこんだ下働きの少女は、暖炉の床をブラシで掃いたあと、もういちどブラシで掃いた。そのあと、さらにもういちど、ブラシを動かして暖炉の床を掃いた。三回目に掃いているとき、セーラのお話があまりに魅力的だったので、少女は魔法にでもかかったように物語に聞き入り、自分には物語を聞く権利などないことを忘れ、それ以外のこともすっかり忘れてしまった。少女は暖炉の前の敷物に膝をついたまま、かかとの上にお尻を下ろしてすわりこみ、手に持ったブラシが動かなくなった。お話を語る声は続き、その声に導かれて下働きの少女は海の底の曲がりくねった洞窟にはいりこみ、透明で柔らかな青い光に包まれ、純金の砂を敷きつめた洞窟の小道を進んでいった。不思議な海の草花が少女のまわりでゆらゆらと揺れ、遠くでかすかな歌声や楽器の音がこだましていた。

そのとき、仕事であかぎれだらけになった少女の手から暖炉掃除のブラシが落ち、ラヴィニア・ハーバートがふりかえった。

「あの子、話を聞いてたわよ」ラヴィニアが言った。

盗み聞きをとがめられた少女はあわててブラシをつかみ、立ち上がった。そして、石炭の箱を持ち上げて、おびえたウサギのように教室から走り出ていった。

セーラはカッとなった。

「あの子が聞いているのはわかっていたわ。どうして聞いてはいけないの?」

ラヴィニアは、わざと気取って昂然とあごを上げた。

「あら、あなたのお母様は自分の娘が下働きにお話を聞かせるのを喜ばれるかどうか知りませんけど、あたしのお母様だったらそんなことは嫌がられると思うわ」

「わたしのお母様ですって?」セーラはけげんな顔で言った。「わたしのお母様なら、そんなことは少しも気になさらないと思うわ。お話はみんなのものだとわかっていらっしゃるから」

「そうかしら？」ラヴィニアが意地悪く指摘した。「あなたのお母様は亡くなったんでしょ？　そのお母様に、どうしていろんなことがわかるの？」

「あら、わからないと思うの？」セーラが手厳しく言い返した。必要とあらば、セーラはそういう口もきけるのだった。

「セーラのお母様は何でも知ってるんだから！」ロティが声をはりあげた。「あたちのお母様も、そうよ。ただ、ミンチン先生の学校では、セーラがあたちのお母様だけど。でも、あたちのもう一人のお母様だって、なんでも知ってるわ。道がきらきら輝いてて、ずっとずっとユリのお花畑が続いてて、みんながユリの花を摘んでるんだから！　夜ねんねするときに、セーラがお話ししてくれるんだもの」

「いけない人だこと」ラヴィニアがセーラをふりかえって言った。「天国を使っておとぎ話をでっちあげるなんて」

「『ヨハネの黙示録』には、もっとすばらしいお話がいろいろ書いてあるわ」セーラが言い返した。「読んでごらんなさいよ！　どうしてわたしの話がでっちあげだと言えるの？　でも、これだけは言えるわね」――セーラは天国には似つかわしくない辛辣な言葉を放った――「あなた、もう少し他人に優しくしないと、わたしの天国の話がでっちあげかどうか、確かめる機会もなくなるわよ。さ、いらっしゃい、ロティ」

セーラは大股で教室を出た。さっきの下働きの少女の姿をまたどこかで見かけられるかと思ったが、玄関ホールに出てみると、少女の姿は影も形もなかった。

「暖炉に火をおこしに来る子って、誰なの？」その晩、セーラはマリエットに尋ねた。

マリエットは、待ってましたとばかりに話しはじめた。

ええ、マドモワゼル・セーラがお尋ねになるのも無理はないですよ。あの子は身寄りのないあわれな子で、調理場の皿洗いが辞めたあとに雇われたばかりの子なんです。とは言っても、皿洗い以外の仕事も、嫌というほどやらされていますけれどね。靴磨きに、暖炉の掃除。重い石炭箱を持って階段を上がったり、下りたり。床を磨いて、窓を拭いて、みんなからこき使われています。一四歳だけど、栄養が悪いから一二歳くらいにしか見えないんです。じつのところ、わたしもあの子を気の毒に思っているんですけど、あの子はとても臆病で、誰かが話しかけただけでも、かわいそうに、目の玉が飛び出しそうなくらいおびえてしまうんです……。

「あの子の名前は何というの？」テーブルに両手でほおづえをついてマリエットの話に聞き入っていたセーラが尋ねた。

少女はベッキーという名前だった。マリエットは、階下でみんなが「ベッキー、これをして」「ベッキー、あれをして」と、一日じゅう、五分とおかずに用事を言いつけているのを聞いていた。

マリエットが部屋から下がったあと、セーラは暖炉の火を見つめながら、しばらくベッキーのことを考えた。そして、ベッキーがひどい仕打ちを受けるヒロインになった物語を頭の中で作りあげた。あの子はいつもひもじい思いをしているように見える、と、セーラは思った。あの子は飢えた目をしている、と。セーラはあの子にまた会いたいと思ったが、ときどき何かを運んで階段を上り下りする姿は見かけるものの、いつもとても急いでいるようすで、姿を見られることさえ恐れているようなふうだったので、話しかけるのはとても無理だった。

しかし、それから数週間後のこと、この日の午後も霧が立ちこめていたが、その日、自室の居間にもどってきたセーラは、ひどくあわれな光景を目にすることになった。明るく燃える暖炉の前に置かれたセーラの特別にお気に入りの安楽椅子で、鼻先やエプロンに石炭の黒い汚れをつけ、下働きのかぶるメイド・キャップが半分ずり落ちかけた姿のベッキーが、そばの床に空になった石炭箱を置いたまま、ぐっすり眠りこけていたのだ。若い肉体とはいえ、とことん疲れはてているのが見て取れた。ベッキーは夜になる前に生徒たちの寝室を整えるよう言いつけられて上階へ上がってきたのだった。生徒の寝室はたくさんあるので、ベッキーは一日じゅう走りまわって働いた。ベッキーはセーラの部屋をいちばん最後に取っておいた。セーラの部屋は、ほかの生徒たちの質素で殺風景な部屋とはちがっていたからだ。ふつうの生徒たちは必要最低限の持ち物しか許されていなかった。それに比べると、セーラの居心地のよい居間は、皿洗いの少女の目には豪華絢爛な居室に見えた。実際には、セーラの居間は快適で明るい小さな部屋にすぎなかったけれど、いろいろな絵が飾ってあったし、本もたくさんあり、インドから来た珍しい品々も置いてあった。ソファもあったし、低くてふかふかの椅子もあった。エミリーは人形専用の椅子にすわって、女神様のようにあたりを見わたしていた。それに、部屋にはいつも暖かい火が燃えていて、暖炉はきれいに磨かれていた。ベッキーは、いつも午後の仕事の最後にセーラの部屋を取っておいた。セーラの部屋に行くと疲れを忘れられる気がしたし、いつも二、三分の暇を見つけてセーラのふかふかの安楽椅子に腰をおろし、あたりを見まわして、こんな部屋で暮らせる子の恵まれた境遇を思い、地下の勝手口から鉄柵ごしにのぞいたあのときのように寒い日に美しい帽子やコートを身につけて出かけることのできる子の幸運に思いをめぐらすのだった。

この日の午後、安楽椅子に腰をおろしたとき、ベッキーは短い足のずきずきする痛みがやわらぐ感覚がうれしくて、全身がほっと癒されたような気分になった。暖炉の火の暖かさと心地よさが魔法のように全身を包み、赤く燃える石炭を眺めているうちに、薄汚れた顔に疲れた笑みがゆっくりと広がって、知らないうちにこっくりこっくりしはじめ、まぶたが重くなり、やがてぐっすり眠りこんでしまった。セーラが部屋にもどってきたのはベッキーが部屋にはいってまだ一〇分ほどしかたっていないときだったが、ベッキーは百年眠りつづけた眠り姫のように深くぐっすりと眠りこんでいた。もちろん、眠り姫とは似ても似つかぬあわれな姿だったが。ベッキーは、醜くて栄養不良の疲れはてた小さな皿洗い以外の何物でもなかった。

一方のセーラは、まるで別の世界からやってきたかと思うほど、ベッキーとはかけはなれた姿だった。

この日の午後はダンスのレッスンがあり、毎週のことではあったが、学校にダンスの先生がやってくる午後は皆が心待ちにする時間であり、生徒たちはそれぞれにいちばん美しいドレスで着飾るのだった。セーラはダンスがとくにじょうずで、皆の前で踊らされることも多かったので、マリエットにはできるだけ薄手のすてきなドレスを着せてくれるように頼んでいた。

この日のセーラはバラ色のドレスを着て、黒髪にはマリエットが買ってきた生花のバラのつぼみで作った花の冠を飾っていた。その日、生徒たちは新しい愉快なダンスを教えてもらった。セーラはダンスフロアを滑るように軽やかに踊り、さながら大きなバラ色の蝶々のように美しかった。楽しくからだを動かしたあとだったので、顔は明るく幸せな輝きを放っていた。

セーラは習ったばかりの蝶のような軽いステップを踏みながら部屋にはいってきた。すると、目の前の安楽椅子にベッキーがすわり、皿洗いのメイド・キャップがずれて脱げそうになった格好で眠りこけていたのだった。

「あら！」セーラはベッキーを見て小さな声をもらした。「かわいそうに！」

お気に入りの安楽椅子に小さな薄汚い少女がすわっているのを見ても、セーラは腹を立てたりはしなかった。実のところ、セーラは皿洗いの少女の姿を見て、とてもうれしかった。自分が考えた物語の主人公である薄幸のヒロインが目をさましたら、実際に言葉をかわすことができる、と思ったのだ。セーラはそっと少女に近寄り、立ったまま皿洗いの少女を眺めた。ベッキーが小さないびきをかいた。

「自分から目をさましてくれるといいんだけど」セーラはつぶやいた。「無理に起こしたくないわ。でも、ミンチン先生がこれを見つけたら、きっとご機嫌を悪くするだろうし。あと二、三分だけ待ってみましょう」

セーラはテーブルの端っこに腰かけ、細いバラ色の足をぶらぶらさせながら、どうするのがいちばんいいか考えていた。アミリア嬢がいつ何どき部屋にはいってくるか知れない。もしそんなことになったら、ベッキーは叱られるに決まっている。

「でも、この子、とっても疲れているんだもの」セーラは考えた。「ほんとうに疲れているんだもの！」

ちょうどそのとき、燃え落ちた石炭のかけらがセーラの迷いに決着をつけた。石炭の大きな塊からかけらが燃え落ちて、暖炉の前の囲いに当たったのだ。ベッキーははっとして目を開け、おびえて息をのんだ。知らないうちに、すっかり眠りこんでしまった……。ほんのちょっとのあいだだけ安楽椅子にすわって、暖炉の心地よい暖かさを味わいたかっただけなのに、気づいてみたら、自分はすてきな生徒を目の前にしてあわてふためき、生徒のほうはバラ色の妖精みたいな姿で、すぐそばのテーブルにちょこんと腰をかけて、自分を興味津々の目で見つめているではないか。

ベッキーは椅子からとびあがり、皿洗いのメイド・キャップを手でおさえた。メイド・キャップは片耳の上まで落ちかかっていて、ベッキーはあわててキャップをかぶりなおした。ああ、とんでもないことになってしまった！　厚かましくも、こんなすてきなレディの安楽椅子で眠りこんでしまったなんて！　きっと、自分はここから追い出されて、お給金も払ってもらえないにちがいない……。

ベッキーは息を詰まらせ、しゃくりあげるような声を出した。

「ああ、お嬢様！　ああ、お嬢様！　許してくれろ、お嬢様！　お願いします、お嬢様！」

セーラはテーブルからとびおりて、ベッキーのそばに歩み寄った。

「怖がらなくていいのよ」セーラは自分と同じくらいの小さな女の子に話しかけるような口調で言った。「ちっともかまわないのよ」

「わざとじゃねえんです、お嬢様」ベッキーが言い訳した。「火があったかかったもんで。そんで、あちし、すげえ疲れちまってて。あの……失礼なことするつもりはなかったんで」

セーラは親しげに笑いながらベッキーの肩に手を置いた。

「あなた、疲れていたのね。しかたがないことだわ。まだちゃんと目がさめていないんじゃないの？」

あわれなベッキーは、穴のあくほどセーラを見つめた。他人からそんなふうに親しく感じのいい口調で話しかけられたのは初めてだった。いつもあれこれ言いつけられ、叱りとばされ、横っ面を張られてばかりだったから。それに、午後のダンスで全身がバラ色に輝いているこの少女の眼差しには、とがめるような色がまるでなかった。まるで、疲れているのがあたりまえ、眠りこんだのもあたりまえ、というような感じなのだ。肩に置かれたほっそりした手の柔らかな感触は、ベッキーが味わったことのない温もりだった。

「あの、お嬢様、怒ってねえのですか?」ベッキーはあえぐように言った。「先生に言いつけねえのですか?」

「いいえ」セーラがはっきりと言った。「もちろん、言いつけたりなんかしないわ」

石炭で薄汚れた顔に浮かんだ恐怖の表情を見たセーラは、急にこの少女があまりにもあわれに思えて、耐えきれない気持ちになった。そのとき、日ごろ考えている風変わりな理屈が頭に浮かび、セーラはベッキーの頬に手を当てて言った。

「だって、わたしたち、同じようなものじゃないの。わたしもあなたも、ただの小さな女の子だもの。わたしがあなたでなくて、あなたがわたしでないのは、単なる偶然に過ぎないのよ！」

ベッキーには、セーラの理屈がまるで理解できなかった。ベッキーの頭ではそんな驚くべき発想にはとてもついてゆけず、「アクシデント」と聞いたら誰かが馬車に轢かれたとか、はしごから落ちてぴょーいんに運ばれたというような事故のことしか思い浮かばなかった。

「ア、アクシデント……ですか、お嬢様？」ベッキーは尊敬の念を込めてまばたきした。

「そうよ」セーラは一瞬、例の夢見る眼差しでベッキーを見たが、すぐに口調を変えた。自分の言っていることがベッキーに伝わっていないと気づいたからだ。

「もうお仕事は終わったの？　あと何分か、この部屋にいてもだいじょうぶかしら？」

ベッキーは、また息が止まりそうになった。

「この部屋に、ですか、お嬢様？　あちしが？」

セーラは走っていってドアを開け、部屋の外を見わたして耳をすました。

「近くには誰もいないわ。あなた、もう寝室を整えるお仕事がすんだのなら、あと少しだけ、この部屋にいられない？　その……よかったら……ケーキとか、いかがかしら？」

それからの一〇分間は、ベッキーにとっては熱にうかされたようなひとときだった。セーラは戸棚を開けて、ベッキーに分厚く切ったケーキを出してくれた。そして、お腹をすかせたベッキーがむさぼるように食べるようすをうれしそうに見守った。セーラはいろいろな話をしたり質問をしたり、ときどき笑ったりしたので、やがてベッキーも緊張がほぐれてきて、一度か二度、出すぎた真似かとは思ったものの、勇気をふるいおこしてセーラに質問までしてみた。

「あの、それ――」ベッキーはバラ色のドレスを憧れの眼差しで見つめながら、ささやくような小声で尋ねた。「それ、晴れ着なんですか？」

「これはダンス用のドレスなのよ」セーラが答えた。「わたし、このドレスが好きなの。いいと思わない？」

数秒のあいだ、ベッキーはすばらしさに圧倒されて言葉が出なかった。そのあと、心から感じいった声で言った。「あちし、前にプリンセスってもんを見たことがあるんで。コヴィン・ガーデン[2]の外に集まってる人ごみに立ってたとき、お偉いさんたちがオープラー[3]にはいってくとこで。そんとき、みんながじろじろ見てる人が一人いて、みんなの話じゃ『あれがプリンセスだよ』って言ったもんで。その人は若い大人の女の人だったけど、頭のてっぺんから足の先までピンクだったんで。ドレスも、マントも、花やなんかも、ぜんぶ。お嬢様がそこのテーブルにすわってんのを見たとき、すぐに、あんときのプリンセスを思い出したんです。お嬢様、あのプリンセスにそっくりだ」

「わたし、よく思うの」セーラが思案顔で言った。「プリンセスになってみたいな、って。プリンセスって、どんな気持ちなのかしら。わたし、これから、自分もプリンセスだって思う〈空想ごっこ〉をしてみようと思うの」

ベッキーは賞賛を込めた眼差しでセーラを見つめたが、あいかわらず、セーラの

2　「コヴェント・ガーデン」を訛っている。
3　「オペラ」を訛っている。

言っていることはちっとも理解できず、憧れのような気持ちを込めて、ただただセーラを見つめるばかりだった。セーラはすぐに思案顔を解いて、ベッキーにまた新しい質問をした。

「ベッキー、あなた、あのときお話を聞いていたわよね？」

「はい、お嬢様」ベッキーはまた少し緊張しながら白状した。「いけねえってことは、わかってたんだけど、あんましいい話だったんで、あちし……あちし、がまんできなくて……」

「聞いてもらえて、うれしかったわ」セーラが言った。「物語をするときはね、喜んで聞いてくれる人たちに向かって話すのが何より楽しいの。どうしてかは、わからないけれど。お話の続き、聞きたい？」

ベッキーは、また息が止まりそうになった。

「聞く、ですか？　あちしが？」ベッキーは声をあげた。「生徒さんたちみたいにですか？　あの王子様の話……。それと、小さくて白いマーメイドの赤ちゃんたちが笑いながら泳ぐ話……。髪の毛に星がくっついてて……」

セーラはうなずいた。

「いまは時間がないわ、残念だけど」セーラは言った。「でも、何時にわたしの部屋にお仕事に来るか教えてくれたら、わたし、その時間に部屋にいるようにして、毎日少しずつ、お話をぜんぶ聞かせてあげるわ。とってもすてきな長いお話なのよ。それに、わたし、毎回ちょっとずつ新しいことを付け足しているの」

「そんなら」ベッキーは勢いこんで言った。「そんなら、石炭箱がどんなに重くたって、コックにどんなに意地悪されたって、あちし、へっちゃらだ。もし……もし、そんないいことがあんのなら」

「そうよ」セーラが言った。「お話をぜんぶ語って聞かせてあげるわ」

階下へ下りていくベッキーは、重い石炭箱を持ってよろよろと階段を上がってきたベッキーとは別人だった。ポケットにはおみやげのケーキがもう一切れはいっていたし、セーラの部屋でおなかもふくれ、からだも暖まったからだ。でも、それはケーキと暖炉の火のおかげだけではなかった。それよりほかのものがベッキーの飢えを満たし、からだを暖めてくれたのだ。それは、セーラという存在だった。

ベッキーが下がったあと、セーラはお気に入りのテーブルの端っこに腰をおろし、両足を椅子にのせて、ひざの上でほおづえをついていた。

「もし、わたしがプリンセスだったとしたら……」セーラはつぶやいた。「本物のプリンセスだったとしたら、民衆にプレゼントをしてあげるのよね。でも、〈空想ごっこ〉のプリンセスだとしても、みんなのために何か小さな親切を考えつくことはできると思う……。たとえば、きょうみたいに。ベッキーは、プレゼントをもらったみたいに喜んでいたもの。わたし、みんなが喜ぶ親切をして、それをみんなへのプレゼントだって思うことにするわ。ということは、つまり、きょう、わたしは親切なことをしたわけね」

第6章　ダイヤモンド鉱山（その一）

それからほどなくして、すばらしく胸躍ることが起こった。セーラだけでなく学校全体が興奮のるつぼと化し、何週間ものあいだ、学校じゅうがその話題でもちきりになった。クルー大尉から届いた手紙に、わくわくするようなことが書かれていたのだ。クルー大尉と少年のころ同じ学校に通った友人が、インドで思いがけなく訪ねてきたという。その友人は広大な土地を持っていて、その土地からダイヤモンドが発見され、いまダイヤモンド鉱山の開発で忙しくしていて、事業が明るい見通しどおりに進めば、考えただけでめまいがするほどの富が手にはいることになるという。その友人は、学校時代に仲が良かったクルー大尉にもこの莫大な富を手にするチャンスを分けてあげたいから共同事業者にならないか、と持ちかけてきたのだという。少なくとも、これが、父親からの手紙を読んでセーラが理解したところであった。たしかに、ほかの事業であったならば、どれほど壮大な事業計画であったとしても、セーラや学校の生徒たちにはほとんど関心のない話だっただろう。けれども、「ダイヤモンド鉱山」とくれば、『アラビアン・ナイト』をありありと連想させる話だったので、誰ひとりとしてこの話に無関心ではいられなかった。セーラは父親の話にすっかり夢中になり、アーメンガードやロティのために、地下深くに坑道が迷路のように複雑に入り組んだダイヤモンド鉱山の絵を描いてみせた。坑道には壁といわず天井といわずダイヤモンドがキラキラ輝き、見慣れぬ肌の黒い男たちが太いつるはしを使って宝石を掘り出している。アーメンガードはこの話にうっとりし、ロティは毎晩ダイヤモンド鉱山のお話をせがんだ。ラヴィニアはこの話をねたみ、ジェシーに向かって、ダイヤモンド鉱山などというものは存在しないと思う、と言った。

「あたしのお母様が持ってるダイヤの指輪は四〇ポンドもしたけど、ぜんぜん大きな石じゃないわ。もしダイヤモンドだらけの鉱山なんてものがあったら、バカらしいくらい大金持ちになっちゃうわよ」

「たぶんセーラはバカらしいくらい大金持ちになるんじゃないの？」ジェシーがクスクス笑いながら言った。

「あの子は大金持ちじゃなくてもバカらしいわよ」ラヴィニアが鼻を鳴らした。

「あなた、あの子が嫌いなのね」ジェシーが言った。

「ちがう、そうじゃないわよ」ラヴィニアがぴしゃりと言い返した。「だけど、ダイヤモンドだらけの鉱山なんて話は信じられない、ってこと」

「でも、どっかから、ダイヤモンドを採ってくるわけでしょ？」ジェシーが言った。そして、また笑いながら付け加えた。「ねえ、ラヴィニア、ガートルードが何て言ったと思う？」

「知るわけないじゃない。それに、あいかわらずのセーラの話なら、聞きたくもないし」

「それなのよ。セーラの〈空想ごっこ〉の中には、プリンセスになったつもり、っていうのもあるんだって。しょっちゅうやってるらしいわよ、授業中も。そのほうが勉強がよく頭にはいるんだって。セーラはアーメンガードにもプリンセスのつもりになってほしいらしいんだけど、アーメンガードは自分は太りすぎてるからプリンセスは無理だ、って」

「たしかに、デブすぎるわね」ラヴィニアが言った。「それに、セーラはガリガリすぎるわよ」

もちろん、ジェシーはここでもまたクスクス笑った。

「セーラに言わせるとね、プリンセスかどうかは見た目や持ってる物とは関係ないんだって。肝心なのは何を考えるか、何をするか、なんだって」

「あの子なら、たとえ物乞いだったとしても〈空想ごっこ〉でプリンセスになれるんじゃない？」ラヴィニアが言った。「これからは、『お姫様』って呼ぶことにしましょ」

その日の授業が終わり、生徒たちは教室の暖炉の前に座っていた。みんながいちばん楽しみにしている時間だ。この時間には、ミンチン女史とアミリア嬢は生徒が立ち入ることのできない自分たち専用の居間でお茶を飲んでいるので、生徒たちはおしゃべりに花を咲かせ、秘密の情報をやりとりする。ただし、低学年の生徒たちがお利口さんにしていて、つまらないけんかをしたり騒々しく走りまわったりしなければ、の話だ。たいていは小さい子たちが騒ぎを起こし、そんなときには、上級生が割ってはいって下級生を叱ったり肩をつかんで揺さぶったりする。小さい子たちをおとなしくさせておかないと、ミンチン女史やアミリア嬢が出てきて、楽しい時間がおしまいになってしまうからだ。ちょうどラヴィニアがしゃべっていたところへ、ドアが開いて、ロティを連れたセーラがはいってきた。ロティは小さな犬のようにいつもセーラのあとをついてまわっているのだ。

「ほら、お出ましよ。あの問題児を連れて！」ラヴィニアがひそひそ声で言った。「あの問題児がそんなにかわいいのなら、自分の部屋に置いておけばいいのに。見てごらん、五分もしないうちにご機嫌ななめになってわめきだすから」

その日は急にロティが教室で遊びたいと言いだし、母親がわりのセーラにねだっていっしょに来てもらったのだった。ロティは、教室の隅で遊んでいた小さい子たちの仲間に加わった。セーラは窓際のベンチの上で背中を丸めて本を開き、読みはじめた。フランス革命の本で、セーラはすぐにバスティーユ監獄の囚人たちの悲惨な描写に心を奪われた。囚人たちは地下牢に長年にわたって閉じこめられていたため、救いの手が届いて牢から出されたときには白髪とひげが伸び放題に伸びて顔がほとんど見えないくらいになっており、外の世界が存在することさえ忘れていて、夢の中をさまよっているようなありさまだった……。

セーラは教室からはるか遠く離れた世界にはいりこんでいたので、いきなりロティの泣きわめく声で現実に引きもどされて、むっとした。本の世界に没頭しているときに急に邪魔がはいると、セーラはどうしても腹が立ってしまうのだ。本好きな人なら、そういうときの苛立ちがわかるだろう。理性をかなぐり捨てて苛立ちをぶちまけたくなる気持ちを抑えるのは容易ではない。

「まるで誰かにぶたれたような気分になるの」と、かつてセーラはアーメンガードにこっそり話したことがあった。「それで、お返しにぶってやりたいような気になっちゃうの。そういうときは急いで気分を切りかえて、意地悪なことを言わないようにがまんするのよ」

このときも、セーラは急いで気分を切りかえて、読んでいた本を窓際のベンチに置き、居心地のいいベンチの上からとびおりた。

ロティは教室の床を滑って遊んでおり、それだけでも騒々しくてラヴィニアとジェシーをいらいらさせていたが、そのうちに転んで、ぷくぷくの膝をすりむいた。ロティは敵味方いりまじった子供たちの真ん中で泣きわめき、じだんだを踏んでいる。周囲の子供たちは、かわるがわるロティをなだめたり叱りつけたりしていた。

「やめなさい、この泣き虫！　いますぐ黙りなさいっ！」ラヴィニアが命令した。

「あたち、泣き虫じゃない……泣き虫じゃないもん！」ロティが泣き叫んだ。「セーラ、セーラぁぁ！」

「泣きやまないと、ミンチン先生に聞こえちゃうじゃないの」ジェシーが声をあげた。

「ねえ、ロティちゃん、一ペニーあげるから泣きやんで！」

「あんたのペニーなんか、欲しくないもん」ロティは泣きじゃくり、自分のぷくぷくした膝を見下ろして血がにじんでいるのを見ると、またいちだんと派手に泣き声をはりあげた。

セーラが部屋を横切って駆けつけ、床に膝をついて、ロティを両手で抱きかかえた。

「ロティ、どうしたの。ロティ、セーラとお約束したでしょう？」

「あの子があたちを泣き虫って言ったの」ロティが泣いて訴えた。

セーラはロティの背中をやさしくたたき、いつもの落ち着いた声で話しかけた。

「でも、泣いていたら、ほんとうに泣き虫になってしまうわよ、ロティちゃん。あなた、お約束したでしょう？」

ロティは約束したことを思い出したが、やっぱり大声で泣きわめくほうを選んだ。

「あたち、お母様がいないんだもん」ロティが声をはりあげた。「お母様が、ぜんぜん、いない…んだもん！」

「いるわよ」セーラが明るい声で言った。「忘れちゃったの？　セーラがあなたのお母様でしょう？　セーラがお母様じゃ、だめなの？」

ロティは少し機嫌を直して、セーラに抱きついて鼻をすすった。

「いらっしゃい、窓ぎわのベンチにいっしょにすわりましょう」セーラは続けた。

「そしたら、小さい声でお話を聞かせてあげるわ」

「ほんと？」ロティがべそをかきながら言った。「お話ししてくれる？　ダイヤモンド鉱山のお話？」

「またダイヤモンド鉱山だって？」ラヴィニアが声を荒らげた。「まったく、うっとうしい甘ったれだわね。ひっぱたいてやりたいくらいだわ！」

セーラがさっと立ち上がった。重ねて言うが、ついさっきまでセーラはバスティーユ監獄の本に没頭していて、自分が母親がわりをしている子のところへ駆けつけて面倒を見てやらなければならないと気がついたとき、無理やり気分を切りかえなければならなかったのだ。セーラは天使ではないし、ラヴィニアのことが好きでもなかった。

「あら、そう」セーラは怒りを口に出した。「あなたのことこそ、ひっぱたいてやりたいくらいだわ。でも、わたしはそんなことはしない！」セーラは怒りを抑えようとした。「少なくとも、わたしはあなたをひっぱたいてやりたいし、それが当然だと思うけど、でも、そんなことはしないわ。わたしたち、浮浪児とはちがうんだから。それに、おたがい、もう少しものわかる年齢だし」

ここがラヴィニアのつっこみどころだった。

「あら、そうですわね、お姫様。わたくしたち、そういえば、プリンセスですものね。少なくとも、あなたは。この学校も、生徒にプリンセスがいるなんて、ミンチン先生もお鼻が高いことでございましょうね」

セーラはラヴィニアのほうへ一歩踏み出した。いまにもラヴィニアの横っ面をひっぱたきそうな勢いだった。おそらく、そうしたかったのだろう。セーラにとって、〈空想ごっこ〉は何にも代えがたい人生の楽しみだった。この遊びのことは、仲の良くない生徒たちには話したことがなかった。なかでも、最近始めたプリンセスになったつもりの〈空想ごっこ〉は心の深いところにある楽しみで、そっと大切に温めているものだった。この楽しみは秘密にしておきたいと思っていたのに、ラヴィニアが全校生徒のほとんどがいる場でこの遊びをバカにして笑ったのだ。セーラは顔に血がのぼり、耳がじんじん鳴ったが、かろうじて自制した。プリンセスは激怒したりはしないものなのだ。セーラは振り上げた手を下ろし、少しのあいだじっと立っていた。そしてふたたび口を開いたとき、その声は静かで落ち着いた声にもどっていた。セーラは顔を上げた。みんながセーラに注目した。

「たしかに、そのとおりよ。ときどき、わたしは〈空想ごっこ〉でプリンセスのつもりになります。プリンセスのつもりになることで、プリンセスのように行動しようと努力できるから」

ラヴィニアは、うまく言い返す言葉が出なかった。セーラと言い合いになると、ラヴィニアはいつも痛烈に言い返してやることができない。それは、どういうわけか、ほかの生徒たちがいつもセーラに味方しているように感じられるからだった。いまも、ほかの生徒たちは興味津々で耳をすましている。要するに、生徒たちは「プリンセス」というものが大好きで、目の前のプリンセスについてもっと確かなことを聞いてみたいと思って、セーラの周囲に集まってきていたのだ。

ラヴィニアはかろうじて、「あーら、驚いた。それでは、御即位あそばされたあとも、わたくしどものことをお忘れなきよう……」という捨てぜりふは思いついたものの、その言葉には迫力がなかった。

「ええ、忘れないわ」セーラはそれだけ言うと、黙って立ったまま、ラヴィニアがジェシーの腕を取って足早に教室から出て行くのを見送った。

それ以降、セーラをねたんでいる子たちは、とくに意地悪なことを言いたいときにはセーラのことを「プリンセス・セーラ」と呼ぶようになった。一方で、セーラのことが好きな子たちは、愛情を込めて仲間内でセーラを「プリンセス・セーラ」と呼ぶようになった。セーラに面と向かって「プリンセス」と呼びかける子はいなかったが、セーラを慕う生徒たちは「プリンセス」という呼び名がセーラにぴったりだし、とても華やかな響きがあるので、この呼び名を気に入っていた。ミンチン女史はこのことを耳にしてから、学校を訪ねてきた保護者たちの前で幾度となくこの呼び名を引き合いに出し、寄宿学校が王族御用達のように聞こえるのがまんざらでもないようすだった。

ベッキーは、「プリンセス・セーラ」という呼び名はセーラに最高にぴったりだと思っていた。霧深い午後に安楽椅子で居眠りしていたところを見つかって驚愕のあまりとびあがったベッキーとセーラの関係は日ごとに深まっていたが、ミンチン女史とアミリア嬢はこのことをほとんど知らずにいた。二人ともセーラが皿洗いの女の子に「優しい」ことは知っていたが、二人がこっそり分かちあっている楽しいひとときのことはいっさい知らなかった。上階に連なるたくさんの寝室の掃除を大急ぎですませると、ベッキーはセーラの部屋へやってきて、喜びのため息をつきながら重い石炭箱を下ろす。そして、セーラが物語の一部分を語って聞かせ、おなかを満たす食べ物が出される。ベッキーはその場で食べることもあったが、あわただしくポケットに入れておいて、夜に屋根裏部屋に上がってから食べることもあった。

「けど、よく気ぃつけて食べなくちゃなんねえんです、お嬢様」ベッキーがそう言ったことがあった。「うっかりかけらをこぼしといたりすると、ネズミが食べに出てくるもんで」

「ネズミ！」セーラはぎょっとして声をあげた。「ネズミがいるの？」

「いっぱいいますよ、お嬢様」ベッキーが顔色ひとつ変えずに答えた。「屋根裏にいるのは、ほとんどがドブネズミかハツカネズミで、走りまわる音がするけど、そのうち慣れるもんで。あちしなんか、もう慣れちまって、枕の上を走らなけりゃ気にならねえですけどね」

「うっ！」セーラが声をもらした。

「しばらくすりゃ、何にでも慣れるもんです」ベッキーが言った。「慣れるよりしかたねっから。皿洗いに生まれたからには。ゴキブリよりは、ネズミのほうがましだね」

「わたしもそう思うわ」セーラが言った。「ネズミとなら、そのうちお友だちになれるかもしれないけれど、ゴキブリとはお友だちになりたくないわね」

日によっては、ベッキーが明るく暖かい部屋にほんの数分しかいられないこともあった。そんなときには、二人は短い言葉をかわすだけだったが、セーラは買い置きしておいたちょっとした食べ物を、ベッキーがスカートの下で腰にひもでくくりつけている昔風のポケットに入れてやるのだった。小さく包んで渡してやれるおいしい食べ物を探し歩くショッピングは、セーラの日常の新しい関心事になった。馬車に乗って出かけるとき、あるいは歩いて外出するとき、セーラは店のショーウィンドーを熱心に見て歩いた。小さなミートパイを二、三個買って帰ることを初めて思いついたときは、ちょっとした宝の山を掘り当てた気分だった。セーラがミートパイを見せると、ベッキーの目が輝いた。

「うわぁ、お嬢様！」ベッキーがつぶやいた。「これ、うまくて、腹もちがいいんです。腹もちがいいのが何よりだ。スポンジケーキも天国みてえにうまいけど、ふわっと溶けちまうから――わかるかなあ……。そこにいくと、これはいつまでも腹にもつから」

「あの……」セーラはためらいがちに言った。「いつまでもお腹に残ってるのもどうかと思うけど、でも、きっと満足してもらえると思うわ」

たしかに、ミートパイはベッキーに満足をもたらした。あるいは、惣菜屋で買ったビーフ・サンドイッチも。ミートロールやボローニャ・ソーセージも。やがて、ベッキーは空腹感や疲労感にさいなまれることがなくなり、石炭箱が耐えがたい重さに感じられることもなくなっていった。

石炭箱がどんなに重くても、コックの機嫌がどんなに悪くても、山のような仕事がどんなにつらくても、ベッキーには午後の時間――セーラお嬢様が居間にいてくれる時間――を心待ちにする楽しみができた。実際、ミートパイがなくたって、ベッキーにとってはセーラお嬢様の顔を見るだけで満足だっただろう。二言三言かわす時間しかないときでも、気のおけない快活な会話のおかげで、ベッキーは元気が出た。そして、もっと時間があるときは、お話の一部分を語って聞かせてもらえるか、あるいは後々まで忘れられないような、ときには屋根裏部屋のベッドにはいってからまた思い出すような、そんな会話もあった。セーラとしては、とくに考えたわけでもなく、自分がしたいことをしているだけだった。セーラは生まれついての〈与える人〉だったのだ。だから、自分があわれなベッキーにとってどれほど大きな存在なのか考えてもみなかったし、どれほどの恩人であるかも意識してはいなかった。他人に〈与える〉ように生まれついた人間は、生まれたときから他人に与えるべく両手を開いていて、おまけに心の扉も外に向かって開いている。たとえ両手に何も持っていないときがあったとしても、心にはいつも思いやりがいっぱい詰まっていて、それを与えることができる――温かさ、親切、優しさ。救いの手と、なぐさめと、笑いと。ときには、快活な明るい笑い声が何よりの救いになることもある。

ベッキーは悲惨で苛酷な生い立ちのせいで、笑うということをほとんど知らない子供だった。セーラはベッキーに笑うことを教え、ベッキーといっしょに笑った。そして、セーラもベッキーもはっきりと自覚してはいなかったけれど、笑いはミートパイと同じくらいに「腹もちがいいもの」だったのである。

セーラが一一歳の誕生日を迎える数週間前、父親から手紙が届いた。それは、いつもの若々しい快活な手紙とはちがった。クルー大尉は体調が思わしくなく、ダイヤモンド鉱山の事業がひどく負担になっているようだった。

「セーラちゃんにもわかると思うが、お父様はビジネスにはからっきし向いていないようだ。数字だの書類だの、頭が痛いよ。よくわからないことだらけだし、事業の規模があまりに大きすぎる。熱が高いせいか、夜中じゅう、半分は眠れずに寝返りばかり打っているし、あとの半分は悪夢にうなされている。もし、ここにかわいい〈ちい奥様〉がいてくれたら、きっと、大まじめないいアドバイスをくれるだろうと思うのだが。そうだろう、〈ちい奥様〉？」

クルー大尉はよく冗談めかしてセーラのことを〈ちい奥様〉と呼んでいた。セーラの妙にませたところをからかってのことだった。

クルー大尉はセーラの誕生日のためにすばらしいプレゼントをたくさん用意して

いた。そのなかには、パリに注文して作らせた新しい人形もあった。そして、人形の衣装といったら、それこそ目をみはるような豪華なドレスの数々が何から何までそろっていた。誕生日プレゼントに人形はどうかと尋ねてきた父親からの手紙に、セーラはとても風変わりでおもしろい返事を書いた。

「わたしはぐんぐん歳を取っています」と、セーラは書いた。「ですから、つぎのお人形をいただく日は、もうやってこないでしょう。今回がわたしにとって最後のお人形になります。そう考えると、なんだか厳粛な気分です。もし、わたしに詩が書けるものならば、きっと『最後のお人形』という題の詩なんて、とてもいいでしょうね。けれども、わたしは詩が書けません。書いてみようとはしたのですが、笑ってしまうような出来なのです。とうていワッツ[1]やコールリッジ[2]やシェイクスピアのようには書けません。どんなお人形もエミリーの代わりにはなれませんが、〈最後のお人形〉も大切にいたします。学校のみんなも喜ぶことでしょう。みんな、お人形が大好きなのです。大きい子たち（一五歳近い子たち）は、もうお人形で遊ぶ歳ではないわ、という顔をしていますけれど」

　インドの屋敷でこの手紙を読んだとき、クルー大尉は頭が割れそうな頭痛に苦しんでいた。目の前のテーブルには、事業の進展が危ぶまれる内容の書類や先行きへの不安が募るような手紙がうずたかく積まれていたが、クルー大尉は何週間ぶりかで声をあげて笑った。

「ああ、あの子は歳を取るごとにおもしろくなる。なんとかこの事業が好転してくれて、晴れて国にもどってセーラに会いたいものだ。いますぐあの子が小さな腕でわたしの首に抱きついてくれるなら、何を引き替えにしても惜しくない。何を引き替えにしても！」

　セーラの誕生日は、盛大なお祝いが計画されていた。教室は飾りつけられ、パーティーが開かれ、プレゼントのはいっているたくさんの箱は全校生徒が見守る中で

1　アイザック・ワッツ（一六七四～一七四八）イギリスの牧師、賛美歌作家。イギリス賛美歌の父と呼ばれる。
2　サミュエル・テイラー・コールリッジ（一七七二～一八三四）イギリスのロマン派詩人、批評家、哲学者。

仰々しく開封されることになっていた。そのうえ、生徒がふだん立ち入ることのできないミンチン女史の部屋で、豪華な祝宴が催されることになっていた。誕生日の当日は、学校じゅうが興奮で沸きたっていた。準備にてんてこまいで、午前中がどのように過ぎたのか、誰もはっきりとおぼえていないくらいだった。教室はヒイラギの花輪で飾られ、机は片づけられ、長椅子は部屋の壁にそって並べられて赤い布で覆われた。

その日の朝、セーラが自室の居間へ行くと、テーブルに小さくて不格好な包みが置いてあった。茶色の紙で包んで、ひもがかけてある。セーラには、それがプレゼントだとわかった。誰からのプレゼントか、それも見当がついた。セーラはそっと包みを開けた。出てきたのは、四角いピン・クッション[3]だった。あまりきれいではない赤のフランネル地で作られていて、黒い頭の待ち針をていねいに並べて「Menny hapy returns[4]」と読めるようになっている。

「まあ！」セーラは声をあげた。心の中に温かい思いが広がった。「どんなに手間がかかったことかしら！　うれしいわ……うれしすぎて胸が痛いくらい」

しかし、次の瞬間、セーラはわけがわからなくなった。ピン・クッションの裏側に名刺がとめつけてあって、きっちりした文字で「アミリア・ミンチン」と書いてあるのだ。

セーラはカードを何度も何度もひっくり返してみた。

「アミリア先生が……！」セーラはつぶやいた。「まさか！」

ちょうどそのとき、ドアがそっと開く音がして、ベッキーの顔がのぞいた。ベッキーの顔には情愛あふれる温かい笑みが浮かんでいた。ベッキーはすり足で近づいてきて、心配そうに指先をこねながら立っていた。

「セーラお嬢様、気に入ってもらえたかい？　どう？」ベッキーが聞いた。

「気に入った、どころか！」セーラが声をあげた。「ありがとう、ベッキー。あなた、これ、ひとりで作ったのね」

3　針山。綿や羊毛などを布で包んだもので、裁縫の針が錆びないように刺しておく。
4　正しくは、Many happy returns（佳き日がたくさん繰り返されますように）。

ベッキーは、なかばひきつったように、なかばうれしそうに、鼻をすすった。目が喜びにうるんでいた。

「ただのフランネルだし、それも新しいフランネルじゃねえけど。でも、お嬢様に何かあげたくて、夜なべして作ったんだ。お嬢様ならきっと、〈空想ごっこ〉でサテンのピン・クッションにダイヤモンドの待ち針が刺さってることにしてくれるだろうと思って。あちしも、そうやって〈空想ごっこ〉しながら作ったんだ。そんで、その……名刺なんだけど」と、ベッキーはちょっと心配そうに言った。「くずかごから拾ったんだけど、悪くねえですよね？　ミーリア先生[5]が捨てたんだ。あちし、自分の名刺は持ってねっけど、ちゃんとしたプレシンク[6]には名刺をくっつけねばなんねえって知ってたから。だから、ミーリア先生のをくっつけたんだ」

セーラは駆け寄ってベッキーを抱きしめた。のどに熱いものがこみあげてきたけれど、なぜなのか自分でもわからなかった。

「ああ、ベッキー！」セーラの小さな笑い声は、ちょっと涙声のように聞こえた。

「大好きよ、ベッキー。あなたのことが大好きよ！」

「ああ、お嬢様！」ベッキーがささやくように言った。「ありがとごぜえます、お嬢様、もったいねえです。それほどのもんじゃねえけど。あの……フランネルが新品じゃねえもんで」

5　「アミリア」を訛って発音している。
6　「プレゼント」を訛って発音している。

第7章　ダイヤモンド鉱山（その二）

その日の午後、ヒイラギで飾られた教室にセーラがはいってきたが、その光景はセーラを先頭に戴くちょっとした御練りのようだった。ミンチン女史はいちばん上等なシルクのドレスに身を包み、セーラの手を引いていた。二人のあとに〈最後のお人形〉がはいった箱をささげ持った下男が続き、そのあとに二つ目の箱を持った女の小間使いが続き、いちばん後ろが三つ目の箱を持ったベッキーだった。ベッキーは清潔なエプロンと新しいメイド・キャップをかぶっていた。セーラはもっとふつうの形で教室にはいりたいと思っていたのだが、ミンチン女史から呼び出され、女史の部屋で面談したあと、「今回は通常の誕生祝いではありません。ふつうの誕生日と同じ扱いにするつもりもありません」と告げられたのだった。

そういうわけで、セーラは仰々しい行列を従えて教室に入場することになってしまい、上級の生徒たちがじろじろ見てひじでつつきあう光景や小さい生徒たちが椅子の上でうれしそうに身をよじるようすを目にして、気恥ずかしい思いを感じていた。

「みなさん、お静かに！」ざわつく生徒たちに向かって、ミンチン先生が声を張りあげた。「ジェイムズ、箱をテーブルに置いて、蓋を取りなさい。エマ、その箱は椅子の上に置きなさい。ベッキー！」いきなり厳しい声がベッキーに飛んだ。

ベッキーはすっかり興奮して我を忘れており、大喜びでじっとしていられないロティを見てニッと笑っていたが、叱責の声にぎょっとして箱を落としそうになった。そして、おろおろしながら何度も膝を折ってぺこぺこ頭を下げたので、それを見たラヴィニアとジェシーがおもしろがってクスクス笑った。

「生徒たちをじろじろ見るんじゃありません。分をわきまえなさい」ミンチン女史が言った。「その箱を置いて！」

ベッキーはあわてて言われたとおりにし、急いで戸口のほうへあとずさった。

「下がってよろしい」ミンチン女史が手で払うようなしぐさで召使いたちを遠ざけた。

ベッキーは一歩脇へよけて、目上の召使いたちに道を譲った。そして、あきらめきれないように、テーブルの上に置かれた箱に目をやった。ブルーのサテン地で作られた何かが、薄紙のあいだからのぞいている。

「お願いがあります、ミンチン先生」突然、セーラが口を開いた。「ベッキーもこの部屋に残ってはいけませんか？」

それは大胆な発言だった。ミンチン女史は、思わず小さくのけぞった。そして、メガネを持ち上げ、自慢の生徒を何ごとかという目で見つめた。

「ベッキーを⁉」ミンチン女史は大きな声を出した。「親愛なるセーラさん、なんということを言うのですか！」

セーラはミンチン女史のほうへ一歩踏み出した。

「ベッキーもプレゼントを見たいでしょうから、この部屋にいさせてやってほしいのです」セーラは説明した。「なんといっても、ベッキーも女の子ですから」

ミンチン女史は、とんでもないことだという顔で、セーラとベッキーを交互に眺めた。

「親愛なるセーラさん」ミンチン女史が言った。「ベッキーは、ただの皿洗いです。皿洗いは……その……ふつうの女の子ではありません」

ミンチン女史は、皿洗いをふつうの女の子として見たことはなかった。皿洗いは石炭箱を運んで火をおこす機械と同じと思っていたのだ。

「でも、ベッキーは女の子です」セーラは言った。「きっと、プレゼントを見られたら喜ぶと思います。お願いです、部屋に残らせてあげてください――わたしの誕生日に免じて」

ミンチン女史は、おおいにもったいぶった口調で答えた。

「お誕生日に免じて、と言うならば、いてもいいことにしましょう。レベッカ[1]、セーラお嬢様のご厚情に感謝しなさい」

ベッキーは教室の隅へ下がって、どうなるのだろうとどきどきしながらエプロンの

1　「ベッキー」の正式な名前。

縁をひねくりまわしていたが、呼ばれて前に出てきて、膝を折っておじぎをした。セーラと視線をかわした一瞬、二人のあいだには友だちどうしで通じあうものがあった。ベッキーは言葉につかえながら感謝を口にした。

「ああ、すみません、お嬢様！　すごい感謝してます、お嬢様！　あちし、ほんと、人形が見たかったです、お嬢様！　ありがとごぜえます、お嬢様！　ありがとごぜえます、校長様」──と言いながら、ベッキーはミンチン女史に向かってしゃちほこばったおじぎをした──「許してくれて、ありがとごぜえます」

ミンチン女史は、こんどは戸口近くの教室の隅に向かって、ふたたび手で払うようなしぐさを見せた。

「あそこに立っていなさい。生徒たちに近づかないように」

ベッキーは言われたとおり部屋の隅へ行き、それでもにこにこ笑っていた。どこに立っていようと、この楽しい行事のあいだ、階下の洗い場でなくてこの教室にいられるだけで幸運だった。ミンチン女史が不吉な咳払いをしてふたたび口を開いたときも、ベッキーはまだ上の空だった。

「さて、みなさん。わたくしから少しお話をいたします」ミンチン女史が話しはじめた。

「お話だって」生徒の一人がひそひそ声で言った。「さっさと終わってほしいわ」

セーラは居心地の悪い思いをしていた。これはわたしの誕生日パーティーだから、ミンチン先生のお話はたぶんわたしのことだろう、と思ったのだ。全校生徒の前で自分についての話をされるなんて、気分のいいものではない。

「みなさんもご承知のように――」と、ミンチン女史のお話が始まった（思ったとおりの「お話」だった）。「――親愛なるセーラさんは、本日で一一歳になられます」

「親愛なるセーラさん、だって」ラヴィニアがつぶやいた。

「みなさんの中にも一一歳になった人は何人かいますが、セーラさんのお誕生日はほかの生徒の誕生日とは意味がちがいます。セーラさんは、大きくなったら莫大な財産を相続する人です。その財産を有意義に使うことは、セーラさんの義務でありま
す」

「ダイヤモンド鉱山だもんね」ジェシーが忍び笑いしながらひそひそ声で言った。

セーラにはジェシーの声は聞こえなかったが、グリーン・グレーの瞳でミンチン女史をじっと見つめているうちに、だんだん腹が立ってきた。ミンチン女史がお金の話をすると、セーラはいつもミンチン先生のことが大嫌いに思えてくるのだ。もちろん、大人に対して嫌悪を抱くのが失礼だということは、わかっていたけれど。

「セーラさんの親愛なるお父上クルー大尉がインドからセーラさんを連れてこられて、わたくしどもにお任せくださったとき――」と、ミンチン女史の「お話」は続いた。「大尉は冗談めかして、『ミンチン先生、この子は将来たいへんな資産家になるのですよ』とおっしゃいました。わたくしは、『クルー大尉殿、わが校における教育は、いかほどに大きなご資産をお持ちになっても恥ずかしくないものとなりましょう』とお答えいたしました。セーラさんは、わが校でもっとも優秀な生徒に育ちました。フランス語とダンスの成績は、わが校の誉れであります。セーラさんのお作法は、みなさんがセーラさんを〈プリンセス・セーラ〉と呼ぶようになったことを見てもわかるように、まさに完璧であります。セーラさんの気だての良さは、本日のパーティーを開いてくださったことを見てもあきらかです。みなさんには、セーラさんのお心づかいに感謝していただきたいと思います。さあ、声を合わせて『セーラさん、ありがとう！』と言って、感謝を表しましょう」

ここで生徒全員が起立した。セーラがよくおぼえている初登校の日の朝と同じ光景だった。

生徒全員が「セーラさん、ありがとう！」と言い、ロティなどはピョンピョンとびはねていた。セーラはちょっと恥ずかしそうな表情を見せたあと、膝を折って会釈をした。とても優雅なしぐさだった。

「みなさん、わたくしのパーティーにおいでくださって、ありがとうございます」

セーラは言った。

「たいへんけっこうですよ、セーラさん」ミンチン女史がセーラをほめた。「本物のプリンセスも、民衆の歓呼の声に、そのように応えるものです。ところで、ラヴィニア」――ミンチン女史の言葉は痛烈だった――「たったいま、あなたが出した音は、鼻を鳴らす音にそっくりでした。他人に対して嫉妬するにしても、もう少しレディらしい方法で表現していただきたいですね。さて、それでは、このあとはみなさんでご自由に」

ミンチン女史がさっさと教室を出ていったとたんに、生徒たちを抑えつけていた重圧が消えた。教室のドアが閉じるが早いか、全員が席を立った。小さな子たちは椅子から転げ落ちるようにとびおり、年長の生徒たちもあっという間に席を離れて、全員がプレゼントの箱めがけて押し寄せた。セーラは箱の上にかがみこみ、うれしそうな顔を見せた。

「この箱にはいっているのは本だわ、きっと」

小さい子たちは落胆の声をもらし、アーメンガードはぎょっとした顔になった。

「あなたのお父様って、お誕生日に本を送ってくるの？」アーメンガードが声をあげた。「それじゃ、うちのお父様と同じくらいひどいわ。セーラ、そんな箱、開けるのやめなさいよ」

「わたしは本が好きなのよ」セーラは笑って答えたが、向きを変えて、いちばん大きな箱に手をかけた。セーラが箱から〈最後のお人形〉を取り出すと、あまりのすばらしさに子供たちのあいだからため息がもれ、誰もが一歩退いて、息を詰めたまま、

子供たちが口々に歓声をあげながらセーラの周囲に押し寄せた。

うっとりとした眼差しで人形を見つめた。

「ロティと同じくらい大きいわ」誰かがあえぐような声を出した。

ロティは手をたたき、笑いながら跳ねまわっている。

「お芝居を観に行くときのドレスね」ラヴィニアが言った。「マントの裏地はアーミンの毛皮よ」

「あら！」アーメンガードが声をあげて人形に駆け寄った。「手にオペラグラスを持ってるわ！　青と金のオペラグラス！」

「お人形のトランクを開けて、この子の持ち物を見てみましょうよ」そう言うと、セーラは床に腰をおろし、トランクの鍵を開けた。子供たちが口々に歓声をあげながらセーラの周囲に押し寄せ、トランクから一段また一段と取り出される中仕切りのトレイに並べられた衣装に見入った。教室はまさに前代未聞の騒ぎになった。レースの付け襟。シルクのストッキング。ハンカチ。宝石箱には、本物のダイヤモンドかと思うような石で飾られたネックレスやティアラ。シールスキン[2]のロングコートとマフ。舞踏会用のドレス、お散歩用のドレス、お出かけ用のドレス。お茶会用のドレスに、おそろいの帽子と扇。ラヴィニアやジェシーでさえ、自分たちがもう人形で遊ぶ年齢でないことを忘れ、賞賛の声をあげながらあれこれ小物を手に取って眺めた。

セーラはテーブルのそばに立ち、血の通わぬ笑みをたたえた豪勢な物持ちの人形に大きな黒いベルベットの帽子をかぶせながら、口を開いた。「想像してみて。もしも、このお人形が人間の言葉を理解できて、みんなからほめられることを誇らしく思っているとしたら――」

「また例の〈空想ごっこ〉?」ラヴィニアが見下すような口調で言った。

「そうよ」セーラが平然と答えた。「わたし、空想するのが好きなの。〈空想ごっこ〉ほど楽しいことはないわ。まるでおとぎ話の主人公になったみたいなんだもの。本気で空想すれば、何だって本物みたいに思えてくるのよ」

「何でも持ってるご身分なら、〈空想ごっこ〉だって簡単でしょうよ」ラヴィニアが言った。「だけど、もし物乞いになって、みすぼらしい屋根裏部屋に住んでいたとしても、それでも〈空想ごっこ〉なんてできるのかしらね?」

セーラは〈最後のお人形〉にかぶせた帽子のダチョウの羽根飾りを直していた手を

止めて、考えこむ表情になった。

「そうね、きっとできると思うわ」セーラは言った。「物乞いだったら、四六時中いつでも〈空想ごっこ〉をしていなくちゃ、耐えられないでしょうね。簡単ではないかもしれないけれど」

あとになって、なんと不思議な運命の巡りあわせだろう、と、セーラは思ったものだった。ちょうどセーラがそう言いおえたそのタイミングで、アミリア嬢が教室にはいってきて、こう告げたのだ。

「セーラ、あなたのお父様の弁護士さんでバローさんとおっしゃる方がミンチン先生を訪ねていらしたわ。それで、ミンチン先生はバロー氏と二人きりでお話しなさりたいんだけれど、先生の居間にはパーティーの飲み物とお菓子を並べてしまったので、お部屋が使えないの。だから、みなさん、これからミンチン先生のお部屋に移っておやつになさいな。そうしたら、ミンチン先生とバロー氏がこちらのお教室でお話しで

2　オットセイやアザラシの毛皮。

きますから」

おやつはいつだって大歓迎だから、生徒たちの目が輝いた。アミリア嬢は生徒たちを整列させ、自分とセーラが先頭に立って教室をあとにした。教室では、残された〈最後のお人形〉が椅子にすわらされ、豪華絢爛な衣装類があたりに散らばっていた。ドレスやコートは椅子の背にかけられ、レースのフリルがいっぱいついたふわふわのペチコートが座席に置かれていた。

おやつに招かれていないベッキーは、無謀にも少しのあいだ教室に残って、美しい人形や衣装に見とれていた。それは、たしかに無謀な行為だった。

「仕事にもどりなさい、ベッキー」アミリア嬢が声をかけたが、ベッキーは足を止めて、うやうやしい手つきで人形のマフを手に取り、つぎにコートを手に取り、豪華な衣装に見とれていた。と、そのとき、戸口にミンチン女史の足音が聞こえた。自分のあつかましい行為を叱られるにちがいないと震えあがったベッキーは、とっさにテーブルの下に逃げこんだ。テーブルクロスに隠されて、ベッキーの姿は見えなくなった。

ミンチン女史が部屋にはいってきた。続いてはいってきたのは目つきの鋭いそっけない感じの小柄な紳士で、いささか落ち着かないようすだった。ミンチン女史のほうも落ち着かない物腰で、そっけない小柄な紳士を苛立ちと困惑のいりまじった表情で見つめていた。

ミンチン女史はしゃちこばった態度で椅子に腰をおろし、手ぶりで紳士に椅子をすすめた。

「どうぞ、おかけください、バローさん」

バロー氏はすぐには腰をおろさず、〈最後のお人形〉とその周囲に散らばっているものに気を取られているように見えた。バロー氏はメガネをかけ、人形や豪華な衣装や小物類を非難がましい目つきで見やった。〈最後のお人形〉のほうは、この状況にまったく臆することなく背すじを伸ばし、紳士の視線を無感動にはね返していた。

「一〇〇ポンドですよ」バロー氏がぶっきらぼうに言った。「どれも高価なものばかりで、パリの仕立て屋に作らせたものです。まったく、よくも盛大に金を使ってくれたものだ」

ミンチン女史は、むっとした。学校にとって最大のパトロンを侮辱する無礼な物言いだと思ったのだ。たとえ弁護士といえども、そのように無礼なことを言う権利はない、と。

「どういうことでしょう、バローさん?」ミンチン女史は表情をこわばらせた。

「お話がわかりませんが」

「誕生日のプレゼントですよ」バロー氏があいかわらずの非難口調で言った。「たった一一歳の子に! わたしに言わせれば、常軌を逸した浪費ですよ」

ミンチン女史はますます威厳を示そうと背すじを伸ばした。

「クルー大尉は資産家でいらっしゃいます」ミンチン女史は言った。「ダイヤモンド鉱山だけでも——」

バロー氏がくるりと向きを変えてミンチン女史を真正面から見すえ、「ダイヤモンド鉱山!」と吐き捨てた。「そんなものはない! そんなもの、ありはしなかったのですよ!」

ミンチン女史が思わず立ちあがった。

「なんですって！　どういう意味ですか？」

「いずれにせよ、そんな話などなかったほうがはるかに良かったってことですよ」バロー氏がいまいましそうに言った。

「ダイヤモンド鉱山が、ですか？」ミンチン女史は椅子の背をつかんだまま、言葉をしぼりだした。輝かしい夢が目の前から消え去っていくような気がした。

「ダイヤモンド鉱山などという話は、金儲けよりも破産に終わるケースのほうがはるかに多いんです」バロー氏が言った。「親友に一から十まで任せっきりで、自分自身じゃビジネスなど何もわからないというなら、ダイヤモンド鉱山の話などには乗るべきじゃないんです。ダイヤモンド鉱山にせよ、金の鉱山にせよ、何の鉱山にせよ、親友の話に乗せられて投資するなど愚の骨頂です。亡くなったクルー大尉は――」

ここで、ミンチン女史がはっとして口をはさんだ。

「亡くなった、とおっしゃいました⁉　亡くなった、ですって⁉　まさか、クルー大尉が――」

「亡くなったのです」バロー氏がそっけなく言い放った。「ジャングル熱[3]とビジネス・トラブルが重なったのが原因です。ジャングル熱にかかっただけで、ビジネス・トラブルで正気を失うほど追い詰められていなければ、死なずにすんだかもしれない。あるいは、ビジネス・トラブルだけでジャングル熱にダメ押しされなければ、やはり死なずにすんだかもしれない。しかし、クルー大尉は亡くなったのです！」

ミンチン女史は、がっくりと椅子にすわりこんでしまった。バロー氏の言葉を聞いて、ただならぬことになったと理解したのだった。

「ビジネス・トラブルとは、いったい何だったのです？」ミンチン女史が尋ねた。

「何がいけなかったのです？」

「ダイヤモンド鉱山ですよ」バロー氏が答えた。「それと親友。そして破産」

ミンチン女史は息を切らして、「破産……！」と、あえぐように声をしぼり出した。

「一ペニー残らず失ったのです。あの若さで、金がありすぎたんですな。彼の親友という男がダイヤモンド鉱山に入れこんでいましてね、自分の全財産をダイヤモンド鉱山につぎこんで、クルー大尉の全財産もダイヤモンド鉱山につぎこんだ。そして、この親友という男が逃げてしまったんです。その知らせを聞いたとき、クルー大尉はすでにジャングル熱に冒されていました。そこへ、ショックが大きすぎたんですな。うわごとをくりかえして死んでいったそうです。娘のことをうわごとのようにくりかえして。一ペニーも残さず」

ミンチン女史はようやく事態を理解した。女史にとって、人生で最大の打撃だった。ご自慢の生徒も、ご自慢のパトロンも、一撃で上流女子寄宿学校から消えてしまったのだ。ミンチン女史は自分が踏みにじられ略奪されたように感じた。そして、悪いのはクルー大尉もセーラもバロー氏も同じだと思った。

「それはつまり、大尉が何ひとつ残さずに亡くなったということですか⁉」ミンチン女史は声を荒らげた。「セーラは何の財産も相続しないということですか⁉　あの子は物乞い同然ということですか⁉　莫大な財産の相続人ではなくて、ただの文無しとしてわたくしどもの手に残されたということですか⁉」

3　熱帯地方のマラリア熱。

　バロー氏は抜け目のないビジネスマンだったので、この際さっさと自分には何の責任もないことを明らかにしておいたほうがよかろうと考えた。

「おっしゃるとおり、あの子は物乞い同然の身となったわけです」バロー氏は答えた。「そして、おっしゃるとおり、あなたの手に残された。われわれの知るかぎり、あの子には身寄りが一人もありませんのでね」

　ミンチン女史は、ふらふらと歩きかけた。ドアを開け、部屋の外に出て、自分の居室で開かれている陽気で騒々しいパーティーを即刻やめさせようと考えたようだった。

「とんでもない話です！」ミンチン女史は言った。「あの子はいまこの瞬間も、わたくしの居室でシルクガーゼのドレスとレースのペチコートを着て、パーティーを開いているんですよ。わたくしのお金で」

「パーティーを開いているのならば、あなたの出費で、ということになるでしょうな」バロー氏は平然と言った。「バロー・アンド・スキップワース法律事務所は、いっさい何の責任も負いません。これほどきれいさっぱり全財産を失った例は、前代未聞です。クルー大尉は、わが社からの最後の請求も支払わないまま亡くなったんです、それもかなりの額の」

ミンチン女史は戸口まで行ったものの、またもどってきた。怒りは大きくなるばかりだった。こんな最悪の事態が降りかかろうとは、夢にも思わなかった。

「それは、こちらが言いたいセリフです！」ミンチン女史は声をはりあげた。「いつもお支払いがあると確信していたからこそ、あの子のためにバカバカしいほどの出費を立て替えてきたのです。あのバカげた人形の代金も、バカげた豪華な衣装類の代金も、わたくしが立て替えているのです。あの子が欲しがるものは何でも与えてやってくれと言われましたから。馬車の代金も、ポニーの代金も、小間使いの給金も、最後の小切手が届いてからあと、ぜんぶわたくしが立て替えているのです」

バロー氏は、自分の法律事務所の立場を明確にし、ありのままの真実を伝えた以上、この場にとどまってミンチン女史の泣き言に耳を貸すつもりはないという態度をあからさまに見せた。激昂している寄宿学校の経営者に対して、特段の同情を感じる義理もなかった。

「それでは、これ以上は立て替えないほうが賢明でしょうな、マダム」バロー氏は言った。「そのお嬢さんにプレゼントなさるつもりでないならば。何の見返りもありませんからな。あの子はまったくの文無しです」

「でも、わたくしはどうすればよろしいのです？」ミンチン女史は食いさがった。後始末をつけてくれるのはもっぱらバロー氏の責任だと思っているような口ぶりだった。

「わたくしはどうすればよろしいのです？」

「どうすることもできませんよ」バロー氏はメガネをたたんでポケットにしまいながら言った。「クルー大尉は亡くなった。残された子供は文無し。あの子に責任がある人間は、あなた以外にはいません」

「わたくしはあの子に責任などございません！　責任など、ご免こうむります！」

ミンチン女史は怒りのあまり顔面蒼白になっていた。

バロー氏は帰りかけた。

「それについては、当方は関係ありません」バロー氏は冷淡な口ぶりで言った。「バロー・アンド・スキップワース法律事務所に責任はありません。こうなったことには、もちろんおおいに同情いたしますがね」

「あの子をわたくしに押しつけて事がすむと思われるなら、大まちがいですよ」ミンチン女史はあえぎながら言った。「わたくしはお金をだまし取られたのです。あんな子供、外へ放り出してやります！」

これほど激昂していなかったならば、用心深いミンチン女史のことだから、ここまでのことは口にしなかっただろう。しかし、とほうもなくぜいたくに育てられた子供、しかも自分にとって昔からおもしろくない存在であった子供を背負いこむことになって、ミンチン女史は完全に自制を失ったのだった。

バロー氏は顔色ひとつ変えずに戸口へ向かった。

「わたしだったら、そういうことはしませんでしょうな、マダム」バロー氏が意見を述べた。「見場が悪い。当校に関して良からぬ噂が広まることになりますよ。身寄りのない生徒を文無しで放り出したとなれば」

バロー氏は頭の切れるビジネスマンであり、その発言はまさに的確だった。そしてまたバロー氏は、ミンチン女史もビジネスのわかる人間であって事態の本質を見る目を持っているであろうことも承知していた。ミンチン女史としても、自分が血も涙もない経営者として人の噂にのぼることは避けたかったのである。

「学校に置いてやって、役に立ってもらえばいいんですよ」バロー氏は付け加えた。

「頭のいい子だそうじゃないですか。大きくなったら、おおいに使えますよ」

「大きくなる前にだって、おおいに使ってやりますわ！」ミンチン女史が声を荒らげた。

「そうでしょうな、マダム」バロー氏が意地の悪そうな微笑を浮かべて言った。「そうでしょうとも。それでは、ごきげんよう！」

バロー氏は頭を下げて出ていき、ドアを閉めた。ミンチン女史は、しばらくのあいだ立ちつくしたままドアをにらみつけていた。バロー氏の言ったことは、たしかにそのとおりだった。ミンチン女史にも、それはわかっていた。この損害を取りもどす方法はない。ご自慢の生徒はあとかたもなく消え失せ、あとに残ったのは、身寄りのない物乞い同然の少女。ミンチン女史が立て替えた費用は損失となり、取りもどす手だてはない。

あまりの悔しさに息をするのも忘れて立ちつくしていたところへ、自分の神聖なる居室から、わっと陽気な騒ぎ声が聞こえてきた。ミンチン女史は自分の居室を誕生日パーティーに使わせていたのだ。少なくとも、あれくらいは止めてやる……。

戸口に向かって歩きだそうとしたとき、ドアが開いてアミリア嬢がはいってきた。アミリア嬢は、さきほどまでとは一変した姉の憤怒の形相を見てぎょっとなり、あとずさりした。

「いったいどうなさったの、お姉様？」

それに答えるミンチン女史の声には、すさまじい怒りが込められていた。

「セーラ・クルーはどこにいるのです？」

「セーラですか？」当惑したアミリア嬢は、言葉に詰まった。「もちろん……その……ほかの子たちといっしょに、お姉様の部屋にいますわ」

「あの子の豪勢なワードローブの中に、黒いドレスはあったかしらね？」ミンチン女史は憎々しげに皮肉を込めて言った。

「黒いドレス？」アミリア嬢は、またも言葉に詰まった。「黒いドレスですか？」

「ほかの色のドレスなら何色でも持っているだろうけど、黒いドレスは？」

アミリア嬢の顔から血の気が引きはじめた。

「いいえ……あ、はい！　でも、セーラにはもう短すぎます。一着だけ古い黒のベルベットのドレスがありますけれど、もう背が伸びてしまいましたから」

「あの子に言ってやりなさい。あのふざけたピンク色のシルクガーゼのドレスを脱いで、黒いドレスに着替えるように、と。短すぎようが何だろうが、かまいません。ぜいたくなドレスはもうおしまいです！」

アミリア嬢は肉づきのいい両手をもみしぼり、泣きだした。

「ああ、お姉様！」アミリア嬢はすすりあげた。「ああ、お姉様！　いったい何がありましたの？」

ミンチン女史は単刀直入に言った。

「クルー大尉が亡くなったのです。一ペニーも残さず。あの甘やかされたわがまま放題の空想ばかりしている娘は、文無しになってわたくしの手に残されたのです」

アミリア嬢は、手近にあった椅子にくずおれるように腰をおろした。

「あの子供のくだらない楽しみのために、わたくしは何百ポンドというお金を使ったのに、一ペニーも回収できなくなったのです。あのバカげたパーティーをやめさせなさい。行って、いますぐドレスを着替えさせなさい」

「わたしが、ですか？」アミリア嬢があえぎあえぎ聞いた。「あの、わたしがいまから行って、あの子に伝えるのですか？」

「いますぐですっ！」ミンチン女史がものすごい形相でどなった。「そんなところでガチョウ[4]みたいにぼんやりすわりこんでいるんじゃありません。行きなさい！」

あわれなアミリア嬢は、ガチョウ呼ばわりされることに慣れていた。実際、アミリア嬢自身は自分でもガチョウ呼ばわりされるのはしかたないと思いこんでいたし、嫌な役目を引き受けるのはいつもガチョウと相場が決まっていた。楽しそうな子供たちであふれかえる部屋へ踏みこんで、パーティーの主役に向かって「あなたは、たったいまから物乞い同然の身になりました。だから、階上へ行って、小さくなった古い黒のドレスに着替えなさい」と言い渡すのは、いささか気の重い役目だった。しかし、

4　まぬけな人、の意味がある。

言われたようにするしかない。あれこれ質問している場合ではないのだ。

　アミリア嬢は両目をハンカチでこすって赤くしたあと、椅子から立ち上がり、ひとことも言わずに部屋を出ていった。姉があんな顔であんな言い方をするときには、とにかく黙って従うのが利口なのだ。一方のミンチン女史は、教室の中を歩きながら、無意識にひとりごとをつぶやいていた。去年、ダイヤモンド鉱山の話が伝わって以来、どれほどさまざまな夢を見てきたことか……。寄宿学校の経営者だって、鉱山所有者の意向しだいでは、株で大儲けできる可能性があった……。それなのに、いまや金儲けを楽しみにするどころか、損失に直面させられる羽目になって……。

「まったく、プリンセス・セーラが聞いてあきれるわ！」ミンチン女史は言った。

「あの子の甘やかされようときたら、まるで女王様のようだったじゃありませんか」

　ミンチン女史は怒りにまかせてつぶやきながら角のテーブルの脇を通りすぎようとしたが、そのときテーブルクロスの下から誰かが鼻をすすりあげる音が聞こえ、ミンチン女史はぎょっとして足を止めた。

「いったい何ですか！」ミンチン女史は腹立ちまぎれに声を荒らげた。ふたたび盛大りあげた。

に鼻をすすりあげる音が聞こえ、ミンチン女史はかがんでテーブルクロスの裾をまく

「このっ……、よくもまあ！」ミンチン女史が声をあげた。「よくもまあ！　すぐに出てきなさい！」

テーブルの下から這い出てきたのは、あわれなベッキーだった。皿洗いのメイド・キャップはずり落ちかけ、声を押し殺して泣いていたせいで顔が真っ赤になっている。

「すんません、あの、あちしです、校長様」ベッキーが釈明した。「よくねえことだとは、わかってたんです。けど、あちし、お人形を見てて、そんで、あの、校長様がはいってきなすったんでびっくらして、テーブルの下にすべりこんだんで」

「ずっとそこで盗み聞きしていたんだね」ミンチン女史が言った。

「そんなことしません、校長様」ベッキーがぺこぺこ頭を下げながら申し開きをした。「盗み聞きなんかしてねえです。気づかれねえようにそうっと出てこうと思ったんだけども、できなくて、ここにいなくちゃならなかったんで……。けど、盗み聞きなんかしてねえです、校長様、そんなこと、ぜったいしねえです。けど、聞こえちまった

もんで……」

突然、ベッキーは目の前に立っている恐ろしい女校長に対する恐怖心を忘れてしまったかのように、また大泣きしはじめた。

「ああ、お願えです、校長様。また叱られるかもしんねえけど、あちし、セーラお嬢様がお気の毒でなんねえんです。お気の毒で！」

「ここから出ていきなさい！」ミンチン女史が命令した。

ベッキーはまた膝を折っておじぎをした。もう、ほおを流れ落ちる涙を隠そうともしなかった。

「へえ、出てきます」震えながら、ベッキーは言葉を続けた。「けど、ああ、ちっとだけお聞きしたかったんです。セーラお嬢様は、えらくお金持ちでした。何から何まで小間使いに世話してもらって。けど、これからはどうなりますか、小間使いもなしで？　あの、お願えです、あちしにお世話さしてもらえませんか？　洗い場の仕事が終わったあとで。お嬢様は貧乏になっちまったから、あちしにお世話さしてもらえるんなら、洗い場の仕事なんか大急ぎで片づけちまいますから。ああ」――と、ここでまたベッキーは新たな涙に暮れた——「セーラお嬢様、お気の毒に。プリンセスって呼ばれてたお方が……」

どういうわけか、ベッキーの言葉はミンチン女史の怒りに油を注ぐ結果となった。洗い場の下働き風情がセーラの味方に回るなど、許しがたいことだった。考えれば考えるほど、ミンチン女史は自分がセーラをかわいいと思ったことなどいちどもなかったことを自覚した。ミンチン女史は足で床をどんと踏み鳴らした。

「許しません！　とんでもないっ！　自分のことは自分でする、そのうえ、ほかの人たちの世話もしてもらいます。いますぐこの教室から出ていきなさい！　さもないと、学校から追い出しますよ」

ベッキーはエプロンを頭からかぶって逃げだした。教室から走り出て、階段を下りて、洗い場で鍋や釜のあいだにすわりこんで、胸が張り裂けそうなくらいに泣きじゃくった。

「お話に出てきたのと、そっくり同じだよぉ」ベッキーは泣き叫んだ。「かわいそうなプリンセスが世間に放り出される、って話……」

数時間後、呼び出されたセーラが行ってみると、ミンチン女史は見たこともないほど硬く厳しい表情をしていた。

このときにはもう、セーラには、さっきまでの誕生日パーティーは夢だったのか、そうでなければ何年も前のできごとだったように思われ、それも自分とはまったく別の女の子の人生に起こったことにしか思えなくなっていた。

パーティーのお祝い気分は、すっかり消し去られていた。教室の壁にかかっていたヒイラギの飾りは取りはずされ、机や椅子はもとの場所にもどされていた。ミンチン女史の居間も、いつもどおりに片づいていた。お茶やお菓子はなくなり、ミンチン女史はふだんのドレスに着替えていた。生徒たちもパーティー用のドレスを脱ぐよう指示され、着替えが終わったあと、みんな教室にもどってグループごとにかたまり、興奮したようすでささやきあったりおしゃべりしたりしていた。

「わたくしの部屋へ来るよう、セーラに伝えてちょうだい」ミンチン女史がアミリア嬢に言った。「それから、泣いたりみっともない騒ぎはいっさい無用だと言っておくように」

「お姉様」アミリア嬢が答えた。「あんな変わった子は、見たことがありません。あの子はひとつも騒ぎませんでした。クルー大尉がインドへもどっていったときもそうだったのを、おぼえていらっしゃるでしょう？　何が起こったかを話して聞かせているあいだ、あの子はじっと立ったまま、声ひとつたてずにわたしを見ているだけでした。目がどんどん大きくなって、顔色が真っ青になりましたけれど。わたしが話しおえたあと、まだ少しのあいだ立ったままわたしをじっと見ていましたけれど、そのうちに、あごのあたりが震えだしたかと思ったら、くるりと回れ右して部屋を飛び出して、二階へ行ってしまいました。ほかの生徒たちの中には泣きだす子もいましたが、セーラはそんな泣き声は耳にはいらないようで、わたしの話以外にはまったく何にも反応しませんでした。ひとこともしゃべらないなんて、理解できませんわ。だって、急に思いもよらないことを聞かされたら、ふつう、何であれ、何か言うものでしょう？」

走って二階の自室にもどって鍵をかけたあと、何があったのか、セーラ以外には誰も知らなかった。実際、セーラ自身でさえ、部屋の中を歩きまわりながら、自分の声とは思えないような声で「お父様が亡くなった！　お父様が亡くなった！」とくりかえしつぶやいていたこと以外、ほとんど何もおぼえていなかった。

いちどだけ、セーラは椅子にすわったまま自分を見つめているエミリーの前で立ち止まり、大きな声を出した。「エミリー！　聞いているの？　聞こえているの？　お父様が亡くなったのよ？　インドで——何千マイルも離れたインドで亡くなったのよ」と。

ミンチン女史の居室に呼び出されたセーラは顔面蒼白で、目のまわりには濃いくまができていた。口はきつく結んでいて、自分が受けた苦痛やいま感じている苦痛を顔に出すまいとしているようだった。飾りつけられた教室で豪華なプレゼントのあいだを飛びまわっていたバラ色の蝶のような少女のおもかげは、すっかり消え失せていた。かわりにそこに立っているのは、無残にうちひしがれ、見る影もなくなった姿だった。

セーラは、マリエットの手を借りずに自分ひとりで、長いこと袖を通していなかった黒いベルベットのドレスに着替えた。ドレスはもう丈も胴回りも小さくなっていて、短すぎるスカートの下からセーラの細くて長い足がむきだしになっていた。黒いリボンが見当たらなかったので、セーラの短くて量の多い黒髪は乱れて顔に落ちかかり、蒼白な顔をいっそう青白く見せていた。セーラはエミリーを片手にしっかり抱きかかえていた。エミリーには黒い布が巻きつけてあった。

「人形を下に置きなさい」ミンチン女史が言った。「そんなものを連れてくるなんて、どういうつもりですか」

「いやです」セーラは答えた。「お人形は下に置きません。このお人形だけがわたしの持ち物なのです。これはお父様がくださったお人形ですから」

セーラにはいつもミンチン女史を不快にさせる何かがあったが、今回もそうだった。けっして失礼な口をきくわけではないのだが、セーラの口調には冷ややかな落ち着きがあって、ミンチン女史はそれが苦手だったのだ。おそらく、自分がセーラに対して血も涙もないことをしているという自覚があったからだろう。

「これからは人形で遊ぶような時間はありませんからね」ミンチン女史が言った。

「これからは働いて、いろいろな仕事をおぼえて、役に立ってもらいます」

セーラは大きくよそよそしい目でミンチン女史を見つめたまま、ひとことも口をきかなかった。

「これからは、いままでとはすっかり変わりますからね」ミンチン女史が続けた。

「アミリア先生から説明があったと思いますが」

「はい」セーラが答えた。「お父様が亡くなって、財産は何も残されていなくて、わたしはとても貧乏になった、と」

「あなたは物乞い同然の身です」この事態がどういうことを意味するかを思い出したとたん、ミンチン女史はまた腹が立ってきた。「あなたには身寄りもなければ、帰る家もないし、養ってくれる人もいないということです」

青白く肉付きの薄い小さな顔が一瞬ゆがんだものの、セーラは何も言わなかった。

「何をじろじろ見ているのです?」ミンチン女史がとげとげしい口調で言った。「話がわからないほど頭が悪いのですか? あなたはこの世に身寄りもなければ、面倒を見てくれる人もいない、と言っているのです。わたくしがあわれんでここに置いてやるのでなければ」

「わかっています」セーラは低い声で答えた。そして、こみあげてきた何かを無理に飲み下したような音を漏らした。「わかっています」

「あの人形も」と言って、ミンチン女史は近くの椅子に座っている豪華な誕生日プレゼントを指さした。「あのバカげた人形も、愚にもつかないぜいたくな衣類や何かも、実際にはこのわたくしが代金を支払ったのですからね！」

セーラはふりかえって人形を見た。

「〈最後のお人形〉……」セーラがつぶやいた。「〈最後のお人形〉……」悲しみに沈んだ幼い声が裏返った。

「まったく、〈最後の人形〉とはよく言ったものですよ！」ミンチン女史が言った。「あの人形はわたくしのものです。あなたのものではありません。あなたの持ち物はすべて、わたくしのものです」

「それでは、どうぞ、取り上げてください」セーラは言った。「わたしは欲しくありません」

もしこの場でセーラが泣きじゃくったりおびえた表情を見せたりしたならば、ミンチン女史もあるいはもう少し手加減したかもしれない。ミンチン女史は相手を見下して自分の力を誇示することの好きな女性だった。それだけに、セーラが蒼白な小さい顔の表情ひとつ変えず、幼い声が誇りを失わずにいるのを聞いたとき、ミンチン女史は自分の威光がまるで通じていないように感じたのだった。

「偉そうな顔をするのではありません」ミンチン女史が言った。「そういう態度は、もう通用しません。あなたはもうプリンセスではないのです。あなたの馬車とポニーは手放します。小間使いにも暇を出します。あなたはいちばん古くて粗末な服を着なさい。ぜいたくな服装は、あなたの身分には不似合いです。あなたはベッキーと同じです。働いて生活費を稼いでもらいますからね」

驚いたことに、セーラの瞳にかすかな輝きがさした。ほっとしたような表情だった。

「働かせてもらえるのですか?」セーラが言った。「働かせてもらえるなら、ずいぶんましです。何をすればよろしいのでしょうか?」

「何でも言われたことをするのです」というのがミンチン女史の返事だった。「あなたは知恵の回る子供だから、何でもすぐにおぼえるでしょう。役に立つなら、ここに置いてやらないこともありません。あなたはフランス語を話せるから、小さい子供たちの勉強も見てやれるでしょうし」

「いいのですか？」セーラの声が大きくなった。「ぜひ、やらせてください！　わたし、教えるのは、できると思います。小さい子たちのことも好きですし、あの子たちもわたしのことが好きですから」

「人から好かれるとか好かれないとか、つまらないことを口にするのはやめなさい」ミンチン女史が言った。「小さい子たちを教えるだけがあなたの仕事ではありません。使い走りもあるし、教室だけでなく調理場でも働いてもらいます。わたくしの気に入るようにしなければ、ここから追い出します。よくおぼえておくように。さあ、もう下がりなさい」

セーラは少しのあいだ、その場に立ったままミンチン女史を見つめていた。幼い心の中に、深くて説明しようのない感情が渦巻いていた。セーラは教室を出ようときびすを返した。

「待ちなさい！」ミンチン女史が口を開いた。「わたくしに感謝の言葉もないのですか？」

セーラは足を止めた。深くて説明しようのない感情が、あれやこれや胸にこみあげてきた。

「何に対してですか？」セーラは言った。

「わたくしの親切に対して、です」ミンチン女史が答えた。「あなたに家を与えてやったわたくしの親切に対して、です」

セーラは二、三歩ミンチン女史のほうへ踏み出した。そして、薄い胸を上下させながら、妙に子供離れした辛辣な言葉を返した。

「あなたは親切ではありません。あなたは親切などではないし、ここは家などではありません」そう言うと、セーラはくるりと向きを変えて、部屋から走り出た。ミンチン女史はあっけにとられたまま、石のような怒りを込めた表情でセーラの後ろ姿をにらみつけるばかりだった。

階段をのぼる足取りはゆっくりだったが、人形をきつく抱き寄せたセーラは、あえぐように息を切らしていた。

「この子がしゃべれたらいいのに」セーラはひとりごとをつぶやいた。「この子が言葉をしゃべれたら……しゃべれたらいいのに！」

セーラは自分の部屋にもどってトラの毛皮の上に突っ伏して、大きなトラの頭にほおずりしながら暖炉の火を見つめて考え、考え、考えぬくつもりだった。しかし、セーラが階段を上がりきる直前に、アミリア嬢が部屋から出てきて、ドアを後ろ手に閉めた。そしてドアの前に立ち、びくびくしたようなぎこちない表情でセーラを見た。ほんとうのところは、姉から命じられて実行したことを心ひそかに恥じていたのである。

「あなたは……あなたは、この部屋にははいれません」アミリア嬢が言った。

「はいれない、ですって？」セーラは声をあげ、一歩あとずさりした。

「もうあなたの部屋ではないのです」アミリア嬢は顔を少し赤くしながら答えた。

どういうわけか、セーラは即座に事態を理解した。これがミンチン先生の言った

「いままでとはすっかり変わる」ということの始まりなのだ、と思った。

「わたしの部屋はどこですか?」セーラは、声が震えませんように、と願いながら尋ねた。

「あなたはベッキーの隣の屋根裏部屋で寝起きするのです」

セーラは屋根裏部屋がどこにあるか知っていた。ベッキーから聞いたことがあったのだ。セーラはくるりと向きを変え、もう二階ぶん階段をのぼった。最後の一階ぶんは狭い階段で、古いすりきれたカーペットが敷いてあった。階段をのぼりながら、セーラは、いまではもう自分のこととは思えなくなった別の少女が住んでいた世界をはるか下に残して、そこから去っていくような気がしていた。いま、短くてきつくなった古いドレスを着て屋根裏への階段を上がっていく子供は、かつての自分とはまるでちがう子供のように思われた。

屋根裏部屋に着いてドアを開けたセーラは、がっくりと気落ちした。ドアを閉め、ドアを背にして立ったまま、部屋の中を見まわす。

そう。これは別の世界だ。天井が斜めに傾斜していて、壁はしっくいで塗ってあ

セーラはめったに泣かない子供だった。このときも、セーラは泣かなかった。

るが、白かったはずのしっくいは薄汚れて、あちこち剝がれ落ちている。暖炉の火格子は錆びついているし、古びた鉄枠のベッドに敷かれたマットレスはかちかちに硬くて、色あせたベッドカバーがかかっているだけだった。使い古されて階下ではもう使えなくなった家具が運びあげられている。天窓からは、重苦しい灰色の空が長方形に切り取られて見えるだけ。天窓の下には、使いつぶされて傾いた赤い足のせ台が置いてあった。セーラは足のせ台のところへ行って、腰をおろした。セーラはめったに泣かない子供だった。このときも、セーラは泣かなかった。エミリーを膝の上に寝かせ、その上に顔を伏せ、両腕でエミリーを抱きしめたまま、すわっていた。黒い布で包んだ人形に黒髪の頭を乗せたまま、ひとこともしゃべらず、音もたてずにじっとしていた。

　黙ったまますわっていたところへ、ドアをノックする小さな音がした。とても小さくて遠慮がちなノックだったので、はじめのうち、セーラは音に気づかなかった。実際、セーラが気づいたのは、ドアがそっと開けられ、泣きはらしたあわれな顔がすきまからのぞいたときだった。それはベッキーだった。ベッキーはエプロンで涙を拭いながら、人目を忍んで、人相が変わるほど何時間も泣きつづけていたのだった。

「ああ、お嬢様」ベッキーは声をひそめて言った。「ちょっとだけ……ちょっとだけ、はいってもいいですか？」

セーラは顔を上げて、ベッキーを見た。そして無理にほほえもうとしたが、どうしても笑顔になれなかった。そのとき突然、自分のことを思って悲しんでくれるベッキーの泣きはらした目を見たのがきっかけで、セーラの顔に年齢相応の子供の表情がもどった。セーラは片手を差し出し、小さな嗚咽をもらした。

「ああ、ベッキー。前に言ったわね、わたしたちは同じようなものだ、って。ただの小さな女の子どうしだ、って。ほんとうに、そのとおりだったわ。いまでは、もう、何もちがいはなくなったもの。わたし、もうプリンセスじゃないわ」

ベッキーはセーラに駆け寄り、その手を取って自分の胸に押しつけ、かたわらに膝をついて、セーラへの愛と心の痛みに涙を流した。

「いいや、お嬢様はいまだってプリンセスだ」ベッキーは涙声で言った。「お嬢様の身に何が起ころうと、何がどうなろうと、お嬢様はやっぱりプリンセスだ。何があったって、お嬢様は変わりゃしねえもの」

第8章　屋根裏部屋で

　屋根裏部屋で過ごした最初の夜を、セーラはけっして忘れることはなかった。長い夜を、セーラはおよそ子供には似合わぬ苛酷なまでの悲しみにさいなまれて過ごしたが、そのことは誰にも話さなかった。話したとしても、きっとわかってはもらえなかっただろう。それでも、暗闇の中で眠れないまま横たわっているあいだ、あまりに異質な環境に放りこまれたせいで、ときおり否応なく悲しみから気がそれたのは、むしろ幸いだったと言えるだろう。小さな肉体が物理的な不快に気を取られることでもなければ、幼い心をさいなむ苦悶は、子供には耐えがたいものだったかもしれない。とはいえ、実際には、夜がふけていくあいだ、セーラは自分に肉体があることすらほとんど忘れて、たったひとつのことだけを考えていた。

「お父様が亡くなった！」セーラはつぶやきつづけた。「お父様が亡くなった！」

ベッドがあまりに硬いので寝やすい場所を探して何度も何度も寝がえりを打っていたことに気づいたのは、ずいぶんあとになってからだった。暗闇がそれまで知らなかったほど深い闇であることや、煙突が立ちならぶ屋根の上を吹きすさぶ風が何かを悼んでむせび泣く声のように聞こえることに気づいたのも、ずいぶん時間がたってからだった。それに、もっと恐ろしい物音も聞こえた。壁の中や幅木[1]の後ろから、あわただしく走りまわる足音や爪で何かを引っかく音やチューチュー鳴く声が聞こえたのだ。それが何なのか、セーラはわかっていた。ベッキーから聞いていたからだ。ドブネズミやハツカネズミがけんかしているか、でなければ遊んでいるのだろう。一度か二度など、鋭い爪のついた足が床をすばやく横切って走る音も聞こえた。あとになって当時をふりかえったときに思い出したのだが、小動物の走る足音を初めて耳にしたとき、セーラはぎょっとしてベッドの上に起きあがり、しばらく震えていたあ

1　壁と床が接する部分に設置された横板のこと。

と、ふたたびベッドに横になって、掛けぶとんを頭からかぶって寝たのだった。

日々の暮らしは、徐々にではなく一気に様変わりした。

「これからずっとそうなるのだから、初めからそうさせなさい」ミンチン女史はアミリア嬢に言った。「これからどういう暮らしになるのか、いますぐわからせてやらなくてはなりません」

マリエットは暇を出され、翌朝に去っていった。セーラが前日まで居間として使っていた部屋の前を通りかかったとき、ドアが開いていて、中がちらりと見えた。部屋のようすは一変していた。居間にあった装飾品やぜいたくな調度品はすべて片づけられ、部屋のすみにベッドが置かれて、新しい生徒の寝室に模様替えされるようだった。

朝食の時間に階下に下りていくと、それまでセーラが座っていたミンチン女史の隣の席にはラヴィニアがすわっており、ミンチン女史がセーラに向かって冷ややかな口調で言った。

「セーラ、あなたには新しい仕事をしてもらいます。これからは、低学年の子供たちといっしょに小さいテーブルにつきなさい。子供たちを静かにさせておくこと、行儀よくさせておくこと、そして食べ物を粗末にしないよう注意すること。もっと早く下りてきてもらわないと困りますね。もうロティがお茶をこぼしてしまったでしょうが」

これはほんの始まりにすぎず、日を追うにつれてセーラに与えられる仕事は増えていった。セーラは低学年の生徒たちにフランス語を教え、ほかの教科の勉強も見てやることになった。しかも、これはいちばん楽な仕事にすぎなかった。ほかの仕事も、やらせてみるとセーラは何でもこなせた。セーラは時間と天候を問わずお使いに出され、ほかの者たちが面倒がってしなかった仕事も押しつけられた。コックや小間使いたちはミンチン女史の口調を真似て、それまでずっとちやほやされてきた〈小娘〉をこき使うことをおおいに楽しんでいた。使用人たちの中には品性の下劣な人間も多く、礼儀作法もなっていなければ底意地も悪く、何につけ責任をかぶせることのできる人間が手近にできたのを幸いとばかりにセーラをいじめた。

最初のひと月かふた月、セーラは仕事を精一杯がんばり、叱責されたときも口答えしないようにすれば、自分につらく当たる人たちもいずれは優しくなるのではないかと考えていた。自尊心のあるセーラは、自分がお情けにすがっているのではなく、堂々と働いて食いぶちを稼ごうとしていることを周囲にも理解してほしいと願っていた。けれども、やがて、誰も自分にやさしくなどしてくれないことがわかってきた。そして、言われた仕事をこなそうと努力すればするほど、ぞんざいな小間使いたちはますますいばりちらして人使いが荒くなるし、コックはことあるごとにセーラを叱りつけるのだった。

セーラがもう少し年長であったならば、ミンチン女史はセーラに上級生の勉強を教えさせ、かわりに女教師を解雇して経費を節約したことだろう。しかし、セーラは外見も実際の年齢もまだ子供だったので、当面は少し上等な使い走りとして便利に使う一方で、小間使いとしてありとあらゆる手間仕事にこき使うほうが使いでがあるだろう、ということになった。ふつうの使い走りならば、セーラほど頭も良くないし信頼もできないが、セーラなら難しい用事でも、こみいった内容の伝言でも、任せることができた。請求書の支払いさえ、セーラにならやらせることができたし、それに加えて、部屋の掃除や整理整頓もやらせることができた。

教室で授業を受けられる身分は、過去のものになった。セーラは授業を受けさせてもらえず、みんなから用事を言いつけられてあちこち走りまわる長く忙しい一日が終わったあとで、人気のなくなった教室を使うことがかろうじて許されるだけだった。セーラは使い古した本を何冊も積みあげて、夜中にひとりで勉強するのだった。

「習ったことをちゃんとおさらいしておかないと、忘れちゃうかもしれないわ」と、セーラはひとりごとを言った。「いまだって実際には皿洗いと変わらないけど、何の知識もない皿洗いになったら、気の毒なベッキーと同じになってしまう。わたしもそのうちに習ったことをすっかり忘れて、しゃべり方もhの音を落とすようになって[2]、ヘンリー八世のお妃が六人いたことも忘れてしまうのかしら……？」

新しい生活になってとりわけ大きく変わったのは、生徒たちの中におけるセーラの

2　ロンドンの教養のない人のしゃべり方。ベッキーも happen を 'appen というように、本来発音すべきhの音を落としてしゃべっている。

立場だった。それまで生徒たちの中でも貴人のような扱いを受けていたセーラが、いまでは一介の生徒でさえなくなったのである。セーラは次から次へと用事を言いつけられていたので、ほかの生徒たちと口をきく暇さえほとんどなかったし、ミンチン女史の態度からも、セーラを生徒たちとは一線を画した存在として扱おうという意向があきらかだった。

「あの子がほかの生徒たちと親しくしたり口をきいたりすることは許しません」ミンチン女史は言った。「女子はお涙ちょうだいの話が好きです。もしセーラが自分の身の上について都合のいいように話を語りはじめたら、いじめぬかれるヒロインに祭り上げられて、父兄に誤った印象を与えかねません。セーラには生徒とは一線を画した暮らしをさせたほうがいいのです。分相応の。わたくしはあの子に住む家を与えてやっているのです。それだけでも、ありがたすぎるくらいの扱いですよ」

セーラはたいして何も望んでいなかった。それに、自分に対してぎこちなくとまどったような態度を見せる生徒たちと親しい関係を続けようとすることは、セーラのプライドが許さなかった。事実、この学校の生徒たちはそろって凡庸でつまらない子たちばかりだった。みんな裕福で何不自由ない暮らしに慣れきっていて、セーラのドレスがだんだん短くみすぼらしくみっともなくなっていくにつれ、また穴の開いた靴をはきつづけるしかなく、コックが急ぎで手に入れたい食料品があるたびに買い物に行かされて腕に買い物かごをさげて通りを歩いて帰ってくる姿を見るにつけ、生徒たちはセーラに対して下働きの召使いに口をきくような態度に変わっていった。

「あの子がダイヤモンド鉱山の持ち主だったとはねぇ」ラヴィニアが言った。「目ざわりだったら、ありゃしない。それに、どんどんみっともなくなっていくし。前から、あんな子、好きじゃなかったけど、最近の黙って人をじっと見ているあの態度はがまんできないわ。まるで、人の裏表を見透かそうとしてるみたい」

「そのとおりよ」ラヴィニアの言葉を聞かされたとき、セーラは即座にそう言った。「そのつもりで見ているの。正体を知りたいと思って。あとでよぉく考えてみるの」

事実、ラヴィニアの挙動に目を光らせていたおかげで、セーラは何度か面倒なことに巻きこまれずにすんだ。ラヴィニアは隙があれば人を陥れる意地悪をする人間で、かつての〈ご自慢の生徒〉をひどい目にあわせてやれたらおもしろい、と狙っていたのである。

セーラは他人を陥れるような意地悪をする人間ではなかったし、他人の邪魔をしたこともなかった。セーラは黙々と働いた。荷物を抱え、あるいは買い物かごをさげてとぼとぼとぬかるんだ道を歩き、低学年の生徒にフランス語を教える時間には注意散漫になりがちな子供たちに手を焼いた。セーラの服装がますますみすぼらしくなってくると、小さい子たちとは別に地下の調理場で食事をとるように言いわたされた。セーラは誰からもぞんざいに扱われ、心の中ではプライドと痛みがないまぜになっていたが、自分の苦悩はけっして口にしなかった。

「兵士は泣きごとは言わない」セーラは歯を食いしばってつぶやくのだった。「わたしも泣きごとを言わないものよ」これは一種の戦争なのだと思うことにするの」

それでも、幼い心が寂しさのあまりつぶれそうになることもあった。それを救ってくれたのは、三人の存在だった。

最初の一人はベッキー——ほかならぬベッキーだった。屋根裏部屋で過ごしたあの最初の夜、一晩じゅうずっとネズミが走りまわったり鳴いたりしている壁のむこう側に自分と同じ人間がいるのだと思うだけで、セーラはいくらか安心できた。そのあとも、夜ごとに安心感は確かなものになっていった。日中は、セーラとベッキーが言葉をかわす機会はほとんどなかった。それぞれに用事を言いつけられていたし、おしゃべりなどしていたら仕事を怠けて時間を無駄使いしていると思われるからだ。

「お嬢様、あちしの言葉づかいがぞんざいでも、悪く思わねえでくだせえよ」最初の日の午前中、ベッキーが小声でセーラに言った。「ていねいな言葉なんか使ったら、いじめられっから。『お願えします』とか『ありがと』とか『すんません』とか思ってても、あちし、そういう言葉、わざわざ言わねえから」

それでも、ベッキーは夜明け前にはセーラの部屋へそっとやってきて、ドレスのボタンをとめたり身の回りのことを手伝ったりしてくれてから、調理場へ火をおこしに下りていくのだった。そして、夜になると、いつもセーラの部屋のドアを遠慮がちにノックする音がして、小間使いがわりのベッキーが、何か御用があれば手伝います、と声をかけてくれるのだった。最初の一週間、セーラは悲しみのあまり頭がぼうっとなってしまったような感じがして、しゃべることさえ満足にできなかった。それで、しばらくは、ベッキーと頻繁に顔を合わせることも部屋を行き来することもないままに過ぎた。ベッキーは直感的に、つらいときはそっとしておいてあげるのがいちばんいいのだ、とわかってくれていた。

セーラの救いになってくれた三人のうち、二番目はアーメンガードだったが、アーメンガードが三人のうちの一人になるまでには紆余曲折があった。

悲しみに閉ざされていた心がふたたび目ざめて周囲のことに気を配る余裕ができたとき、セーラは、自分がアーメンガードという存在をすっかり忘れていたことに気づいた。二人はずっと仲良しだったが、セーラは自分のほうが何歳も年上のように感じていた。アーメンガードは情の深い子だったけれど、頭が鈍いことは否定しようのない事実だった。アーメンガードは、ひたすらセーラに助けてもらう一方の存在だった。学校の勉強をセーラのところへ持ってきては手伝ってもらっていたし、セーラのひとことひとことにすがるようにして、お話をせがむばかりだった。アーメンガード自身は何ひとつおもしろい話ができるわけでもなく、本はどんな本であろうと大嫌いだった。実際、アーメンガードという子は、大きな試練に見舞われたときに頼りになりそうな存在ではなく、セーラはアーメンガードのことをすっかり忘れていた。

　アーメンガードが急な用事で数週間ほど家に帰っていたことも、存在感の薄さに拍車をかけた一因だった。学校にもどってきてから一日か二日、アーメンガードはセーラの姿を見かけなかった。ひさしぶりに顔を見たのは、セーラが両手いっぱいの繕い物を抱えて廊下を歩いてくるところだった。傷んだ衣類は、地下へ持っていって修繕するのだ。セーラ自身も、すでに衣類の繕いかたを仕込まれていた。セーラは顔色が悪く、それまでとはずいぶんちがって見えたし、つんつるてんのドレスを着ていて、短すぎるスカートの下から黒いストッキングをはいた細い足がひょろりとむきだしになっていた。

　頭の回転が鈍いアーメンガードは、そのような状況にとっさに対応できず、かける言葉を思いつけなかった。何があったのかは知っていたけれど、なんとなく、セーラがこんなふうになってしまっているとは想像もしていなかったのだ。セーラはみっともなく情けない格好で、ほとんど召使いのように見えた。そんなセーラの姿を見

たアーメンガードはひどくみじめな気分になり、短いヒステリックな笑い声をたて
て、意味もなく、「あらま、セーラ、あなただったの？」と口走った。

「そうよ」セーラはそう答えたが、急に、それまで抱いたことのない思いが胸をよぎって、顔を赤らめた。

　セーラは両手いっぱいに繕い物を抱え、それを上からあごで押さえていた。そんなセーラにまっすぐ見つめられて、アーメンガードはますますまごついてしまった。アーメンガードの目には、セーラが別の女の子になってしまったように、自分のまるで知らない女の子に変貌してしまったように見えた。たぶん、それはセーラが急に貧乏になって、繕い物をしたりベッキーのように働いたりしなくてはならなくなったからだろう。

「あら」アーメンガードは言葉に詰まった。「あの……ご機嫌、いかが？」

「さあ、どうかしら」セーラが答えた。「あなたは、ご機嫌いかが？」

「あたし……あたしは、とっても元気よ」アーメンガードはおどおどしながら答えた。

そのあと、発作的に、何かもう少し親しげなことを言おうと考えて、急いで言葉を継

いだ。「あなた……あなた、とっても不幸せなの？」

その場面で、セーラはつい険のある返事をしてしまった。ずたずたになった気持ちが胸に突き上げてきて、こんな愚かな子とは関わらないほうがまし、という気分になったのだ。

「どう思うの？」セーラは言った。「すごく幸せそうに見える？」セーラはそう言い捨て、アーメンガードをその場に残したまま歩み去った。

時が過ぎるにつれて、セーラは、もしあのとき、みじめさのあまり思慮が足りなくなっていなかったならば、あわれで愚かなアーメンガードが不用意に気のきかない物言いをしても、それを責めるのは酷だとわかったはずだったのに、と反省するようになった。アーメンガードは何につけ気のきかない子で、緊張すればするほど愚かな行動に出てしまうのだ。

けれども、そのときはセーラの胸にいきなりある思いがわきあがってきて、勘ぐりすぎてしまったのだった。

「アーメンガードも、ほかの子たちと同じなんだわ」セーラは思った。「わたしと口をききたくないのね。ほかの子たちが皆わたしと口をききたがらないって、わかっているんだわ」

そういうわけで、数週間にわたって、セーラとアーメンガードのあいだには壁ができてしまった。たまたま行きあったようなときも、セーラは視線をそらし、アーメンガードも緊張でまごまごしてしまって、言葉をかけることができなかった。すれちがうときに軽く会釈することもあったが、挨拶さえしないときもあった。

「むこうが口をききたくないのなら、わたしのほうだって相手にしないわ。ミンチン先生だって、そうさせたいと思っているのだろうし」と、セーラは考えた。

ミンチン女史の狙いどおり、とうとうセーラとアーメンガードはほとんど顔も合わせなくなった。アーメンガードは以前にも増して救いがたく愚鈍なところが目立ち、無気力でゆううつそうな表情を見せるようになった。そして、窓ぎわのベンチに背中を丸めてすわりこみ、黙ったまま窓の外をじっと見ていることが多くなった。あるとき、ジェシーが通りかかって足を止め、しげしげとアーメンガードの顔をのぞきこんだ。

「何を泣いてるのよ、アーメンガード？」ジェシーが声をかけた。

「泣いてなんかいないわ」アーメンガードは押し殺した震える声で答えた。

「泣いてるじゃないの」ジェシーが言った。「大きな涙の粒が鼻の先からポトンと落ちたわよ。ほら、また」

「あたし、みじめな気分なの。放っておいてよ」アーメンガードはそう言うと、ジェシーに肉づきのいい背中を向け、ハンカチを取り出して、わっと顔を伏せてしまった。

その晩、セーラが屋根裏部屋にもどったのは、いつもより遅い時刻だった。生徒たちの就寝時刻を過ぎるまで仕事に追われ、そのあと人気のない教室で勉強していたからだ。階段をのぼりきったところで、セーラは驚いた。屋根裏部屋のドアの下から光が見えたのだ。

「この部屋には、わたしのほかには誰も来ないはずなのに……」セーラはすばやく考えをめぐらした。「でも、誰かがろうそくをともしてる……」

たしかに、それはろうそくの明かりだった。そして、そのろうそく立てはセーラが使うことに決められている調理場用のろうそく立てではなく、生徒たちが寝室で使うろうそく立てだった。ろうそくの持ち主は、壊れた足のせ台にすわりこんでいた。ナイトガウンを着て、赤いショールをからだに巻きつけている。アーメンガードだった。「アーメンガード！」セーラは声をあげた。あまり驚いたので、はっと身がまえたほどだった。「あなた、こんなことして、面倒なことになるわよ」

アーメンガードが足のせ台からよろよろと立ち上がった。そして、サイズが大きすぎる寝室用の上ばきを引きずるようにしながら、屋根裏部屋の戸口のほうへ歩いてきた。泣いていたせいで、目と鼻がほんのり赤くなっている。

「わかってるわ――もし見つかったら」アーメンガードは言った。「でも、かまわないの。そんなの、どうだっていいの。ああ、セーラ、お願いだから教えて。いったい、どうしちゃったの？　どうして、あたしのこと、もう好きじゃなくなったの？」

アーメンガードの必死な声を聞いて、セーラの鼻の奥に、なつかしい熱いものがこみあげてきた。こんなにも情がこもって、こんなにもまっすぐな言葉。〈大の親友〉になってほしいと言ったあのときのアーメンガードの口調と同じだった。その声には、ここ数週間セーラが思いこんでいたのとはちがう響きがあった。

「わたし、あなたのことは好きよ」セーラが答えた。「だけど……ほら、いまは何もかも変わってしまったから。わたし……あなたも変わってしまったものと思っていたわ」

アーメンガードは涙に濡れた目を大きく見開いた。

「だって、変わったのはセーラのほうじゃない！」アーメンガードが声をあげた。「セーラはあたしと口をきいてくれなくなった。あたし、どうしたらいいかわからなかったわ。あたしがもどってきたあと、変わったのは、セーラのほうよ」

セーラは少し考えてみた。そして、自分がまちがっていたと悟った。

「たしかに、わたしは変わったわ」セーラは説明した。「あなたの言うようにではないけれど。ミンチン先生は、わたしが生徒と口をきくのを嫌がるの。生徒たちのほうでも、わたしと口をききたくない人がほとんどだわ。だから、わたし、たぶんあなたも同じだろうと思ったの。それで、あなたを避けるようにしていたの」

「もう、セーラったら！」アーメンガードの口から、なじるような涙声がもれた。そして、もういちど見つめあったあと、二人は駆け寄って抱きあった。セーラは小さな黒髪の頭を赤いショールをはおった親友の肩に押しつけて、何分かそのまま動かなかった。アーメンガードが自分から離れていこうとしていると思ったとき、セーラはどうしようもなく寂しい気持ちだったのだ。

そのあと、二人は床に腰をおろし、セーラは両腕で膝を抱くようにしてすわった。アーメンガードはショールにくるまってすわった。アーメンガードは、大きな目をした風変わりなセーラの顔をいとおしそうに見つめた。

「あたし、もう耐えられなかったの」アーメンガードが言った。「セーラはあたしなしでも生きられるかもしれないけど、あたしはセーラなしでは生きられないの。あたし、死んだも同然だったわ。それでね、今夜、掛けぶとんをかぶって泣いてたときに、あたし、ハッと思いついたの。こっそりここへ上がってきて、またお友だちになってくれるようにお願いしよう、って」

「アーメンガード、あなたはわたしよりもいい人だわ」セーラが言った。「わたしはプライドが高すぎて、お友だちに声をかける勇気がなかったもの。ほらね、試練が訪れたおかげで、わたしがいい子じゃないことがわかったわ。そうなるんじゃないかと思ってた……。たぶん」――と、ここでセーラは知恵をしぼるように額にしわをよせた――「試練が降ってきたのは、そのためだったんだと思うわ」

「試練なんて、ちっともいいとは思わないけど」アーメンガードがきっぱりと言った。

「わたしも同じよ。本心はね」セーラも率直に認めた。「でも、物事には何かしら意味があるんじゃないかと思うの。わたしたちには見えなくても。だから」――セーラは疑わしい顔をしながら言った――「ミンチン先生にも……」

アーメンガードは屋根裏部屋をおそるおそる見まわして、言った。

「セーラ、あなた、こんなところで暮らすなんて、耐えられると思う?」

セーラも部屋の中を見まわした。

「これとはぜんぜんちがう部屋だって思う〈空想ごっこ〉をすれば、耐えられるわ」セーラは答えた。「でなければ、お話に出てくる場所だ、って思う〈空想ごっこ〉をするとか」

セーラはゆっくりと言葉をつないだ。持ち前の想像力が働きはじめていた。今回の不幸があって以来ずっと、想像力が働かなくなっていたので、想像力はなくなってしまったのかと思っていたところだった。

「もっとひどい場所で暮らしていた人たちもいるわ。イフ城の地下牢につながれていたモンテ・クリスト伯のことを考えてごらんなさいよ。それから、バスティーユ監獄に囚われていた人たちのことも！」

「バスティーユ……」アーメンガードが小さな声でつぶやき、うっとりとした眼差しでセーラを見た。アーメンガードは、セーラから聞かせてもらったフランス革命の話をおぼえていた。セーラは革命の話をドラマティックに語って聞かせ、アーメンガードの脳みそに刻みつけたのだった。それは、セーラの語りだからこそできたことだった。

セーラの目に、おなじみの輝きがもどってきた。

「そうよ」セーラは両膝を抱きかかえながら言った。「バスティーユがいいわ。わたしはバスティーユの囚人なの。監獄に何年も、何年も、何年もつながれているの。そして、みんなからすっかり忘れられてしまったの。ミンチン先生は看守よ。そして、ベッキーは」──セーラの瞳がいちだんと輝いた──「ベッキーは、隣の独房に入れられている囚人なの」

アーメンガードのほうを向いたセーラは、昔の表情を取りもどしていた。

「そういう〈空想ごっこ〉にするわ。そうすれば、耐えるのがずっと楽になるもの」

アーメンガードはたちまち話に夢中になり、セーラをすごいと思った。

「ねえ、そのお話、ぜんぶ聞かせてくれる？　夜、だいじょうぶそうなときに、ここに内緒で上がってきてもいい？　そしたら、あなたが昼間に考えたお話を聞かせてくれる？　そしたら、前よりもっと〈大の親友〉らしい感じになると思うの」

「いいわよ」セーラがうなずいた。「逆境は人を試すっていうけど、わたしに与えられた逆境はあなたを試して、あなたがどんなにいい人かを教えてくれたのね」

第9章　メルキゼデク

三人のうち最後の一人は、ロティだった。ロティはまだ幼くて、逆境というものが何を意味するのかを知らず、寄宿学校で母親がわりだったセーラがすっかり変わってしまったことにとまどっていた。セーラの身にふつうでないことが起こったのは噂で聞いていたが、なぜセーラの見た目がこんなに変わってしまったのか、ロティには理解できなかった。なぜ、古くて真っ黒なドレスを着ているのか。なぜ、教室に来ても生徒を教えるだけで、これまでのように優等生の席にすわって授業を受けないのか。お人形のエミリーがいつも豪華なドレスを着てすわっていたあの部屋にセーラがもう住んでいないことを知った下級生たちのあいだで、さまざまな噂がささやかれた。ロティにとって何より理解しがたかったのは、何を聞いてもセーラがほとんど答えてくれないことだった。七歳の子供にとっては、不可思議なできごとはとことん説明してもらわないと理解できないのである。

「セーラはとっても貧乏になっちゃったの？」低学年の生徒たちにセーラがフランス語を教えることになった最初の朝、ロティがこっそり聞いた。「物乞いみたいに貧乏になっちゃったの？」ロティはぷくぷくした手をセーラの細い指にからませて、大きな丸い目に涙をためていた。「セーラが物乞いみたいに貧乏なのは、やだ……」

ロティは泣きそうになっていた。セーラは急いでロティをなだめた。

「物乞いは、住む場所がない人たちなのよ」セーラは精一杯明るく言った。「わたしには住む場所があるわ」

「どこに住んでるの？」ロティはなおも聞きたがった。「セーラのお部屋には、新しい子のベッドがあるの。それに、もう、きれいなお部屋じゃなくなったの」

「わたしは別のお部屋に住んでいるのよ」セーラが言った。

「すてきなお部屋なの？」ロティが聞いた。「ロティ、見に行きたい」

「おしゃべりしちゃ、だめよ」セーラが言った。「ミンチン先生が見ていらっしゃるわ。あなたがひそひそ話をすると、わたしがミンチン先生に叱られちゃうの」

何であれ問題が起これば すべて自分のせいにされるのだということに、セーラはすでに気づいていた。子供たちの気が散っていたり、子供たちがおしゃべりをしていたり、そわそわしていたりすると、叱られるのはセーラなのだ。

けれども、ロティはそんなことでは諦めなかった。どこに住んでいるのか、セーラの口から教えてもらえないのならば、ほかの方法で見つけるまでだ。ロティは年少の同級生たちに聞きまわったり、上級生のそばをうろついて噂話に聞き耳を立てたりした。そして、上級生たちの口から何気なしにこぼれた情報にもとづいて、ある日の午後遅く、ロティは部屋探しの冒険に出たのだった。ロティは、存在することすら知らなかった階段をのぼり、屋根裏部屋のある階までたどりついた。目の前にはドアが二つ並んでいた。そのうちの一つを開けると、大好きなセーラが古いテーブルの上に立って、窓から外を見ていた。

「セーラ!」ロティはびっくり仰天して声をあげた。「セーラ・ママ!」ロティが驚いたのは、屋根裏部屋があまりにがらんとしてみすぼらしく、自分のいた世界からはるかにかけ離れて見えたからだった。ロティは短い足で何百段も階段を上がってきたような気がしていた。

　ロティの声に、セーラがふりかえった。こんどはセーラがびっくり仰天する番だった。どうしよう？　もしロティが大泣きして、その声を誰かに聞かれたら、二人ともおしまいだ。セーラはテーブルからとびおりて、ロティに駆け寄った。

「お願い、泣かないで。大きな声を出さないで」セーラはロティに言った。「あなたが大きな声を出すと、わたしが叱られてしまうのよ。きょうは朝からずっと叱られてばかりだったし。ここは……ここは、そんなにひどい部屋ではないのよ、ロティ」

「そうなの？」ロティは荒い息をつきながらそう言い、部屋を見まわして、くちびるを噛んだ。ロティはあいかわらず甘ったれの子供だったが、母親がわりのセーラが大好きだったから、セーラのために泣き叫びたいのをがまんした。それに、なぜだかわからないけれど、セーラが住んでいるところならばどんな場所でもすてきかもしれない、とも思ったのだった。「どうしてひどいお部屋じゃないの、セーラ？」ロティはささやくような声で聞いた。

セーラはロティを抱き寄せて、笑おうとした。ぷくぷくした幼いからだの温もりには、どこか癒されるものがあった。その日はつらい一日で、セーラは涙がにじみそうな思いで窓の外を眺めていたのだった。

「ここからはね、階下では見えないようなものがいろいろ見えるのよ」セーラは言った。

「どんなもの？」ロティが話に乗ってきた。セーラの話には、ロティならずとも、大きな子たちでさえ思わずひきこまれてしまう魅力があるのだ。

「煙突がすぐ近くに見えるのよ。煙が輪になったり雲になったりして、お空へのぼっていくの。それに、スズメたちがチョンチョン跳びまわって、まるで人間どうしみたいにおしゃべりするのよ。それから、よその家の屋根裏部屋の窓も見えるわ。もしかしたら、その窓から誰かの頭がのぞくかもしれないでしょ、そしたらどんな人なのかなぁって考えてみるの。それに、ここはすごく高いから、なんだか別の世界にいるような気がしてくるのよ」

「うわぁ、見せて！」ロティが声をあげた。「あたちもテーブルに乗りたい！」

セーラはロティを抱えあげ、二人で古いテーブルの上に立って、天窓の端から身を乗り出して外を眺めた。

天窓から外を眺めてみたことのない人には、どんなに日常からかけ離れた風景が見えるか、わからないだろう。右にも左にもスレート葺きの屋根が続き、それが斜めに下っていって、その先に雨どいがある。屋根をすみかにしているスズメたちは安心しきってさえずり、チョンチョン跳びまわっている。そのうちの二羽がすぐ近くの煙突のてっぺんにとまり、やかましくけんかしていたと思ったら、一方がもう一方をくちばしでつついて、どこかへ追いやってしまった。隣の屋根裏部屋の窓が閉じたままなのは、空き家だからだ。

「あの家に誰か住んでいたらいいのに」セーラは言った。「こんなに近くなのだから、もしあの屋根裏部屋に小さな女の子がいたら、窓ごしにおしゃべりができるし、屋根を伝って行き来することもできるわ。落ちるのが怖くなければね」

空が通りから見上げるよりはるかに近く見えて、ロティは夢中になった。たくさんの煙突に囲まれた屋根裏部屋の窓から見下ろすと、下の世界で起こっていることがほとんど現実とは思えないような気分になるのだった。ミンチン女史も、アミリア嬢も、教室も、ほんとうに存在するとは信じられないような気がしてくる。下の通りを進んでいく馬車の車輪の音も、どこか別の世界からのぼってくる音のように聞こえた。

「うわぁ、セーラ！」ロティがセーラの腕の中で声をあげた。「あたち、屋根裏部屋、好き。大好き！　階下よりすてきだもん！」

「ほら、あのスズメを見て」セーラがささやいた。「パンくずでもあったら、投げてあげられるのだけれど」

「あるよ！」ロティが幼い声をはりあげた。「ポケットに丸パンの残りがはいってるの。きのう一ペニー出して買ったのが、少し残ってる」

二人がパンくずをまいてやると、スズメは跳びあがって、隣の煙突のてっぺんへ飛んでいってしまった。どうやら屋根裏部屋の住人にはなじみがないようで、思いがけなく飛んできたパンくずに驚いたのだ。でも、ロティがじっと動かずにいて、セーラがスズメそっくりの声で優しく鳴きまねをすると、スズメにも、さっき驚かされたものはどうやら〈お近づきのしるし〉らしいとわかったようだった。スズメは煙突のてっぺんにとまったまま小首をかしげ、目をきらきらさせてパンくずを見下ろしている。ロティはもうじっとしていられないくらいに興奮していた。

「来る？　ねえ、来る？」ロティはひそひそ声で言った。

「あの目つきだと、来そうね」セーラもひそひそ声で返した。「どうしようか、いっしょけんめい考えているところよ、きっと。あ、来るわ！　ほら、来そうよ！」

　スズメは煙突から下りてきて、パンくずのほうへチョンチョン跳んで近づいてきたが、一〇センチほど離れたところで止まり、また小首をかしげて、セーラとロティが大きなネコに化けて襲ってこないかどうか思案しているようだった。そのうちようやく、あの二人は見た目ほど危険ではなさそうだと判断したらしく、チョンチョン近づいてきたと思ったら、目にもとまらぬ速さでいちばん大きなパンくずめがけて突進し、口にくわえるが早いか煙突のてっぺんの反対側まで運んでいった。

「さあ、これでわかったはずよ」セーラが言った。「きっと、また食べにくるわ」

　そのとおり、スズメはもどってきた。しかも、友だちを連れてきた。その友だちは、いったん飛び去ったあと、親類を連れてきた。そして、みんなでさえずったり、おしゃべりしたり、声をあげたりしながら心ゆくまでパンくずをつつき、その合間にときどき動きを止めて小首をかしげ、ロティとセーラのようすを確かめるのだった。ロティは大喜びで、最初に屋根裏部屋を見たときのショックをすっかり忘れた。ロティをテーブルの上から抱きおろして現実の世界にもどったあと、セーラはこんな機会がなければ自分自身でさえ思いつきもしなかった屋根裏部屋の魅力を、ロティに語って聞かせた。

「ここはすごく小さくて、すごく高いところにあるから、木の上の鳥の巣みたいなのよ」と、セーラはロティに語って聞かせた。「天井も斜めになっていて、おもしろいでしょ。ほら、お部屋のこっち側だと、頭がくっついちゃうくらい天井が低いの。それに、夜が明けるときには、ベッドに寝たままであの天井にある窓からお空が見えるのよ。四角い光が差しこんでくるみたいな感じなの。お天気がいい日は、小さなピンク色の雲がふわふわ浮かんでいて、手を伸ばしたら届きそうなくらいよ。雨の日は、雨粒がパラパラとガラスをたたいて、何かすてきなおしゃべりをしているみたいに聞こえるし。お星さまが見える夜は、ベッドに寝転がって、天窓の中にお星さまがいくつあるか数えることができるわ。とってもたくさんあるのよ。それから、あそこのすみっこにある、ちっちゃな暖炉を見て。錆びてるけど、あれを磨いて火をおこしたら、どんなにすてきだと思う？　ね？　ほんとうはとってもすてきなお部屋なのよ」

セーラはロティの手を引いて狭い屋根裏部屋の中を歩きまわりながら、身ぶり手ぶりで自分が考えだした美しい部屋を描写していった。ロティにも、同じ光景が目に浮かんで見えた。ロティは、いつもセーラが描いてくれる想像の世界を眼前に思い浮かべることのできる子だった。

「想像してみて」セーラは言った。「ここの床には、淡いブルーのインド製のふかふかしたじゅうたんが敷いてあるの。それから、むこうの隅にはふかふかの小さなソファがあって、クッションがのせてあって、ゆったりすわれるの。ソファのすぐ上には本がいっぱい並んだ本棚があって、手を伸ばせば本に届くようになっているのよ。暖炉の前には毛皮の敷物があって、しっくいの壁を隠すように布がかけてあったり絵が飾ってあったりするの。小さな絵じゃないと無理だけど、でも美しい絵なの。それから、濃いバラ色のシェードがついたランプもあるのよ。お部屋の真ん中にはテーブルがあって、お茶のセットが用意してあるの。それから、暖炉の中の棚には小さくて丸っこい銅のやかんがかかっていて、シュンシュンお湯の沸く音がしているの。ベッドだって、これとはぜんぜんちがうようにできるわ。もっとふかふかに柔らかくて、すてきなシルクの上掛けがかかっているの。とってもきれいなのよ。それから、スズメたちがなついてお友だちになってくれたら、天窓のところまでやってきて、くちばしで窓をコツコツたたいて、お部屋に入れてちょうだいって言うようになるわよ、きっと」

「うわぁ、セーラ！」ロティが声をあげた。「ロティ、このお部屋に住みたい！」

ロティに階下へもどるよう言い聞かせ、途中まで見送って屋根裏部屋へもどってきたあと、セーラは部屋の真ん中に立って周囲を見まわした。ロティのために想像して描いた魔法の部屋はすっかり消え失せていた。ベッドは硬くて、薄汚れたキルトがかかっているだけ。しっくいの壁はあちこち剝がれ落ち、むきだしの床は冷たく、暖炉の火格子は壊れて錆びつき、唯一の椅子がわりの足のせ台は脚が折れて傾いている。セーラは足のせ台に腰をおろし、少しのあいだ両手で頭を抱えていた。ロティがこの部屋へやってきて、そして帰っていっただけなのに、何もかもが前よりもっとわびしく感じられた。たぶん、囚人のもとに面会人が訪れて帰っていったあとでいっそうわびしい思いを味わうのと同じようなものだろう。

「ここは寂しい場所だわ」セーラはつぶやいた。「世界でいちばん寂しい場所に思えるときもある……」

そんなふうにしてすわっていたとき、すぐそばでかすかな音がした。どこから聞こえたのかしら、と、セーラは顔を上げた。臆病な子供だったならば、あっという間に壊れた足のせ台からとびのいただろう。大きなドブネズミが前足を上げておすわりの格好をして、好奇心満々のようすで鼻をうごめかしていたのである。ロティが持っていたパンくずが少し床に落ちて、そのにおいにつられてネズミが穴から出てきたものらしい。

ドブネズミはとてもおかしな格好で、灰色の長いひげを生やした小人かノーム[1]のように見えたので、セーラはむしろ興味をそそられた。ネズミはきらきらした目でセーラを見て、何か問いたげな風情だった。そのようすがどう見ても申し訳なさそうに見えたので、セーラの頭の中にまた風変わりな空想が浮かんだ。

「ドブネズミとして生きるって、けっこうつらいことかもしれないわね」セーラは考えた。「誰にも好かれないんだもの。人間はネズミを見たらとびあがって逃げたり、『うわっ、やだっ！　ネズミだっ！』って叫んだりするわ。わたし、人がわたしのことを見て『うわっ、やだっ！　セーラだっ！』なんて叫んだりしたら、傷つくと思う。しかも、捕まえようとして罠を仕掛けたりするんだもの。ごちそうに見せかけて。その点、スズメはぜんぜんちがうわ。だけど、このネズミが創造されたとき、誰も『おまえはネズミになりたいのか？』なんて聞かなかっただろうし。『スズメのほうがいいか？』とも聞かれなかっただろうし……」

　セーラがじっと動かずにすわっているので、ネズミは少し大胆になった。ネズミはセーラをとても怖がってはいたが、おそらく心の中ではスズメと同じで、この生き物は自分を襲ってはこない、とわかっていたのかもしれない。ネズミはひどく空腹だった。壁の中には妻とたくさんの子供たちが待っているのに、ここ数日はおそろしく運が悪くて食べ物にありつけずにいたのだ。巣にはおなかを空かして泣く子供たちが待っている。ネズミは危険をおかしてでもパンくずにありつきたいと考え、前足をそろそろと床におろした。

「おいで」セーラはネズミに話しかけた。「わたしは罠ではないのよ。このパンくずをあげるわ、ネズミさん。バスティーユ監獄の囚人たちはネズミと友だちになったと言うから、わたしもあなたとお友だちになるわ」

動物がどうやってものごとを理解するのかはわからないが、彼らがものごとを理解することはまちがいない。おそらく、言葉に頼らない言語が存在するのだろう。生きとし生けるものが等しく通じあえるような言語が。おそらく、すべての生き物には魂が宿っていて、その魂は声さえも出さずにほかの魂に話しかけることができるのだろう。理由はどうあれ、その瞬間から、ドブネズミは安全を確信したのだった——たとえネズミの身ではあっても。目の前の赤い足のせ台にすわっている若い人

1　地中の宝を守る地の精。小さくしなびた醜い老人の姿をしているとされる。

間は、とびあがって荒々しく鋭い音で自分を脅かすようなことはしないだろうし、重いものを投げつけることもしないだろう、とわかったのだ（そんなものが当たれば潰されてしまうし、そうでなくとも足を引きずりながらほうほうの体で穴に逃げ帰ることになろう）。このネズミはとてもいいネズミで、悪さをするつもりはこれっぽっちもなかった。後ろ足でおすわりをして、きらきら輝く目でセーラをじっと見つめながらあたりのにおいを嗅いでいたとき、ネズミはセーラにそのことをわかってほしい、最初から敵視して嫌わないでほしい、と願っていた。言葉を使わずに意思疎通ができる不思議な力の働きによって、セーラがそんなことをする人間ではないとわかったとき、ネズミはそっとパンくずに近づいて、食べはじめた。食べながら、ネズミは、屋根の上のスズメたちと同じように、ときおりちらちらとセーラを見た。そのしぐさがあまりにも申し訳なさそうだったので、セーラは胸がきゅんとなった。

セーラはじっと動かずにネズミを見ていた。パンくずの中に、一つ飛び抜けて大きいのがあった。実際、パン「くず」とは呼べないくらいの大きさだった。ネズミがそれをほしがっていることは一目瞭然だったが、そのパンくずは足のせ台のすぐ近くにあって、ネズミはまだ警戒心を完全に解いてはいなかった。

「このパンくずを、壁の中にいる家族に持って帰りたいのね」セーラは思った。「わたしがこのまま動かずにじっとしていれば、きっと取りにくるわ」

　セーラはすっかり夢中になり、息を詰めるようにして待った。ネズミはそろそろと近づいてきて、またいくつかパンくずを食べた。そして足を止め、そっとあたりのにおいを嗅ぎ、足のせ台を占領している人間を横目でちらりと見たあと、一直線に大きなパンくずめざして突進した。スズメがいきなり大胆にパンくずをくわえにきたときとそっくりだった。ネズミは大きなパンくずをくわえると同時に壁のほうへ逃げ帰り、幅木の裂け目に飛びこんで姿を消した。

「子供たちのために、あれが欲しかったのね」セーラはつぶやいた。「あのネズミとは、きっとお友だちになれると思うわ」

　それから一週間ほどたったころ、珍しく屋根裏部屋へ忍んできてもだいじょうぶな日があり、アーメンガードが訪ねてきた。アーメンガードは指先でそっと屋根裏部屋のドアをノックしたのだが、二、三分のあいだ、セーラが顔を見せなかった。初めのうち、部屋の中があまりに静かだったので、アーメンガードはセーラがもう眠ってしまったのかと思った。と、そのとき、驚いたことに、部屋の中からセーラの低く押し殺した笑い声と、誰かをあやすように話しかける声が聞こえた。

「さあ！」アーメンガードの耳にセーラの声が聞こえた。「それを持ってお帰りなさいな、メルキゼデク。[2]奥さんのところへお帰り！」

そのあとすぐにセーラがドアを開けると、ドアの前には驚いて目を大きく見開いたアーメンガードが立っていた。

「セーラ、あなた、誰に話してたの？」アーメンガードはあえぐような息づかいになっていた。

セーラは用心しながらアーメンガードを部屋に招き入れたが、どこか楽しげな表情をしていた。

「怖がらないって約束してちょうだい。ぜったいに叫んだりしない、って。そうじゃないと、教えるわけにはいかないわ」セーラが言った。

アーメンガードはそれだけでもう悲鳴をあげてしまいそうだったが、なんとかこらえた。屋根裏部屋の中をぐるりと見まわしたが、部屋には誰もいない。でも、セーラはたしかに誰かに話しかけていた。アーメンガードは、幽霊かと思った。

「それって……それって、怖いもの？」アーメンガードはびくびくしながら聞いた。

「怖がる人もいるわ」セーラが言った。「わたしも最初は怖かったけど、いまはもう平気よ」

「それって……幽霊？」アーメンガードはわなわなと震えていた。

「いいえ、ちがうわよ」セーラは笑いながら言った。「わたしの、ネズミさん」

アーメンガードはとびあがって、小さな薄汚れたベッドの真ん中に着地した。そして、足をナイトガウンと赤いショールの下にしっかりとたくしこんだ。悲鳴こそあげなかったものの、ぎょっとして息も絶え絶えだった。

「えっ！　わっ！」アーメンガードが声を殺して叫んだ。「ネズミ！　ネズミ⁉」

「あなたが怖がるんじゃないかと思ったわ」セーラが言った。「でも、怖がらなくて

2　旧約聖書『創世記』に登場する王の名前。

だいじょうぶよ。わたし、そのネズミを手なずけようとしているところなの。そのネズミ、わたしのことをおぼえて、呼ぶと出てくるのよ。見てみたい？ 怖すぎて無理？」

じつのところ、日々を重ねるにつれて、調理場から持ち帰る残飯のおかげで奇妙な友情は深まり、そのうちにセーラは自分が手なずけようとしている内気な生き物がただのドブネズミだということを忘れるくらいになっていたのだ。

はじめのうち、アーメンガードはひどく怖がって、ベッドの上に背を丸くしてすわりこみ、足をひっこめていたが、セーラが平気な顔をしているのを見て、そしてメルキゼデクが初めて姿を見せたときの話を聞くうちに、とうとう好奇心が勝って、セーラが幅木にできた穴のところへ行ってひざまずくのをベッドの端から身を乗り出して見ることになった。

「急に走って出てきてベッドに飛び乗ったりしないわよね？」アーメンガードが言った。

「だいじょうぶよ」セーラが答えた。「メルキゼデクはね、わたしたちと同じくらいお行儀がいいの。ほんとうに人間みたいよ。ほら、見てて！」

　セーラは口笛のような小さな音をたてはじめた。しんと静まりかえった中でしか聞こえないほど小さな呼び声だった。セーラは完全に集中したようすで、くりかえし口笛のような音を出している。アーメンガードには、セーラが呪文をかけているように見えた。すると、とうとう、その音に誘われたように、灰色のひげとキラキラ光る瞳が穴からのぞいた。セーラが手に握っていたパンくずを落とすと、メルキゼデクはしずしずと近づいてきて、パンくずを食べた。そして、ほかのものより大きなパンくずをくわえると、さっさと自分の巣へ運んでいった。

「ほら、ね」セーラが言った。「あのパンくずは、奥さんと子供たちにあげるぶんなのよ。メルキゼデクはとってもやさしくて、自分は小さいパンくずしか食べないの。メルキゼデクが帰っていったあとは、いつも、家族が喜んでチューチュー鳴くのが聞こえるのよ。鳴き声は三種類あるの。ひとつは子供たちの鳴き声で、もうひとつはメルキゼデクの奥さんの声で、あとひとつはメルキゼデク本人の声」

　アーメンガードは笑いだしてしまった。

「もう、セーラったら！　あなたって、ほんとうに変わってるわね。でも、いい人だわ」

「たしかに、わたしって変わってるわ」セーラも楽しそうに認めた。「そして、いい人であろうと努力してるわ」セーラは茶色く薄汚れた小さな手で自分のおでこをこすり、何かに思いを馳せるような、いとけない子供の顔になった。「お父様は、いつもわたしのことを変わった子だと言って笑ったっけ。でも、わたしはそれがうれしかった。セーラは変わった子だね、いろんな物語を思いつくところがかわいいよ、って。わたし……わたし、いろんな物語を想像せずにはいられないの。そうしなかったら、生きていけないと思う」セーラは言葉を切って、屋根裏部屋を見まわした。「物語を思いつかなかったら、ここで暮らすのはとても無理だと思うわ」セーラは静かな声で言った。

　アーメンガードは、いつものようにセーラの話に夢中になった。「あなたが物語を聞かせてくれると、まるでほんとうみたいに聞こえるんだもの。メルキゼデクのことも、まるで人間みたいに話すし」

「メルキゼデクは、人間と同じよ」セーラが言った。「わたしたちと同じように、お腹もすかせるし、怖がりもするし。それに、奥さんがいて、子供たちもいるの。ネズミがわたしたちと同じようにものを考えないなんて、どうして言えるの？ メルキゼデクの目は、人間の目にそっくりよ。だから、名前をつけてあげたの」

セーラは床に腰をおろし、いつものように両膝をかかえた。

「それにね、メルキゼデクは囚人の友だちとして送りこまれてきたバスティーユ監獄のネズミなの。コックが捨てたパンくずならいつでも手に入れられるし、メルキゼデクはそれでじゅうぶん満足なのよ」

「いまでも、ここ、バスティーユなの？」アーメンガードが期待たっぷりに尋ねた。

「いまでも、バスティーユの〈空想ごっこ〉は続いているの？」

「ほとんどいつも、ね」セーラが答えた。「たまにはほかの場所の〈空想ごっこ〉をすることもあるけど、でも、たいていはバスティーユがいちばん簡単ね。とくに、寒いときは」

ちょうどそのとき、部屋の中に音が響いて、アーメンガードは驚いてベッドから転げ落ちそうになった。それは、壁を二回ノックするような、はっきりした音だった。

「何？」アーメンガードが声をあげた。

セーラは床から立ち上がって、わざとドラマチックに答えた。

「あれはね、隣の独房にいる囚人！」

「ベッキーね！」アーメンガードがうれしそうに言った。

「そうよ」セーラが言った。「いいこと？　ノック二回は、『囚人よ、在室か？』っていう意味」

セーラは、返事をするように壁を三回ノックした。

「これは、『おう、在室だ。万事順調』っていう意味」

ベッキーの部屋のほうから、ノックが四回返ってきた。

「これは、『されば、囚人のお仲間よ、安らかに眠りにつくこととしよう。おやすみ』っていう意味」セーラが説明した。

アーメンガードは楽しそうに顔を輝かせた。

「ああ、セーラ！」アーメンガードがうれしそうにささやいた。「まるでお話みたいね！」

「そうよ、これはお話なの」セーラが言った。「何もかも、みんなお話なの。あなたもお話だし、わたしもお話。ミンチン先生も、お話よ」

そして、セーラはふたたび腰をおろしてお話を続けたので、アーメンガードは自分自身もある意味で脱走中の囚人であることをすっかり忘れてしまい、このまま一晩じゅうバスティーユ監獄にとどまるわけにはいかないとセーラに説得されたあげくに足音を忍ばせて階段を下り、空っぽのベッドにもどっていったのだった。

第10章　インドの紳士

しかし、アーメンガードにとっても、ロティにとっても、屋根裏部屋詣では危険なことだった。セーラがいつ屋根裏部屋にもどっているかはっきりしないし、生徒たちが就寝したあとアミリア嬢が寝室を見回りに来ないともかぎらない。だから、二人が訪ねてくることはめったになく、セーラは孤独で寂しい日々を送っていた。しかも、屋根裏部屋にいるときよりも、階下にいるときのほうが、よけいに寂しさを感じた。話し相手がひとりもいなかったのだ。外へお使いに出されて通りを歩いているとき、買い物かごをさげたり包みを抱えたりしたみじめな姿で、風が強い日は帽子を飛ばされないように押さえながら、雨の日には靴の中まで水びたしになりながら、セーラはすれちがう人々の存在が自分の寂しさをいっそう大きくしているように感じるのだった。「プリンセス・セーラ」と呼ばれていたころは、ブルーム型の馬車[1]に乗って道を行くときも、マリエットに付き添われて歩いているときも、セーラの明るくはつらつとした顔や、おしゃれなコートや帽子は、人々の視線を集めたものだった。幸せそうな、世話のいきとどいた小さな女の子は、当然ながら人目を引く存在だった。一方、ぼろをまとったみすぼらしい子供などは街にいくらでもいるし、かわいくもないから、人々がふりむいてほほえみかけるようなこともなかった。最近では、セーラの姿に目をとめる人は誰もいなくなったし、人で混みあう歩道を急ぎ足で歩くセーラの姿が人目を引くこともなくなった。セーラは最近になって背がぐんぐん伸びはじめていたが、着るものはそれまで持っていたドレスの中でも地味なものばかりしか許されなかったから、みっともない格好に見えるだろうということは自分でもわかっていた。上等なドレスはどれもこれも売り払われてしまい、残っているドレスを着られるかぎりずっと着つづけなければならなかったから、ときどき、通りかかった店

1　御者席が外についている一頭立て四輪の箱馬車。

のショーウィンドーに鏡が置いてあったりすると、自分の姿を見たとたんに笑ってしまうことさえあったし、ときには顔を赤らめ、くちびるを嚙みしめたまま立ち去ることもあった。

夕方、あかりのついている家の窓の前を通るとき、セーラは暖かそうな部屋の中をのぞいては、暖炉の前にすわっている人たちやテーブルを囲んでいる人たちのことをあれこれ想像してみた。家々のよろい戸が閉まる前に窓ごしに家の中をのぞいてみるのは、いつも楽しみだった。ミンチン女史の学校が面している広場には、いくつかの家族の住む家があった。セーラは独自の観察方法で、近所の家族たちの事情にかなり詳しくなった。なかでもいちばん好きな一家に、セーラは〈大きな家族〉という名前をつけていた。〈大きな家族〉という名前をつけたのは、その家族が大柄な人たちだったからではない。というより、その家族のほとんどは小さな子供たちだった。〈大きな家族〉と呼ぶことにしたのは、その家族の人数がとても多かったからである。〈大きな家族〉には八人の子供たちがいて、恰幅がよくてバラ色の頰をしたお母さんがいて、恰幅がよくてバラ色の頰をしたお父さんがいて、恰幅がよくてバラ色の頰をしたおばあさんがいて、たくさんの召使いがいた。八人の子供たちは、いつも優しそうな乳母たちに連れられて散歩に出かけたり、乳母車に乗って出かけたりしていた。あるいは、母親といっしょに馬車で出かけたり、夕方には玄関に飛んできて帰宅した父親を迎え、お帰りのキスをしたり、父親のまわりで跳びはねたり、父親のコートを引っ張ったり、ポケットをのぞいておみやげを探したりするのだった。かと思うと、子供部屋の窓辺に集まって外を眺めたり、押しあいへしあいして笑いあったり――要するに、いつも楽しそうに大家族にふさわしいことをしていたのだった。セーラはその家族が大好きで、それぞれの子供に本から取ったとてもロマンチックな名前をつけて呼んでいた。一家のことは、〈大きな家族〉と呼ばないときは、〈モンモランシー一家〉[2]と呼んでいた。レースの帽子をかぶった丸々とした金髪の赤ちゃんは、エセルバータ・ボーシャン・モンモランシー。つぎの赤ちゃんは、ヴァイオレット・コルモンドレー・モンモランシー。歩きはじめたばかりのぷくぷくしたあんよの男の子は、

2 モンモランシーはフランス風の姓。著名な軍人や貴族にもこの名前の人がいる。

シドニー・セシル・ヴィヴィアン・モンモランシー。そして、リリアン・エヴァンジェリン・モード・マリオン、ロザリンド・グラディス、ギー・クラランス、ヴェロニカ・ユースティシア、クロード・ハロルド・ヘクター、と続くのだった。

ある晩、すごくおかしなことが起こった——というより、むしろ、ある意味では少しも笑えないことだったのであるが。

モンモランシー家の何人かは子供のパーティーに出かけるところだったらしく、玄関前をセーラが通ろうとしたちょうどそのときに、子供たちが玄関前に待たせてある馬車まで歩道を横切っていった。白いレースのドレスにきれいな色のサッシュベルトを締めたヴェロニカ・ユースティシアとロザリンド・グラディスが馬車に乗りこみ、五歳のギー・クラランスが二人のあとに続こうとしていた。ギー・クラランスはとてもかわいい男の子で、バラ色の頰に青い瞳、巻き毛に縁どられた丸くて愛らしい顔だちをしていたので、セーラは自分がさげている買い物かごのことや着古した服のことなどすっかり忘れて、少しのあいだギー・クラランスを眺めていたいという思いにかられて、その場で足を止めて坊やに見とれていた。

ちょうどクリスマスの時期で、〈大きな家族〉の子供たちは、クリスマスの靴下にプレゼントを入れてくれたりクリスマスのお芝居に連れて行ってくれる父親や母親のいないかわいそうな子供たちの話をいっぱい聞かされていた。そういう子たちは薄手の服で寒さに震え、おなかをすかしているという。聞かせてもらうお話には、親切な人たち――ときには優しい心を持った小さな男の子や女の子――がかならず登場して、気の毒な子供たちに目をとめ、そういう子供たちにお金やりっぱなプレゼントを与えたり、家に招待してすてきな食事をごちそうしたりするのだった。その日の午後も、ギー・クラランスはそんなお話を読み聞かせてもらって涙ぐむほど感動し、ぜひともそういう気の毒な子供を見かけて自分の持っているほかでもない六ペンス銀貨をあげて、一生楽に暮らせるようにしてあげたい、と思っていた。六ペンスもあったら、いつまでも裕福に暮らせるにちがいないと、ギー・クラランスは信じて疑わなかった。玄関から馬車まで歩道に敷かれた赤いカーペットの上を歩いていくギー・クラランスの丈の短い水兵風のズボンのポケットには、六ペンス銀貨がはいっていた。馬車に乗りこんだロザリンド・グラディスが座席のクッションを試そうとして勢いよくとびはねたとき、ギー・クラランスは、みすぼらしい服と帽子を身につけて古い買い物かごを腕にかけたセーラが濡れた歩道に立って物欲しそうな目つきで自分を見ているのに気づいた。

この女の子が物欲しそうな目をしているのは、たぶん長いあいだ何も食べていないからなのだろう、と、ギー・クラランスは思った。でも実際には、セーラが飢えた目つきをしていたのは、ギー・クラランスのバラ色の頰が物語る暖かくて楽しそうな家庭生活に飢えていたからであり、ギー・クラランスを両腕にかき抱いてキスしたいという願望が顔にあらわれていたからだったのである。ギー・クラランスには、その女の子が大きな目をしていて、痩せた顔と細い足をしていて、ありふれた買い物かごをさげていて、みすぼらしい服を着ている、ということしかわからなかった。そこで、ギー・クラランスはポケットに手をつっこんで六ペンス銀貨を探りあて、まるっきり悪気のない顔でセーラに近づいていった。

「きみ、かわいそうだね。ここに六ペンスあるから、これをあげるよ」

セーラはびっくりした。そしてすぐに気がついた。いまの自分の姿は、昔もっといい暮らしをしていたころに馬車から降りてくる自分を歩道に立ってじっと見ていた気の毒な子供たちとそっくり同じに見えているのだ、と。そのころのセーラは、かわいそうな子供たちによくペニー硬貨を恵んでやったものだった。セーラの顔は真っ赤になり、それから真っ青になり、瞬間的に、かわいらしい手が差し出した六ペンス銀貨を受け取るわけにはいかないと思った。

「あら、ちがいます！」セーラは言った。「いいえ、けっこうです。いただくわけにはまいりませんわ！」

そう答えたセーラの言葉づかいがふつうの浮浪児の言葉づかいとはあまりにかけ離れていたのと、しぐさも良家の子女のしぐさだったのを見て、ヴェロニカ・ユーステイシア（ほんとうの名前はジャネット）とロザリンド・グラディス（ほんとうの名前はノラ）が身を乗り出した。

しかし、ギー・クラランスの慈善意欲はくじけない。ギー・クラランスは六ペンス銀貨をセーラの手に押しこんだ。

「ううん、受け取ってください、かわいそうなきみ！」ギー・クラランスはきっぱりと言った。「これで食べ物が買えますよ。六ペンスだから！」

　ギー・クラランスの表情があまりに無邪気で親切だったので、ここで六ペンスを受け取らなかったらさぞ傷つき落胆するだろうと思うと、セーラも無下に断ることはできなかった。そこまで自分のプライドを押し通したのでは、この子に酷だろう。そこで、セーラは恥ずかしさに頰を赤らめながらも、自分のプライドを押し殺した。

「ありがとう」セーラは言った。「あなたはとっても親切ないい坊やね」

　うれしそうに馬車に乗りこむギー・クラランスの背後で、その場から歩み去るセーラはなんとか顔に笑みを浮かべようとしたが、引きつけたような息づかいになって、目の前の光景がにじんだ。自分がみっともなくみすぼらしい姿であることはわかっていたけれど、まさか物乞いとまちがえられるとは思っていなかった。

　走りはじめた馬車の中では、〈大きな家族〉の子供たちが興奮してしゃべりあっていた。

「ちょっと、ドナルド（というのがギー・クラランスの本名だった）」ジャネットがとがめるような声を出した。「なぜあの女の子に六ペンスをあげたりしたの？　あの子は物乞いなんかじゃないわ！」

「しゃべり方も、物乞いのようではなかったわよ！」ノラも声をあげた。「それに、あの子の顔つき、あれは物乞いの顔じゃないわ！」

「第一、物乞いをしなかったじゃないの」ジャネットが言った。「あの子が怒るんじゃないかと、ひやひやしながら見てたのよ。だって、物乞いじゃないのに物乞いだと思われたら、ふつう怒るでしょ？」

「怒ってなかったよ」ドナルドが少ししょげながら、それでも言い張った。「ちょっと笑って、ぼくに『とっても親切ないい坊やね』って言ったんだ。そのとおりでしょ！」ドナルドは胸を張った。「だって、六ペンスもあげたんだから！」

ジャネットとノラは目配せしあった。

「物乞いだったら、そんな言い方はぜったいしないわ」ジャネットが断言した。「物乞いだったら、『おありがとうごぜえます、ちいせえ旦那様、おありがとうごぜえます』って言ったはずよ。それにたぶん、ぺこぺこおじぎしたはずだわ」

こんな会話があったことをセーラはこれっぽっちも知らなかったが、そのときをきっかけに、〈大きな家族〉のほうでもセーラに深い関心を寄せるようになった。セーラが通りを歩いていくと、子供部屋の窓からたくさんの顔がのぞいたし、暖炉の前でセーラをめぐってあれこれ話がはずむこともあった。

「あの子、寄宿学校の下働きみたいなものなのよ」ジャネットが言った。「誰も身寄りがないらしいわ。きっと、孤児でしょうね。でも、物乞いではないわ、どんなにみすぼらしいなりをしていても」

それ以降、セーラは〈大きな家族〉の子供たちのあいだでは〈物乞いじゃない女の子〉と呼ばれるようになったが、言うまでもなくこれはかなり長い呼び名だったので、小さな子たちが早口で言おうとすると、ひどく滑稽に聞こえることも少なくなかった。

セーラは六ペンス銀貨に苦労して穴を開け、細めの古いリボンを通して、首からさげられるようにした。〈大きな家族〉に対するセーラの愛情は、ますます深まった。そればかりでなく、愛することのできるものすべてに対して、セーラの愛情は深まっていった。ベッキーとの絆は日ごとに深まっていったし、週二日、教室で小さい子たちにフランス語を教える時間も楽しみだった。小さい生徒たちはセーラが大好きで、なんとかセーラのそばにすり寄って、自分たちの小さな手をセーラの手の中にすべりこませようと競争だった。小さい子たちが自分を慕ってくれる喜びは、愛情に飢えたセーラの心を癒してくれた。セーラはスズメたちともすっかり仲良くなり、屋根裏部屋のテーブルの上に立って天窓から上半身を乗り出してさえずってみせると、たちまち羽ばたきの音とセーラの呼びかけにこたえるさえずりが聞こえ、ありふれた町の鳥たちの群れがスレート屋根に下りてきて、セーラにさえずりかけたり、セーラがまいてやるパンくずに群がったりするようになった。セーラはメルキゼデクともずいぶん親しくなり、メルキゼデクはときどき奥さんを連れて出てくるようになったし、たまに子供を一、二匹連れてくることもあった。セーラはメルキゼデクに話しかけ、メルキゼデクのほうでもセーラの言うことがわかっているように見えた。

いつもすわってすべてを眺めているだけのエミリーに対しては、セーラの心の中にそれまでとはちがう感情が芽生えていた。そうした感情が一気に噴き出したのは、ひどくみじめな思いをした夜のことだった。エミリーは自分のことを理解し同情してくれる相棒であると、セーラは信じたかった。あるいは、そう信じる〈空想ごっこ〉を続けたかった。自分のたった一人の相棒が何も感じず何も聞こえない人形だとは認めたくなかった。セーラはときどきエミリーを椅子にすわらせ、自分はエミリーと向かいあって古びた赤い足のせ台に腰をおろして、エミリーをじっと見つめて空想の世界へはいっていこうとするのだが、そうしているうちになぜか恐怖に似た感情がつのって、思わず目をみはってしまうことがあった。とくに、夜、静まりかえった屋根裏部屋に、メルキゼデク一家が壁の中で走ったり鳴いたりする音だけがときおり響くようなときは。セーラの〈空想ごっこ〉の中に、エミリーは自分を守ってくれる良い魔女のような存在である、という〈空想ごっこ〉があった。エミリーをじっと見つめているうちに空想の世界にぐんぐん引きこまれていき、エミリーに質問をしてみると、もう少しで返事をしてくれそうな気がすることさえあった。でも、エミリーはけっして返事をしてはくれなかった。

「まあ、返事については、わたしだっていつも返事をするわけではないし……」と言って、セーラは自分を納得させようとした。「返事しないですむときは、わたしもぜったいに返事しないもの。誰かに侮辱されているときは、ひとことも返事してやらないのがいちばんの仕返しになるから。そういうときは、相手をじっと見て、考えるの。それをすると、ミンチン先生はすごく怒って真っ青になるし、アミリア先生はおびえたような顔になる。女の子たちも、同じ。挑発されてもカッとならなければ、みんな、こっちのほうが強いってわかるものよ。だって、こっちは怒りを抑えられるほど強いわけだし、相手は怒りが抑えられなくて、バカなことを口走って、あとで言わなければよかったと後悔するんだもの。怒りは最強だけど、それを抑えることができる人はもっと強いわ。敵に返事をしないのは、いいことなの。わたしはほとんど返事しないもの。たぶん、エミリーはわたしよりもっとわたしらしい子なのね。きっと、お友だちにさえ返事をしたくないんだわ。何もかも心の中にしまっておく子なのね」

けれど、こうした理屈をつけてなんとか納得しようとしても、それは簡単なことではなかった。たとえば、あちこちにお使いに行かされて、長くてつらい一日を過ごしたあと。ときには風に吹かれ、寒さにこごえ、雨に打たれて遠くまでお使いに行かなければならないこともあって、ずぶぬれでおなかをすかせて帰ってきたとたんに、またお使いに出される日もあった。誰もセーラがまだ小さな子供だということを思いやってくれなかったし、か細い足が疲れているだろうとか、小さなからだが冷えきっているだろうとか、思いやってもくれないから。あるいは、「ありがとう」のかわりに意地悪な言葉が飛んでくるばかりで、冷たく蔑むような視線を投げつけられたとき。あるいは、コックから粗野で横柄な態度で扱われたとき。あるいは、ミンチン女史の虫の居所が最悪だったとき。あるいは、生徒たちに自分のみすぼらしい身なりをあざ笑われたとき。そんなとき、誇り高く孤独な心の傷を〈空想ごっこ〉でなぐさめてほしいと思っても、エミリーが例の椅子の上で背すじを伸ばして無表情に正面を見つめているだけでは、どうにもならないのだった。

そんなある夜のこと、セーラが冷えきって空腹のまま、胸に渦巻く怒りの嵐を抱えて屋根裏部屋にもどったとき、エミリーのまっすぐな視線があまりに空虚に見え、おがくずを詰めた手足があまりに無関心に見えて、セーラはとうとう感情がこらえきれなくなった。わたしにはエミリーしかいない、世界じゅうでエミリーしかいない、それなのに、黙ってすわっているだけなんて。

「わたし、もうすぐ死んじゃうわ」セーラはエミリーに話しかけた。

エミリーはただ前を見つめているだけ。

「もう耐えられないの」あわれなセーラは、身を震わせた。「わかってるわ、もうすぐ死ぬの。寒くて。ずぶぬれで。おなかがすいて死にそう。きょうはどれだけ歩いたかしれないのに、朝から晩まで叱られてばかり。コックから最後に行かされたお使いで探していたものが見つからなかったから、夕ごはんももらえなかった。靴が古いせいでぬかるみで滑って転んだら、それを見て男の人たちが笑ったわ。見て、わたし、泥まみれなの。それなのに、笑ったのよ。ねえ、聞いてるの？」

ガラスの瞳で正面を見すえたまますまし顔ですわっているエミリーを見ているうちに、傷ついた心の怒りが抑えきれなくなった。セーラは小さな手を振り上げてエミリーを椅子から乱暴に突きとばし、せきを切ったように声をあげて泣きだした。けっして泣かないセーラが。

「あなたなんて、ただのお人形よ！」セーラは泣きながら声をしぼりだした。「お人形！　お人形！　ただのお人形よ！　何がどうなろうと、かまわないんでしょ。中身はただのおがくずだもの。心なんて、ありはしないのね。何も感じないのね。ただのお人形だから！」

エミリーは床に転がって、両足を頭の上まで放り上げたぶざまな格好になっていた。そして、鼻の頭が少しつぶれていた。それでも、エミリーは落ち着きはらっていて、品位さえ感じさせた。セーラは両腕に顔をうずめた。壁の中でネズミたちがけんかを始めて、嚙みつきあったりキィキィ鳴いたり走りまわったりしている。メルキゼデクが家族を叱る声が聞こえた。

セーラのむせび泣きは、そのうちにおさまった。こんなふうに泣き崩れることは自分らしくなかったので、セーラ自身も驚いていた。しばらくして、セーラは顔を上げてエミリーを見た。エミリーは視界の端からセーラをうかがっているように見え、ガラスの目に人形なりの同情がこもっているようにも見えた。セーラは、かがんで人形を抱きあげた。後悔の念が押し寄せた。セーラの顔に、かすかな笑みがもどった。

「お人形なんだもの、しかたないわよね」セーラはあきらめのため息をついた。「ラヴィニアやジェシーがおバカさんなのと同じね。みんな、それぞれちがうんだもの。

たぶん、あなたはおがくず人形なりのベストを尽くしているのね」セーラはエミリーにキスをして、乱れたドレスを直してやり、椅子の上にもどしてやった。

隣の空き家に誰か引っ越してくればいいのに、と、セーラはずっと願っていた。隣の屋根裏部屋の天窓がセーラの天窓のすぐ近くにあったからだ。いつかその天窓が開いて、誰かが四角い窓枠から頭と肩をのぞかせたら、どんなにすてきだろう。「感じのいい人だったら『おはようございます』ってご挨拶してみようかしら」と、セーラは考えた。「世の中、何が起こるかわからないもの。だけど、もちろん、屋根裏部屋で寝起きするのは、きっと下働きの召使いでしょうけど」

ある朝、食料品店と肉屋とパン屋へお使いに行ってきた帰りに広場の角を曲がると、なんとうれしいことに、留守にしていたあいだに隣の家の前に家具を満載した大きな馬車が止まり、玄関が開け放たれて、シャツ姿の男たちが家に出入りして重い荷物や家具を運びこんでいるのが見えた。

「誰か引っ越してきたんだわ！」セーラはつぶやいた。「誰か、ほんとうに引っ越してきたんだわ！　ああ、屋根裏部屋の天窓からすてきな誰かが頭をのぞかせてくれないかしら！」

セーラは、歩道で足を止めて引越しのようすを眺めている野次馬たちに自分も加わって見物したいくらいだった。家具を見れば、その家具を使っている人のことを多少なりとも想像できる、というのがセーラの持論だった。

「ミンチン先生のテーブルや椅子は、ミンチン先生そっくりだもの」セーラは思った。「わたし、まだすごく小さかったけれど、ミンチン先生を初めて見た瞬間にそう思ったのを、おぼえているわ。あとでお父様にそう言ったら、お父様は笑って、ほんとうにそうだね、とおっしゃった。〈大きな家族〉のおうちには、きっと、ふかふかですわりごこちのいい肘掛け椅子やソファがあるにちがいないと思う。そして、壁紙は、あの家族に似つかわしい赤い花柄なの。家の中は、きっと、暖かくて明るくて優しくて幸せな感じなんだと思うわ」

その日の午後、セーラはパセリを買いに八百屋へお使いに行かされた。地下の勝手口を出て外階段を上がろうとしたとき、見覚えのあるものが目にはいって、心臓がどきっとした。引越し荷物の家具がいくつか大型馬車から下ろされて歩道に置かれていたのだが、その中に、手の込んだ細工をほどこしたチーク材の美しいテーブルと椅子、そして東洋風の刺繍でびっしり埋めつくされた屏風があった。それを見て、セーラの胸に不思議な感情が呼びさまされた。これとそっくりの家具をインドで見たことがあったのだ。ミンナン女史がセーラから取り上げた家具の中にも、父親が送ってくれた彫刻のほどこされたチーク材の机があった。

「とってもきれい……」セーラはつぶやいた。「きっと、すてきな方の持ち物にちがいないわ。どれもりっぱな家具ばかり。きっとお金持ちの一家なのね」

家具を積んだ大型馬車が到着しては荷を下ろし、すぐまた次に大型馬車が家具を満載して到着する、ということが一日じゅう続いた。家に運びこまれる家具を、セーラも何度か目にする機会があった。新しく引っ越してきた一家がお金持ちにちがいないというセーラの推測が当たっていたことがはっきりした。どの家具も上等で美しく、多くが東洋風の家具だった。すばらしい敷物やカーテンや装飾品の数々が大型馬車から運び出された。絵もたくさんあったし、本などは図書館ができそうなほどたくさんあった。引越し荷物の中には、豪華な厨子におさめたりっぱな仏像もあった。

「ぜったいに、家族の誰かがインドにいたことがあるにちがいないわ」セーラは確信した。「インドの調度品になじんで、それが気に入ったんだわ。よかった！　なんだかお友だちのような気分になれるもの。たとえ屋根裏部屋の窓から誰も顔を出さなかったとしても」

夕方配達されるミルクをコックに言われて調理場へ運びこむとき（セーラはほんとうに何でもかんでも用事を言いつけられていたのだ）、セーラはますます気になる一場面を目にした。〈大きな家族〉の父親であるバラ色の頬をした恰幅のいい男性が、ごく何気ないようすで広場を横切って、隣の家の階段を小走りにあがっていったのだ。じつにものなれた足取りで、今後も何度でもここを行き来することになるだろうと心得ているように見えた。〈大きな家族〉の父親はかなり長いあいだ隣の家の中にいて、何度も外に出てきては引越しの人夫たちに当然のように指示を与えていた。どうやら、引っ越してくる一家とかなり親密な関係にあるらしく、その一家のかわりに引越しを差配しているような印象だった。

「新しく引っ越してくる一家に子供たちがいたら、きっと〈大きな家族〉の子供たちが遊びにくるでしょうから、遊びのついでに屋根裏部屋に上がってくることがあるかもしれないわ」と、セーラは考えた。

夜になり、仕事が終わったあと、囚人仲間のベッキーが訪ねてきて、情報をもたらした。

「隣の家に越してくるのは、ニンド人の旦那らしいですよ、お嬢様」ベッキーが言った。「黒い旦那かどうかはわかんねえけど、ニンド人です。ものすごい金持ちで、病気で、そんでもって〈大きな家族〉の父親がニンド人の旦那の弁護士なんだそうです。なんだかんだトラブルがあったらしくて、そのせいで病気になって、気分が落ちこんでるんだそうで。それに、お嬢様、そのニンド人は偶像を拝むんですよ。異教徒で、木や石に向かっておじぎするんです。その旦那が拝む用の偶像が運びこまれるとこを、あちし、見ました。誰か、あの旦那に『教会の手引き』を送ってやらなくちゃですよ。『手引き』なんて、一ペニーで手にはいるんですから」

セーラはちょっと笑った。

「偶像を拝むわけではないと思うわよ」セーラが言った。「仏像に興味を持って、眺めるために手もとに置いておく人たちもいるのよ。わたしのお父様も美しい仏像を持っていたけど、拝みはしなかったわ」

しかし、ベッキーは、どうしても新しい隣人を〈異教徒〉だと思いたいようだった。そのほうが、祈禱書を手に教会に通うようなふつうの紳士よりもはるかにロマンチックな感じがするからだった。その夜、ベッキーはセーラの部屋にいすわって、長いことおしゃべりをしていった。新しく引っ越してくる人は、どんな人物なのだろうか。奥さんがいるとしたら、どんな奥さんだろうか。子供がいるとしたら、どんな子供たちだろうか。セーラが見るところ、どうやらベッキーは新しい隣人の子供たちが全員黒い肌の人たちであることを心ひそかに熱望しているようだった。どの子もみんな頭にターバンを巻いているといい、それに何よりも、子供たち全員が父親と同じく〈異教徒〉ならいいのに、と思っているようだった。

「あちし、〈異教徒〉の隣に住んだこといちどもないんです、お嬢様」ベッキーは言った。「どういう暮らしぶりなのか、見てみたいです」

ベッキーの好奇心が満たされたのは、それから何週間か過ぎてからだった。どうやら、新しく引っ越してきた隣人には妻も子供もいないことがわかった。家族のいない独り身の紳士で、健康をひどくそこねていて、心を病んでいるようだった。

ある日、馬車がやってきて隣の家の前に止まった。男の召使いが御者席から下りて馬車の扉を開けると、最初に出てきたのは〈大きな家族〉の父親だった。続いて馬車から下りてきたのは制服を着た女性の看護師で、そのあと男の召使いが二人、家の玄関から石段を下りて駆けつけた。ご主人様に手を貸すためだ。馬車の中から人の手を借りて下りてきた紳士は、げっそりと頬のこけた顔をして、骨と皮に痩せたからだを毛皮のコートに包んでいた。紳士は召使いたちに支えられて玄関の石段をあがり、〈大きな家族〉の父親がひどく心配そうな表情で付き添って家にはいっていった。それからまもなく、医者を乗せた馬車が到着して、医者が家の中へはいっていった。あきらかに、さきほどの紳士の手当てにやってきたと見えた。

「ねえ、セーラ、お隣にすごく黄色い紳士がいるの」後日、フランス語の授業のときに、ロティが小さい声で言った。「ちゅーごく人だと思う？　地理で、ちゅーごく人は黄色いって習ったから……」

「いいえ、中国人ではないのよ」セーラも小さい声で答えた。「とっても重い病気なの。さ、ロティ、フランス語のお勉強をしましょうね。いいえ、ムッシュ。わたしは叔父のナイフを持っていません」

これが、インドの紳士のお話の始まりであった。

第11章　ラム・ダス

街中の広場でも、たまにはすばらしい夕焼けが見られる。ただし、たくさんの煙突や高い屋根越しに、細切れの夕焼け空が見えるだけだ。地下の調理場の窓からは、夕焼けはまったく見えない。しばらくのあいだレンガが暖かそうな色合いに見えたり、空気がバラ色や黄色に染まって見えるところから、いまごろ夕焼けだろうと想像できるだけ。あるいは、窓ガラスの一枚に燃えるようにまばゆい光が反射するのを見て、そうとわかるときもある。けれども、たったひとつだけ、すばらしい夕焼けの全景を見られる場所がある。西の空にうずたかく重なった雲の層が赤や金に染まる景色。目もくらむようなまばゆい光に縁どられた紫の雲。風の吹く日にバラ色のふわふわした小さなちぎれ雲が空を流れていくさまは、青空を大急ぎで横切っていくピンク色をしたハトの群れのようだ。こんな景色をたっぷり見られる場所、おまけに地上より新鮮な空気を吸いこめる場所は、もちろん屋根裏部屋の天窓である。広場が急に魔法にでもかかったように輝きだし、すすけた木々や鉄柵までがすばらしい眺めに変わっていくとき、セーラには、空で何かが起きているのだとわかる。そして、誰にも気づかれたり呼びもどされたりすることなしに調理場を離れることが可能なときには、セーラはいつもそっと調理場を離れ、足音を忍ばせて階段をあがり、屋根裏部屋の古いテーブルの上に立って、天窓から上半身をできるだけ乗り出して空を眺めるのだった。そんなとき、セーラはいつも深呼吸をして、あたりを見まわす。こうすると、広い空やこの世界全体を独り占めしているような気分になれる。ほかの家々の天窓からは、誰も頭をのぞかせることはなかった。天窓はたいてい閉まっていたし、風を入れるためにつっかい棒を立てて開けてあったとしても、窓のそばへ来る人は一人もいないようだった。セーラは天窓から上半身を乗り出して、青い空を仰ぎ見る。空はとっても優しく、手が届きそうに見えた。まるで、すてきな青い丸天井のよう。西の空を眺めると、すばらしい夕焼けの景色が広がっている。たくさんの雲がほどけたり、流れたり、ふんわりその場にとどまったりしながら、ピンクに染まったり、深紅に染まったり、雪のように真っ白く輝いたり、紫色やハトの胸のような淡い青紫色に染まったり。島のような形をした雲や大きな山のように見える雲もあり、そんな雲に囲まれて湖のように見える空は、トルコ石のような深い青緑色だったり、澄んだ琥珀色だったり、翡翠のような明るい緑色だったり。ときには、荒れた海に黒々と突き出した岬のような雲が見えることもあるし、そうかと思うと、不思議な陸地を思わせる形をした細長い雲が別の不思議な陸地といっぱい連なって見えることもある。あの雲の上を走ったり登ったりしたい、足を止めてその先がどんなふうに変わっていくかを眺めてみたい――そんな気分にもなる。やがて雲がぜんぶほどけていくとき、自分も雲といっしょにどこかへ流れていくのだろうか――セーラには、そんなふうに見えた。テーブルの上に立って天窓から身を乗り出して眺める夕焼け空ほど美しいものはなかった。スレート屋根にさす夕方の淡い光の中で、スズメたちがさえずっている。魔法のような夕焼けが空を満たしているあいだ、スズメたちさえも心なしか抑えぎみの優しい声でさえずるように、セーラには思われた。

　インドの紳士が新しい家に移ってきてから数日後の夕方、空にそんな夕焼けが広がっていた。その日の午後はさいわい調理場での仕事が一段落して、誰からもお使いや仕事を言いつけられなかったので、セーラはやすやすと調理場を離れて屋根裏部屋へ上がってきた。

　テーブルの上に立って天窓から外を見ると、すばらしい景色が広がっていた。西の空一面が黄金を溶かしたような雲に覆われ、その輝かしい雲が大波となって押し寄せてきそうに見えた。あたりには深い金色の光が満ち、屋根の上を飛ぶ鳥たちが空にくっきりと黒いシルエットを描いていた。

「すばらしい夕焼けだわ」セーラは小さな声でつぶやいた。「なんだか怖いくらい。何か不思議なことが起ころうとしているみたいな……。すばらしい夕焼けを見ると、いつもそんな気分になるわ」

　突然、セーラはふりかえった。ほんの数メートル離れたところから音が聞こえたのだ。それは奇妙な音、キィキィ声でおしゃべりするような変わった音だった。音は隣の天窓から聞こえてきた。誰かがセーラと同じように夕焼けを眺めに屋根裏部屋へ上がってきたのだ。天窓から上半身がのぞいていた。ただし、それは小さな女の子の姿ではなく、小間使いでもなかった。天窓からのぞいていたのは、絵から出てきたような白い異国の服に身を包んだ男性で、浅黒い顔にきらきら輝く瞳、頭に白いターバンを巻いたインド人の召使いだった。「〈ラスカー〉だわ」セーラはすばやくつぶやいた。セーラの耳に聞こえたのは、インド人が両腕でだいじそうに抱いている小さな猿が発した声だった。猿は〈ラスカー〉の胸に抱かれてキィキィ鳴いていた。

セーラがインド人のほうを見たのと同時に、インド人もセーラのほうを見た。その表情を見て、セーラはとっさに、悲しそうなホームシックの顔だと思った。インド人は夕焼けを見に屋根裏部屋へ上がってきたにちがいない。イギリスではめったに見られない夕焼けなので、一目見たいと思ったのだろう。セーラは興味をひかれてインド人の顔をちょっと見たあと、スレート屋根をへだててほほえみかけた。たとえ知らない人からでも、笑顔で迎えられることがどれほど心のなぐさめになるか、このごろのセーラは実感していたのである。

セーラの笑顔を見て、インド人はうれしそうな顔になった。表情がなごみ、白く輝く歯を見せてセーラにほほえみ返してきたので、浅黒い顔に光がさしたように見えた。セーラの瞳の人なつこい輝きには、いつも、疲れたり落ちこんだりしている人をはげます力があった。

おそらく、セーラに向かってインド風のおじぎをしたせいで、猿を抱いていた手がゆるんだのだろう。猿はいたずら好きで、たえず冒険のチャンスを狙っていたし、小さな女の子を見て興奮したのかもしれない。いきなりインド人の腕から抜け出し、スレート屋根に飛び移って、キィキィ鳴きながらスレートの上を走り、なんとセーラの肩に飛び乗って、そこからセーラの屋根裏部屋にはいりこんでしまった。セーラはおもしろがって笑い声をあげたが、猿を飼い主に――〈ラスカー〉が飼い主ならば、〈ラスカー〉に――もどさなければいけないとわかっていたので、どうすればいいだろうかと考えた。猿はおとなしくセーラに捕まってくれるだろうか？　それとも、いたずらな猿で捕まるのをいやがり、屋根づたいに逃げてどこかへ行ってしまうだろうか？　そんなことになったら、たいへんだ。もしかしたら、猿はインドの紳士のペットで、気の毒な紳士がかわいがっているのかもしれない。

セーラは〈ラスカー〉のほうをふりかえった。うれしいことに、父親といっしょに住んでいたころに習ったヒンドスタニ語を、まだ少しはおぼえていた。きっと通じるはず……。セーラは〈ラスカー〉の言葉で話しかけた。

「わたしに捕まえられるかしら？」

自分の知っている言葉で話しかけられた〈ラスカー〉が浅黒い顔に浮かべた驚きと喜びの表情といったら、セーラ自身も見たことがないほどのものだった。実際、あわれな〈ラスカー〉には、まるでインドの神々が手をさしのべてくれたおかげで親切なかわいらしい声が天から降ってきたのではないか、とさえ思われたのだった。〈ラスカー〉がヨーロッパ人の子供たちを扱い慣れていることは、セーラにもすぐにわかった。〈ラスカー〉はへりくだった感謝の言葉を次々と口にして、わたくしめはお嬢様のしもべでございます、と言った。その猿は良き猿で、嚙みつくことはございません。ですが、困ったことに、なかなか捕まらないのでございます。ここかと思えばあちらへと、稲妻のごとき素早さで逃げまわります。さきほどはわたくしめに逆らいましたが、心の曲がった猿ではございません。ラム・ダスはその猿のことをわが子のようにわかっております。ラム・ダスに対しては聞き分けのいい猿ですが、いつも聞き分けがいいとはかぎりません。もしお嬢様がお許しくださるのであれば、このラム・ダスめが屋根を伝ってそちらのお部屋に伺い、窓から中にはいらせていただいて、猿めを捕まえたいと存じます……と言いながら、インド人は厚かましい申し出をしてセーラが気を悪くしたかもしれない、猿を捕まえに行くことを許してもらえるだろうか、と気をもんでいるような顔だった。

セーラはすぐに許可を与えた。

「ここまで来られますか？」セーラは尋ねた。

「ただちに」インド人が答えた。

「それでは、どうぞ」セーラが言った。「猿はおびえているのか、部屋の端から端へとびまわっています」

ラム・ダスは自分の屋根裏部屋の天窓からするりと抜け出し、生まれてこのかたずっと屋根の上を歩いていたかと思うような危なげない軽やかな足取りで、セーラの屋根裏部屋まで渡ってきた。そして天窓からするりとはいりこみ、足音ひとつたてずにセーラの屋根裏部屋に降り立つと、セーラのほうを向いて、あらためて右の手のひらを額に当てるインド風のおじぎをした。猿はラム・ダスの姿を見て、小さな叫び声をあげた。ラム・ダスは、まず用心のために急いで天窓を閉め、それから猿を捕まえにかかった。さほど長い捕り物ではなかった。猿はふざけてわざと二、三分ほど逃げまわったものの、やがてキィキィ鳴きながらラム・ダスの肩にとびのり、痩せっぽちの奇妙な腕でラム・ダスの首に抱きついて、またキィキィとおしゃべりした。

ラム・ダスはセーラに向かって盛大に感謝の言葉をくりかえした。セーラには、ラム・ダスが生まれついてのすばやい目配りであたりを見まわして、がらんとした屋根裏部屋のみすぼらしさを見て取ったのがわかったが、ラム・ダスはまるでラージャの娘と口をきくときのような言葉づかいを崩さず、何も気づかなかったふりをしていた。猿を捕まえたあと、ラム・ダスはすぐに帰っていったが、屋根裏部屋から出ていくまでの短い時間にも、セーラから賜った格別の好意に対して深い感謝に満ちたおじぎをくりかえした。この猿めは、実際はさほど悪いやつではないのです、と、ラム・ダスは猿をなでながら言った。わが主人は患っておりますが、この猿めが気晴らしになるときもあるのです、と。もしお気に入りの猿が逃げてしまって見つからなかったら、主人はさぞ悲しんだことでありましょう——そう言ったあと、ラム・ダスはふたたびインド風のおじぎをして、天窓から外に出て、猿に負けない身軽さでスレート屋根を渡って帰っていった。

ラム・ダスが帰っていったあと、セーラは屋根裏部屋のまん中に立って、ラム・ダスの顔や礼儀作法が思い出させたたくさんのことを考えた。インド人の服装とうやうやしい態度を見たら、過去の記憶が一気によみがえってきたのだ。思い出すと、不思議な感じがした。いまは下働きのわが身、ほんの一時間前にもコックから侮辱的な言葉を投げつけられたばかりの下働きの自分が、わずか数年前までは、さっきのラム・ダスと同じような態度で自分に接する人々に囲まれていたこと。行く先々で召使いたちが自分におじぎをし、話しかければ額を地面にすりつけんばかりにして拝聴し、召使いや奴隷として自分に仕える人々に囲まれていたこと。夢のようだった。でも、何もかももう過ぎたこと、二度とあの生活がもどってくることはないだろう。現在の暮らしがいずれ変わるとは、とても思えなかった。ミンチン女史がセーラの将来をどう考えているのかは、わかっていた。ふつうの教師として使うには小さすぎるあいだは、セーラを使い走りや召使いとしてこき使うつもりなのだ。しかもそれまでに勉強したことはちゃんとおぼえていなくてはならず、そのうえ、どうやれというのか、もっと勉強を進めなくてはならない。ほとんどの夜を勉強に費やし、抜き打ちで試験がおこなわれ、期待どおりに勉強が進んでいないと厳しく叱られる。実際には、勉強好きのセーラには教師をつける必要もないことを、ミンチン女史は見通していた。本さえ与えておけば、セーラはそれをむさぼるように読み、しまいには暗記してしまうのだ。あと数年もすれば、かなりの授業を任せられるようになるだろう、とミンチン女史は踏んでいた。つまり、こういうことだ。いまは学校内のあちこちでこき使われているのが、大きくなったら教室でこき使われるのに変わるだけ。学校側はセーラにもう少しましな衣類を与えざるをえないだろうが、どうせ地味でみっともないドレスで、教師というより召使いのように見えるような服装をさせられるに決まっている。将来の見通しなど、この程度でしかない。セーラは何分かのあいだその場に立ちつくして、つらつらと考えた。

そのうちに、心の中にある考えがよみがえってきた。すると、セーラの頬に赤みがさし、瞳に輝きがもどった。セーラは、痩せた小さなからだをしゃんと伸ばし、顔を上げた。

「この先に何が起ころうとも、変えられないことが一つあるわ」セーラはつぶやいた。

「たとえぼろを着たプリンセスであろうとも、心だけはほんとうのプリンセスでいられる、ということ。錦の衣をまとっていれば、プリンセスでいることは簡単かもしれないけれど、誰ひとり知る人がいないのにそれでもプリンセスでいられるとしたら、そのほうがずっとりっぱなことだわ。牢獄につながれていたときのマリー・アントワネットを思い出せばいいの。王妃の座を追われて、着るものといえば黒いドレスだけで、髪は真っ白になって、みんなから侮辱の言葉を投げつけられて、〈カペーの後家さん〉[1]なんて呼ばれていた。でも、そのときのほうが、陽気に騒いで贅沢三昧の暮らしをしていた時代よりも、ずっと女王らしかったわ。わたしは、そのころのマリー・アントワネットがいちばん好き。どんなに群衆が罵声を投げつけても、マリー・アントワネットはひるまなかった。マリー・アントワネットは群衆よりはるかに強かった。断頭台に上げられたときでさえ」

　これは新しく考えついたことではなく、ずいぶん前からセーラの頭の中にあった考えだった。つらい日々、この考えがセーラの心のなぐさめだった。そんな考えにふけっているときにセーラが顔に浮かべる表情は、ミンチン女史には理解できないものであり、それゆえ大いなる苛立ちの種だった。子供のくせに、セーラは精神的には周囲より一段と高い世界で生きているように見えたのである。無礼で辛辣な言葉を投げつけられても、その言葉はセーラの耳に届いていないように見えた。あるいは、たとえ耳に届いたとしても、セーラはまったく意に介していないように見えた。ミンチン女史がセーラを威丈高にどなりつけている最中でさえ、セーラは落ち着きはらった子供らしからぬ目つきでミンチン女史をじっと見つめ、その瞳には誇り高い微笑にも似た表情があった。そんなとき、ミンチン女史には知る由もなかったが、

1　マリー・アントワネットの夫ルイ十六世は、フランス革命が起こって幽閉された際、本名で「ルイ・カペー」と呼ばれた。

セーラは心の中でこんなことを考えていたのである。

「あなたは自分がプリンセスに向かってこのような口をきいていることをわかっていないのですね。わたくしがその気になれば、手の一振りであなたを処刑することだってできるのですよ。容赦してあげているのは、ひとえにわたくしがプリンセスであり、あなたはあわれで愚かで慈悲の心もない低俗な年寄りで、何の分別もない人間だからです」

当時、これは何よりおもしろくて気が晴れる遊びだった。突拍子もない空想にすぎなくとも、セーラはこの遊びに心のなぐさめを見出し、それがセーラを支えた。こうした考えにひたっているあいだは、周囲の人間から無礼で意地悪な扱いを受けても、セーラ自身は無礼で意地悪な人間に堕ちずにすんだ。

「プリンセスは礼儀正しくなくてはならないのよ」セーラは自分に言い聞かせた。だから、召使いたちがミンチン女史にならってセーラに横柄な口をきいたりセーラをこき使ったりするときも、セーラは毅然とした態度を崩さず、きちんとていねいな口調で対応するので、召使いたちはあきれてセーラを見つめたものだった。

「あのチビときたら、バッキンガム宮殿の御仁も顔負けなくらい気取っちゃってお上品でさ」と、コックはときどき含み笑いしながら言うのだった。「あたしゃ、あのチビ相手にしょっちゅうかんしゃくを起こすんだけどさ、あのチビときたら、ぜったいに礼儀作法を忘れないんだ。それだけは認めてやるよ。『よろしければ、コックさん』だの、『お願いできますか、コックさん』だの、『すみませんが、コックさん』だの、『申し訳ないのですが、コックさん』だの、調理場でも平気で口からそういう言葉が出るんだからね」

ラム・ダスと猿に出会った翌日の朝、セーラは教室で低学年の生徒たちを教えていた。授業が終わり、フランス語の練習帳を片づけていたとき、手を動かしながら、セーラは例によって空想の世界にいた。このときは、身分を隠した古代の王たちがどんな試練に遭わされたかを考えていた。たとえば、アルフレッド大王[2]はパンを焦がしてしまい、牛飼いの女房から平手打ちを食らった。自分がやったことの重大さに気づいたとき、牛飼いの女房はどんなに仰天したことだろう。同じように、つま先が破れて足の指がのぞきそうになっている靴をはかされているセーラが本当はプリンセスだったとミンチン女史が知ったら、どうだろう！　そんなことを考えていたときのセーラの顔は、ミンチン女史がもっとも嫌悪する表情そのものだった。このような顔つきを許してなるものか！——セーラのすぐそばにいたミンチン女史は激怒し、セーラに飛びかかって平手打ちを食らわせた。牛飼いの女房がアルフレッド大王を平手打ちしたのとそっくり同じように。セーラは思わずとびあがり、ショックで白日夢からさめてハッと息をのみ、一瞬その場に立ちつくした。そして、自分でも思いがけなく、小さな笑いをもらしてしまった。

「何を笑っているのですか、このずうずうしい生意気が！」ミンチン女史が声を荒らげた。

セーラは、心を落ち着けてプリンセスらしく振舞わなくては、と思い出すのに数秒かかった。平手打ちを食らった頬が赤くなり、ひりひり痛んだ。

「考えごとをしていたのです」セーラは答えた。

「すぐに謝りなさい」ミンチン女史が言った。

セーラは一瞬ためらってから、答えた。

「笑ったのが無礼だとおっしゃるならば、謝ります。でも、考えごとを謝るつもりはありません」

「何を考えていたのです?」ミンチン女史が詰問した。「よくもまあ、考えごとなどと。何を考えていたのです?」

ジェシーがクスクス笑い、ラヴィニアと二人、ひじでつつきあっている。ほかの生徒たちも全員が教科書から顔を上げて、聞き耳を立てていた。実際、ミンチン女史がセーラをいたぶる場面は、ちょっとした見ものなのだ。セーラはいつも風変わりな返事をして、これっぽっちもひるむことがない。いまも、平手打ちされた頬が真っ赤になって、目が星のようにきらきら輝いているけれど、少しもひるんだようには見えなかった。

2　イングランド七王国のウェセックス王（在位八七一年～八九九年）。デーン人（北欧ヴァイキング）の侵略から国土を守るとともに、学芸の保護にも努めた賢王。あるとき戦いに疲れ、身分を隠して民家で休ませてもらった際に、パン焼きの火を見ているよう言われたのに、疲れて居眠りしてパンを焦がしてしまい、おかみさんに叱りつけられたという。

「わたしは考えていたのです」セーラは堂々と礼儀正しく答えた。「先生はご自分のなさっていることがおわかりではないのだ、と」

「わたくしが自分のしていることをわかっていない、と？」ミンチン女史は、はあはあと息を切らしていた。

「そうです」セーラが言った。「それで、わたしは考えていたのです。もしわたしがプリンセスで、先生がそのわたしを平手打ちしたとしたら、どうなるだろうか、と。プリンセスならば、このような無礼をどう処断するだろうか、と。そして、こうも考えていました。もしわたしがプリンセスだったとすれば、わたしが何を言い何をしたとしても、先生はこのようなことをしようとは夢にも思われないだろう、と。そして、もし、真実が明らかになったならば、先生がどれほど驚きおののくだろうか、と――」

セーラの想像力があまりにも真に迫っていたので、ミンチン女史も思わず話にひきこまれてしまい、その偏狭で想像力に欠ける頭の中に、この少女の大胆な物言いの背景には何かそれなりの根拠があるのではないか、という疑いさえよぎった。

「何ですって？　どんな真実が明らかになるというのです？」ミンチン女史が声を大きくした。

「わたしがほんとうにプリンセスであったら、ということです」セーラは言った。「何でもできるプリンセス、何でも意のままになるプリンセスであったならば、ということです」

教室にいた生徒たちが目をむいた。ラヴィニアはもっとよく見ようとして身を乗り出した。

「部屋に下がりなさい！」ミンチン女史が息も切れ切れに叫んだ。「いますぐ！　教室から出て行きなさい！　みなさんは勉強に集中しなさい！」

セーラは小さく頭を下げた。

「笑ったことが失礼だったならば、申し訳ありませんでした」セーラはそう言って、教室から出ていった。あとに残されたミンチン女史は怒りのあまり歯噛みし、生徒たちは教科書に目を落とすふりをしながら小声でささやきあった。

「ねえ、見た？　あの子の変な顔、見た？」ジェシーが口を開いた。「あの子がほんとうにプリンセスか何かだったとしても、あたし、驚(おどろ)かないわ。ありそうな話じゃない！」

第12章　壁のむこう側

隣どうしが壁でつながっているタウンハウスに住んでいると、自分の部屋と壁一枚へだてた隣の家で何が起こっていて何が話されているのか、想像してみたい気になるものだ。セーラは、寄宿学校とインドの紳士の家とをへだてる壁のむこう側で起こっていることを想像するのが楽しみだった。セーラは教室がインドの紳士の書斎と隣りあっていることを知っていて、放課後の教室の騒音がインドの紳士の邪魔にならないよう壁が厚いといいのだけれど、などと気づかっていた。

「わたし、あの紳士のことがとっても好きになってきたの」セーラはアーメンガードに話した。「だから、あの紳士のお邪魔をしたくないの。わたし、あの紳士をお友だちと思うことにしたわ。ぜんぜん話したこともない人が相手でも、そう思うだけならできるのよ。その相手をよく見て、その相手のことを考えて、気の毒なときには同情するの。そうしているうちに、だんだん親戚のような気持ちになってくるわ。あの紳士の家にお医者様が一日に二度も呼ばれることがあると、わたし、とっても心配になるもの」

「あたし、親戚は少ししかいないの」アーメンガードが思案顔で言った。「そのほうがありがたいけど。だって、親戚の人たちのこと、好きじゃないんだもの。叔母様は二人いるんだけど、いつも『あら、いやねえ、アーメンガードったら！　あなた、ずいぶん太っているじゃないの。お菓子を食べちゃだめよ』なんて言うんだもの。それに、叔父様ときたら、会うたびに『エドワード三世が王位に就いたのは何年だったかな？』とか『ヤツメウナギの食べすぎで死んだのは誰だったかな？』とか質問してくるんだもの」

「話したこともない人なら、そんな質問、できっこないわ」セーラは笑いながら言った。「それに、あのインドの紳士は、すごく親しくなったとしても、そんな質問はしないと思うわ。わたし、あの紳士が好きなの」

　セーラが〈大きな家族〉を好きになったのは、〈大きな家族〉が幸せそうに見えたからだ。しかし、インドの紳士を好きになったのは、インドの紳士が不幸せそうに見えたからだった。インドの紳士は、どう見ても、重い病気からまだ完全には回復していないようだった。寄宿学校の調理場では、召使いたちが――いったいどのような方法で知るのか――あらゆる事情に通じていて、インドの紳士の件についてもあれこれ噂話がかまびすしかった。インドの紳士といっても、本物のインド人ではなくて、インドに住んでいたイギリス人であること。インドの紳士はたいへんな災難に巻きこまれて、一時は全財産を失いそうになり、自分は破産して名誉も信用も永久に失ったと思いこんだこと。そのショックがあまりに大きかったために、あやうく脳炎で死にかけ、それ以来、運命の風向きが変わって財産をすべて取りもどしたにもかかわらず健康がすぐれないこと。そして、紳士に災難と危機をもたらしたのは鉱山がらみの事業だったらしいこと。

1　ヘンリー一世。

「それも、ダイヤモンドの鉱山だってよ！」コックが言った。「あたしなら、虎の子を鉱山につぎこむなんて、まっぴらだね。とくにダイヤモンド鉱山はね」と言って、コックは横目でセーラを見た。「それについちゃ、多少の耳学問もあるしさ」

「あの紳士は、お父様と同じ思いをなさったんだわ」セーラは思った。「お父様と同じように病気になって。ただ、あの紳士は死ななかったけれど」

そんなわけで、セーラはインドの紳士に一層心を寄せるようになった。夜にお使いに行かされることさえ、ときにはうれしいくらいだった。うまくいけば、となりの家のカーテンがまだ開いていて、暖かそうな部屋の中や自分で勝手にお友だちと決めたインドの紳士の姿を垣間見ることができるかもしれないからだ。あたりに人がいないときは、家の前で立ち止まることもあった。そして鉄の柵を握りしめ、まるでインドの紳士に声を届けるかのようにおやすみの挨拶をするのだった。

「たとえ聞こえなくても、きっと感じていただけますよね」と、セーラは空想の中で話しかけた。「窓やドアや壁を通してではあっても、親愛の情はきっと届くのではないかと思います。わたしがこうして寒いなかでたたずんで、あなたがふたたび元気で幸せになりますようにと願えば、きっとあなたは少しばかり温かくて安らかなお気持ちになるでしょう、なぜかはわからなくても。あなたのことを、とてもお気の毒に思っています」セーラは心を込めた小さな声でささやくのだった。「お父様が頭痛のときにわたしが優しくしてあげたように、あなたにも優しくしてくれる〈ちい奥様〉がいらしたらいいのに。お気の毒なおじさま、わたしがあなたの〈ちい奥様〉になってさしあげたいです！　おやすみなさい……おやすみなさい。神様のお恵みがありますように！」

そして、セーラは自分自身もとても安らかで少し温かくなったような気持ちでその場をあとにするのだった。インドの紳士に同情する気持ちがこんなに強いのだから、この気持ちはきっと暖炉の前の安楽椅子にひとりぼっちですわっている紳士に届くにちがいない、と、セーラは思っていた。インドの紳士はほとんどいつも豪華な部屋着にくるまって、たいてい片方の手で額を押さえるような格好をして、絶望的な眼差しで暖炉の火を見つめていた。セーラの目には、紳士の姿は過去に災難を経験したというだけではなく、現にまだ心に重荷を抱えているように見えた。

「あの方は、いま現に心を痛めつけている何かのことをたえず気に病んでいらっしゃるように見えるわ」セーラはつぶやいた。「でも、お金は取りもどしたのだし、そのうちに脳炎も治るでしょうから、あんなふうに見えるのはどうしてなのかしら。まだほかに何か悩みの種があるのかしら」

もし、まだほかに悩みの種があったとして、それが寄宿学校の召使いたちでさえ小耳にはさんでいないことだとしても、あの〈大きな家族〉の父親、セーラが勝手に〈モンモランシー氏〉と呼んでいるあの人ならば知っているにちがいない、と、セーラには思われてしかたなかった。モンモランシー氏は、たびたびインドの紳士に会いに行っていた。モンモランシー氏の奥さんと子供たちも、父親ほど頻繁ではないけれど、インドの紳士のもとを訪ねていた。インドの紳士はとくに上の女の子たち二人をかわいがっているように見えた。弟のドナルドがセーラに六ペンスを押しつけたときに仰天してあわてた姉のジャネットとノラである。実際、インドの紳士はとても子供好きで、ことに小さな女の子たちに優しかった。ジャネットとノラのほうでもこの紳士が大好きで、広場を横切っていってお行儀よくインドの紳士を訪ねることが許される午後を何よりも楽しみにしていた。ただし、紳士が病身であったから、子供たちの訪問はごく控えめなものだった。

「お気の毒なおじさま」と、ジャネットは言った。「おじさまは、わたしたちがお訪ねすると元気が出るとおっしゃるわ。わたしたち、おじさまの元気が出るように、そっと静かにお見舞いしましょうね」

ジャネットは一家のいちばん年長の子供で、年下の子供たちを監督する立場だった。インドの紳士にインドのお話を聞かせてとおねだりするタイミングを慎重に見極めるのは、ジャネットだった。紳士が疲れてきたのを見て取って、そっと場をはずしてラム・ダスを呼びにいくのも、ジャネットだった。子供たちはラム・ダスが大好きだった。ラム・ダスはお話をいっぱい知っていたが、残念なことにヒンドスタニ語でしか物語りができなかった。インドの紳士の本名はカリスフォード氏と言い、ジャネットはカリスフォード氏に〈物乞いじゃない女の子〉との出会いを話して聞かせた。カリスフォード氏はこの話におおいに興味を示し、猿が天窓から逃げ出した話をラム・ダスから聞いて以来、ますますその女の子に興味を抱くようになった。ラム・

ダスは、荒れはてた屋根裏部屋のようすを見てきたままにカリスフォード氏に伝えた。むきだしの床のこと。剝げ落ちたしっくいのこと。火のはいっていない錆びついた暖炉のこと。硬くて狭いベッドのこと。

ラム・ダスの話を聞いたあと、「なあ、カーマイケル」と、カリスフォード氏は〈大きな家族〉の父親に話しかけた。「この広場界隈で、どれだけの屋根裏部屋がそんな状態なのだろう。何人のあわれな下働きの子供たちがそんなベッドで寝起きさせられているのだろう。その一方で、このわたしときたら、羽根枕があってさえ寝つけず、巨万の富、それもほとんどは自分のものではない富の重さに押しつぶされそうになっている……」

「ほら、また」カーマイケル氏がつとめて明るい声で応じた。「ご自分を責めるのは、もうよしたほうが、おからだのためですよ。インドの富をぜんぶ独り占めしていたとしても、世界じゅうの不幸を救ってやれるわけじゃないんですから。それに、この広場界隈の屋根裏部屋をぜんぶ修繕したとしても、ほかの広場や通りにいくらでも修繕の必要な屋根裏部屋はありますからね。そういうことですよ！」

カリスフォード氏は安楽椅子の上で爪を噛みながら、暖炉で赤々と燃える石炭を見つめていた。

しばらくして、カリスフォード氏が重い口を開いた。「例の子供だが……わたしの頭から離れない例の子供のことだが……その子も……もしや……もしかして、隣の子供のような境遇に落ちぶれているというようなことが、ありうる……と思うかね？」

カーマイケル氏は心配そうにカリスフォード氏を見つめた。カリスフォード氏が自分の頭とからだを痛めつける最悪のパターンは、この話題をこんなふうにくよくよ考えることなのだ。

カーマイケル氏はカリスフォード氏をなだめるような口ぶりで返事をした。「パリのマダム・パスカルの学校にいた子がお探しの子供であるとするならば、何不自由なく暮らせる家庭に引き取られた、ということのようですよ。その家庭に引き取られることになったのは、自分たちの死んだ娘と仲良しの学友だったからだ、という話でしたからね。その夫婦にはほかに子供がいなくて、マダム・パスカルの話では、ものすごく裕福なロシア人夫婦だということだったじゃありませんか」

「あの女校長め、その子が引き取られたあと、どこへ行ったのかも承知しておらんかった！」カリスフォード氏が声を荒らげた。

カーマイケル氏は肩をすくめた。

「あれは抜け目ない欲得ずくのフランス女ですよ。父親が死んで金のはいるあてのなくなった生徒を穏便に手放せるチャンスに飛びついたんでしょう。あの手の女は、お荷物になるような子供たちの行く末など、気にもかけやしません。その子を養子にした夫婦は、連絡先も告げずに姿を消したようですね」

「きみは、その子がわたしの探している子であるとするならば、と言ったな。あるとするならば、と。確定ではないということだ。名前がちがっていた」

「マダム・パスカルは『クルー』ではなくて『カーリュー』というように発音していましたね。でも、それは単に発音だけの問題かもしれません。状況は奇妙なほど似ていますからね。インドに駐留していた英国人将校が、母親をなくした幼い娘を寄宿学校に預けた、と。そして、財産を失ったあと急死した、と」カーマイケル氏は、何か思い当たることがあったかのように、ここで言葉を切った。「その子がパリの寄宿学校に入れられた、という点はまちがいありませんか？　パリ、というのは確かですか？」

「きみね、確かなことなど、ひとつもないのだ」カリスフォード氏が苛立った口調でぶちまけた。「わたしはその子にも母親にも会ったことがない。ラルフ・クルーとわたしは学生時代に大の親友だったが、卒業後は顔を合わせる機会がなかった。インドで再会するまでは。わたしはダイヤモンド鉱山のとほうもない儲け話に夢中になっていた。クルーも夢中になった。あまりに莫大で魅力的な話に目がくらんで、わたしたちはなかば正気でなくなった。顔を合わせれば、ダイヤモンド鉱山の話ばかり。子供のことは、どこかの寄宿学校に入れたという話しか聞いたことがなかった。それも、いまとなっては、どこでどう聞いたものかさえ思い出せない」

カリスフォード氏の口調は、しだいに熱を帯びてきた。病みあがりの頭で痛恨の過去をふりかえると、いつもこんなふうに心が波立つのだ。

カーマイケル氏は心配そうにカリスフォード氏を見やった。どうしても質問しなくてはならないことがあるが、話は穏やかに慎重に進めなくてはならない。

「でも、パリの学校だと考える理由はあるわけですね？」

「そうだ」カリスフォード氏が答えた。「その子の母親がフランス人で、子供にパリで教育を受けさせたいと願っていた、という話だった。どう考えても、パリにいるのではないかと思うのだが」

「そうですね」カーマイケル氏が言った。「たしかに、それはじゅうぶんありえますね」

インドの紳士は身を乗り出し、痩せ衰えた長い手を伸ばしてテーブルをたたいた。

「カーマイケル、わたしはなんとしてもその子を見つけなくてはならんのだ。生きているなら、どこかにいるはずだ。もしその子が身寄りもなく無一文だったとしたら、それはわたしのせいなのだ。そんなことが心に引っかかっているのに、どうしてのうのうと生きておられようか。鉱山事業が好転したおかげで、クルーとわたしの途方もない夢は現実となった。その一方で、かわいそうに、クルーの娘は道端で物乞いをしているかもしれんのだ！」

「いや、いや」カーマイケル氏がとりなした。「落ち着いてください。その子が見つかったあかつきには莫大な財産を渡してあげられると思えば、少しはなぐさめになるでしょう」

「なぜ、最悪の局面で、わたしは勇気をもって踏みとどまれなかったのだ？」カリスフォード氏は苦悶のうめき声をもらした。「他人の金まで預かっていなければ……問題が自分の金だけだったなら、踏みとどまることができただろうと思う。気の毒に、クルーは全財産をあの事業につぎこんだ。わたしを信頼していたから――わたしを愛していたからだ。そして、わたしのせいで破産させられたと思いながら死んでいった。このわたし、トム・カリスフォード、イートン校でともにクリケットに興じた親友のこのわたしに。わたしのことをさぞ大悪党だと思ったにちがいない！」

「そんなにご自分を責めるものではありませんよ」

「わたしが自分を責めているのは、投機が失敗しそうになったからではない。自分が勇気を失ったことを責めているのだ。わたしは逃げた。ぺてん師かコソ泥のように。いちばんの親友に合わせる顔がなかったからだ。彼とその子供を破滅に追いやってしまったと告げることができなかったからだ」

心優しい〈大きな家族〉の父親は、カリスフォード氏をなぐさめるように、その肩に手を置いた。

「あなたが逃げたのは、精神的な苦痛に脳が耐えられなくなったからです」カーマイケル氏が言った。「そのときすでに、あなたは半分正気ではなかった。そうでなければ、あなたは踏みとどまって最後まで戦ったはずです。家を離れて二日後には、あなたは病院でベッドに縛りつけられて、脳炎で錯乱状態にあったのですよ。それを忘れてはいけません」

カリスフォード氏はがっくりとうなだれて両手に顔をうずめた。

「そうだ。そうだった。わたしは心配と恐怖で頭がおかしくなっていた。何週間も眠っていなかった。家からふらふらと外に出たあの夜、この自分を責めて嘲笑する忌まわしい空気があたりに満ち満ちているような気がしていた」

「それだけでも、じゅうぶんな弁明になりますよ」カーマイケル氏が言った。「脳炎で倒れる寸前の人間に、まともな判断ができるはずないじゃないですか！」

カリスフォード氏は、うなだれたまま首を左右に振った。

「そして、正気を取りもどしたときには、あわれなクルーはすでに死んで、埋葬されたあとだった。そして、わたしは何も思い出せなかった。子供のことも、何カ月もあとになるまで思い出しもしなかった。クルーに子供がいたはずだという記憶がもどりはじめたあとも、何もかもが朦朧としていた」

カリスフォード氏は言葉を切り、額をこすった。「いまでも、思い出そうとすると、そんな感じになる。たしかに子供を入れた学校のことをクルーが話すのを聞いたはずなのに。そう思わないかね?」

「はっきりとは話されなかったかもしれませんよ。娘さんの本名さえも、聞いていないのでしょう?」

「クルーはなんだか変わったあだ名をつけて娘を呼んでいた。たしか〈ちい奥様〉とか呼んでいたな。だが、いまいましい鉱山のせいで、わたしたちは二人とも、ほかのことは何も考えられなくなっていた。寝てもさめても鉱山の話ばかりしていた。クルーが学校の話をしたとしても、わたしは忘れてしまった——忘れてしまったんだ。

いまとなっては、もう思い出しようもない」

「さあ、さあ」カーマイケル氏がとりなした。「これから見つけますよ。マダム・パスカルのところの、心やさしきロシア人夫妻を引き続き探しましょう。マダム・パスカルの話では、どうやらロシア人夫妻はモスクワに住んでいるのではないかということでしたね。それを手がかりに、探しましょう。わたしがモスクワへ行ってきますよ」

「わたしが旅行できるからだなら、いっしょに行くのだが」カリスフォード氏が言った。「だが、わたしは毛皮にくるまって、こうしてすわって暖炉の火を見つめることしかできない。火を見つめていると、クルーの若い陽気な顔がこちらを見つめ返しているような気がしてくる。クルーが問いかけてくる気がしてしかたがない。ときどき、夢にクルーが出てくる。いつもわたしの前に立って、同じことを聞くのだ。クルーが何と聞いてくるか、わかるかね、カーマイケル?」

「さあ、どうも……」カーマイケル氏が低い声で答えた。

「クルーはいつもこう言うのだ。『なあ、トム……トムよ……〈ちい奥様〉はどこにいるんだろう?』と」カリスフォード氏は、カーマイケル氏の手にすがりついた。「クルーの声に答えてやらなければならん……答えてやらなければ! 力を貸してくれ、あの子を見つけなくてはならん。わたしに力を貸してくれ」

壁の反対側では、セーラが屋根裏部屋で腰をおろして、夕ごはんをもらいに出てきたメルキゼデクに話しかけていた。
「きょうはプリンセスでいるのがたいへんだったわ、メルキゼデク」セーラは言った。「いつもよりたいへんだったの。だんだん寒さが厳しくなって、道路がぬかるんでくると、ますます難しくなるわ。きょう、玄関ホールですれちがったときに、スカートが泥だらけなのをラヴィニアに笑われたの。よっぽど言い返してやろうかと思ったわ。でも、ぎりぎりのところで思いとどまったの。あざけりに対して同じあざけりでやり返したりしてはいけないのよ、プリンセスならば。じっと黙ってがまんしなくちゃいけないの。わたし、がまんしたわ。ねえ、メルキゼデク、きょうの午後は寒かったのよ。それに、今夜も寒いわね」

セーラはいきなり黒髪の頭を両腕にうずめた。ひとりきりのとき、セーラはよくこんなことをした。

「ああ、お父様」セーラは小さな声で言った。「わたしがお父様の〈ちい奥様〉だったころから、どれほど長い月日が過ぎたことかしら!」

これが、その日、壁のむこう側とこちら側で起こったことであった。

第13章　民衆の一人

　ひどい天気の続く冬だった。お使いに出されたセーラは、雪道を歩かなくてはならない日もたびたびあった。もっとひどい日には、解けた雪が泥と混ざってぬかるみになっていた。あるいは、霧の深い日には街灯に一日じゅう灯がともり、ロンドンの街が数年前のあの日の午後のように見えるときもあった。あの日、ロンドンの大通りを行く馬車の中で、セーラは座席の上にちょこんとすわり、父親の肩に頭をもたせかけていたのだった。そんな霧深い日には、〈大きな家族〉の家の窓はいつも暖かく心地よさそうに見る者を誘い、インドの紳士が腰をおろしている書斎では暖炉に火が燃えて深い色彩をかもしだしていた。しかし、屋根裏部屋は言葉にならないほどみじめだった。もう夕焼けや朝日を眺めることもできず、星もほとんど見えなかった。天窓の上には雲が低く垂れこめ、空は灰色か泥のような色で、さもなければ激しい雨が天窓に打ちつけていた。午後の四時にもなると、とくに霧の深い日でなくとも、太陽の光は届かなくなった。何かの用事で屋根裏部屋へ行くときには、ろうそくに火をともさなければならなかった。調理場の女たちも気分がめいっていて、ふだんに輪をかけて機嫌が悪かった。ベッキーなどは奴隷のようにこき使われていた。

「お嬢様のおかげがなけりゃ……」ある晩、屋根裏部屋にそっとはいってきたベッキーが、かすれ声でセーラに言った。「お嬢様のおかげがなけりゃ、そんで、バスチーユのおかげがなけりゃ、あと、隣の独房の囚人の話がなけりゃ、あちし、死んじまいそうだ。バスチーユの話、ますます本物っぽくなってきてねえですか？　校長先生は日ごと看守長みたくなってくし。お嬢様が話してくれたみてえに、でかい鍵束を下げてんのが見えるくらいだ。コックは看守の手下みてえだし。またお話を聞かせてくだせえよ、お嬢様。壁の下に穴を掘った話の続きを」

「きょうは、もうちょっと暖かくなりそうなお話をしてあげるわ」セーラが震えながら言った。「ベッドカバーを持ってきて、くるまるといいわ。わたしもそうするから。それで、ベッドの上でくっついていましょう。きょうは、熱帯のジャングルのお話をしてあげる。インドの紳士の猿が住んでいたジャングルのお話。あの猿が窓辺のテーブルの上にすわって外の通りを眺めているときの悲しそうな顔を見るたびに思うの、きっと熱帯の森に住んでココナツの木からしっぽでぶら下がっていたころを思い出しているんだろう、って。誰があの猿を捕まえたのかしら、あの猿には家族がいたのかしら、あの猿が取ってきてくれるココナツの実を待ってる家族がいたのかしら、って」

「その話はあったかくなるね、お嬢様」ベッキーがうれしそうに言った。「けど、どういうもんだか、バスチーユの話でも、お嬢様が語ってくれると、なんかあったかくなるなあ」

「それは、何か別のことを考えるようになるからよ」セーラはそう言いながら、ベッドカバーをからだに巻きつけて、ほの暗い小さな顔だけをのぞかせた。「わたしも気がついていたの。肉体がみじめな状態のときは、頭で何かほかのことを考えるようにするといいのよ」

「そんなこと……できるのかい、お嬢様？」ベッキーはセーラを賞賛の眼差しで見つめた。

セーラはちょっと眉をひそめた。

「できるときもあるし、できないときもあるわ」セーラはきっぱりと言った。「でも、できるときは、わたし、耐えられるの。それに、思うんだけど、そういうことはいつでもできるようになるんじゃないかしら――たくさん練習すれば。わたし、最近はかなり練習しているから、前よりも楽にできるようになってきたのよ。最悪のとき……何もかも最悪のとき、わたし、全力を込めて思うの、わたしはプリンセスだ、って。自分に言い聞かせるの。『わたしはプリンセスよ。おとぎ話のプリンセス。だから、何ひとつわたしを傷つけることなんてできないし、わたしを苦しめることもできないんだわ』って。すごく効き目があるのよ」そう言って、セーラは笑った。

セーラの日々には、頭の中で何かほかのことを考えていなければやりきれない場面がたくさんあった。そして、ほんとうにプリンセスの名にふさわしいかどうかが試される場面もたくさんあった。なかでも最も苛酷な試練がやってきたのは、天気がひどく荒れたある日のことだった。その日のことは何年たっても記憶から消えることはないだろう、と、のちになってセーラはたびたび思ったものだった。

もう何日も雨が降りつづいていた。外は冷えこんで、道はぬかるみ、陰鬱な冷たい霧が立ちこめていた。どこもかしこも泥だらけ、ロンドンのねばつく泥だらけだった。そして、ありとあらゆるものが霧雨に濡れそぼっていた。もちろん、そんな日でも、遠くまで憂鬱なお使いがあった。こういう日には、決まってお使いに出されるのだ。何度も何度もお使いに行かされて、セーラのみすぼらしい服は芯までぐっしょり濡れ、使い古した帽子のみっともない羽根飾りはますますしょぼくれて見苦しくなり、はきつぶした靴はこれ以上濡れようがないほど水を吸っていた。しかも、そのうえに、セーラはお昼ごはんを食べていなかった。ミンチン女史が罰としてお昼を抜きにしたのだ。セーラはあまりの寒さとひもじさと疲れで顔がひきつり、道ですれちがう心優しい人たちが同情して視線を向けるほどだったが、本人はそれさえも気づかなかった。セーラは足を早めながら、頭の中では何かほかのことを考えようと努力していた。そうでもしなければ、やりきれなかった。セーラの場合、頭で何かほかのことを考えるというのは、残っている力をふりしぼって〈空想ごっこ〉をすることだった。しかし、このときばかりはそれさえどうにも難しくて、一度か二度、寒さとひもじさがまぎれるどころか、かえっていっそうつらくなったような気さえした。それでも、セーラは意地になって〈空想ごっこ〉を続けた。穴のあいた靴に泥水がはいりこんでガボガボ音をたて、ぺらぺらの上着が風ではぎとられそうになっても、セーラは声を出さず唇も動かさないまま、歩きながら自分に言い聞かせていた。

「乾いた服を着ているつもりになるのよ。ちゃんとした靴をはいていて、丈の長い分厚いコートを着ていて、メリノウールのストッキングをはいていて、大きな傘をさしているの。それから……それから……焼きたてのパンを売っているパン屋さんの近くを通りかかったときに、ちょうど六ペンス銀貨を見つけるの。誰のものでもない六ペンス銀貨を。もしそうなったら、パン屋さんにはいっていって、熱々のパンを六個買って、それを一気に食べちゃうの」

この世では、不思議なことがときどき起こるものである。

セーラの身に起こったのは、まさにそんな不思議なできごとだった。熱々の焼きたてパンの〈空想ごっこ〉をしていたちょうどそのとき、セーラは通りを渡ろうとしていた。道はひどいぬかるみで、泥水をじゃぶじゃぶ分けながら歩かなければならないほどだった。セーラはなるべく足もとのいいところを選んで歩くようにしたが、それでもたいした救いにはならなかった。ただ、足もとのぬかるみに注意してうつむきかげんに歩いていたおかげで、歩道に上がる直前のところで、溝に何か光るものを見つけた。それは銀色のコインだった。たくさんの靴に踏みつけられて、それでも銀色の輝きを少しばかり残している小さなコイン。六ペンス銀貨ではないけれど、その次にいいもの――四ペンス銀貨だった。

すぐに、セーラは冷えきって赤紫色になった小さな手でコインを拾った。

「まあ！」セーラは息をのんだ。「ほんとうだわ！ 〈空想ごっこ〉がほんとうになったんだわ！」

しかも、顔を上げると、すぐ目の前にパン屋があった。バラ色の頬をした陽気で包容力のありそうな恰幅のいい女性が、トレイにのせた焼きたてのパンをショーウィンドーに並べている。オーブンから出したばかりのパン。大きくて、ふっくらして、つやつやしている干しぶどう入りのパン。

セーラは一瞬、気が遠くなりそうだった。空想が現実になった驚きと、パンの並んだ風景と、パン屋の地下室の窓から上がってくる焼きたてパンのおいしそうなにおい。

拾ったコインはありがたく使えばいいのだと、わかっていた。コインはあきらかに長いあいだ泥の中に落ちていたもので、落とし主は朝から晩まで通りを行きかう雑踏にまぎれて遠くへ行ってしまっているにちがいない。

「でも、パン屋のおばさんに、お金をなくしていないか聞いてみなくちゃ」セーラは弱々しい声でつぶやいた。そして、歩道を横切り、濡れた靴でパン屋の店先の石段を上がりかけた。そのとき、あるものが目にはいり、セーラは足を止めた。

それは、セーラよりもっとみじめな姿をした小さな人影だった。人というより、ぼろ布に包まれた小さなかたまりと言ったほうがいいくらいの人影で、ぼろ布の下から赤くなった泥だらけの小さなはだしの足がのぞいていた。くるまっているぼろ布の丈が足先まで覆えるほど長くないからだった。ぼろ布の上からは髪がもじゃもじゃにもつれた頭が出ていて、汚れた顔の中で飢えた大きな目が虚ろに光っていた。

セーラには、見た瞬間に、それが飢えた目だとわかった。同情の気持ちがわきあがった。

「これこそ、まさに〈民衆の一人〉だわ」セーラは小さなため息とともにつぶやいた。「この子はわたしよりもっと飢えている」

〈民衆の一人〉は女の子で、セーラを見上げると、もぞもぞ動いて少し端によけて通り道をあけた。みんなから「どけ」と言われることに慣れているのだ。もし警官が通りかかったりしたら、「立ち去れ」と言われるにちがいない。

セーラは小さな四ペンス銀貨を握りしめ、少しとまどったあと、少女に声をかけた。

「おなかがすいているの？」

少女は、ぼろ布ごとまた少しもぞもぞ動いて、「そりゃ、すいてるさ」と、かすれた声で言った。「すいてるに決まってら」

「お昼ごはんは？」セーラが聞いた。

「食ってねえ」さっきよりもっとかすれた声で少女は答え、またもぞもぞ動いた。

「朝めしもまだ、夕めしもまだ。なんも食ってねえ」

「いつから食べていないの?」セーラが聞いた。

「さあ。きょうは一口も。どこ行っても、だめ。さんざ頼んだけど」

その少女を見ているだけで、セーラはますます空腹で目がまわりそうになった。にもかかわらず、頭の中には例の風変わりな考えがわいてきて、最悪の気分なのに、自分にこう言い聞かせていた。

「もし、わたしがプリンセスだったら……もし、わたしがプリンセスだったら……たとえ王位を追われて落ちぶれた身であっても……いつも分けあうはず……民衆と……自分よりもっと貧しくてもっと飢えている民衆を目の前にしたら、かならず分けあうはず。丸パンは一個一ペニーだわ。このコインが六ペンス銀貨だったら、六個食べられるんだけど。二人で分けるには、どっちにしても足りないわね。でも、何もないよりは、ましだわ」

「ちょっと待っててね」セーラは物乞いの少女に声をかけ、店にはいっていった。

店の中は暖かく、おいしそうなにおいが満ちていた。パン屋のおかみさんは、焼きたての丸パンをまたショーウィンドーに並べようとしているところだった。

「おそれいりますが」セーラは声をかけた。「四ペンスをなくされませんでしたか？四ペンス銀貨ですけれど」セーラは落ちていた小さなコインをおかみさんのほうに差し出した。

おかみさんは銀貨を見て、それからセーラを見た。思いつめたような小さな顔と、もとは上等であったらしいよれよれのドレスを。

「いいえ、なくしていませんよ。あんたが見つけたの？」おかみさんが言った。

「はい」セーラは答えた。「そこの溝で」

「じゃ、もらっときなさいな」おかみさんが言った。「もう一週間も前から落ちてたのかもしれないし、誰が落としたかなんて、わかりゃしないよ。どんなに探してもね」

「ええ、そうですね」セーラは言った。「でも、いちおうお尋ねしてみようと思いまして」

「珍しい子だね」おかみさんは、とまどいと興味と人の好さがいりまじった表情を見せた。

「何か買いたいのかい？」セーラが丸パンに目をやったのを見て、おかみさんが声をかけた。

「丸パンを四個、お願いします」セーラが言った。「一個一ペニーのを」

　パン屋のおかみさんはショーウィンドーのところへ行って、紙袋に丸パンを詰めはじめた。

　セーラはおかみさんが丸パンを六個入れるのを見た。

「おそれいります、わたし、四個お願いしたのですが」セーラが説明した。「四ペンスしか持っておりませんので」

「二個はおまけだよ」人の好さそうな顔でおかみさんが言った。「取っといて、あとで食べるといいよ。おなかがすいてるんでしょ？」

　セーラの目がうるんだ。

「はい」セーラは答えた。「とてもおなかがすいているんです。ご親切にありがとうございます。あの……」セーラは「外にわたしよりもっとおなかをすかせた子がいるんです」と付け加えようとしたのだが、ちょうどそのとき二、三人の客がどやどやと店にはいってきて、どの客も急いでいるようだったので、セーラはおかみさんにもういちどお礼を言って、店を出た。

物乞いの少女は、まだ石段のすみっこで縮こまっていた。濡れて汚れたぼろ布をまとった少女は、見るからにあわれな姿だった。あまりのつらさに放心したような眼差しでじっと前を見すえていたと思ったら、不意に、荒れて黒ずんだ手の甲でぐいと涙をぬぐうのが見えた。思わずあふれた涙に、本人も驚いているようだった。少女は何やらひとりごとをつぶやいていた。

セーラは紙袋を開いて、焼きたての丸パンを一個取り出した。パンの袋を持っているだけでも、冷えきった手がいくらか温かくなっていた。

「どうぞ」セーラは、ぼろ布をまとった少女の膝に丸パンを置いてやった。「熱々でおいしいわよ。めしあがれ。少しはおなかの足しになるでしょう」

少女は、びくっとしてセーラを見上げた。突然の信じられない幸運におびえたような目つきだった。そのあと、少女はひったくるように丸パンをつかみ、オオカミのように貪欲に口に押しこんだ。

「うぅ！　うめぇ！」けもののうなり声のようなかすれた声が聞こえた。「うめぇ！」

セーラはさらに三個の丸パンを取り出して、その子の膝に置いてやった。

パンをむさぼり食いながら発するかすれた声は、あわれを通りこしていた。

「この子はわたしよりもっとおなかがすいているんだわ」セーラはつぶやいた。「飢え死に寸前だったのね」それでも、四個目のパンを少女の膝に置いてやるとき、セーラの手は震えた。「わたしは飢え死に寸前ではないから」そう自分に言い聞かせて、セーラは五個目のパンを少女の膝に置いた。

パンを握りしめてむさぼり食っているロンドンの浮浪児をその場に残して、セーラはきびすを返した。浮浪児の少女はパンをむさぼるのに夢中で、ありがとうも言わなかった――そういう礼儀作法を教えられていればの話だが、この少女は礼儀作法を教えられたことさえなかった。少女はけもの同然のあわれな浮浪児だったのだ。

「さようなら」セーラは言った。

セーラが通りを渡りきってふりかえると、浮浪児は両手にパンを一個ずつ握りしめ、パンに食らいついたそのままの格好でセーラを見ていた。セーラが小さくうなずくと、浮浪児はなおもじっとセーラを見つめたあと(妙になごり惜しそうな視線だった)、ぼさぼさの頭をぐいと下げた。そして、セーラが見えなくなるまで、パンにかぶりつくのも忘れてセーラの後ろ姿を見つめつづけ、口の中にはいっているパンを飲みこむことさえ忘れていた。

ちょうどそのとき、パン屋のおかみさんが店の窓ごしに外を見た。

「あれまあ、驚いたね!」おかみさんが声をあげた。「あのおチビさん、物乞いにパンをやっちまったのかい! 自分だって食べたくなかったわけじゃなかろうに。どう見たって、あの子も腹ペコの顔だった。なんでそんなことをしたのか、聞いてみたいもんだわね」

おかみさんはショーウィンドーの奥に立ってしばらく考えていたが、そのうちとうとう好奇心に勝てなくなって戸口まで出ていき、物乞いの少女に声をかけた。

「そのパンは誰にもらったんだい?」

物乞いの少女は、去っていくセーラの後ろ姿に顎をしゃくった。

「あの子、何て言ったの？」おかみさんが聞いた。

「腹すいてるか、って」しわがれた声が答えた。

「で、あんたは何て言ったの？」

「すいてるに決まってら、って」

「それで、あの子は店にはいってきて、丸パンを買って、それをあんたにあげたのね？」

物乞いの少女はうなずいた。

「いくつもらったの？」

「五つ」

おかみさんは少女の答えをじっくり考えた。

「自分のぶんは一個だけ……」おかみさんは小さな声で言った。「六個ペロリといけそうな顔してたけどね。目を見りゃわかるよ」

おかみさんは重い足取りで去っていく遠い小さな人影を見送り、ふだんあまり波風の立たない心が珍しくかき乱されるのを感じた。

物乞いの少女は、まだ石段のすみっこで縮こまっていた。

「あんなにさっさと行っちまわなけりゃよかったのに」おかみさんは言った。「一ダースでも持たせてやるんだったよ」そして、おかみさんは物乞いの少女のほうを向いて、言った。

「まだ、おなかがすいてるかい?」

「いつだって、すいてら」少女は答えた。「けど、さっきほどじゃない」

「店にはいっておいで」おかみさんはそう言って、入り口のドアを開けてやった。

少女は立ち上がり、足を引きずりながら店にはいってきた。パンがいっぱい並んでいる暖かい店に入れてもらえるなんて、信じられないような幸運だった。どういうことなのか、少女には見当もつかなかった。気にする余裕もなかった。

「暖まっていきなさい」パン屋のおかみさんは小さな奥の部屋の暖炉を指さした。「いいかい、パン一切れも食べられなくて困ったときは、この店に来て、あたしに頼むんだよ。さっきのあの子のことを思ったら、それくらいしてあげないとね」

セーラは残ったパンでいくらかおなかを満たした。なんといっても熱々のパンだったし、何もないよりはましだった。歩きながら、セーラはパンを少しずつちぎって口に運び、なるべく長持ちするようにゆっくりと味わった。

「これが魔法の丸パンだったとしたら……」セーラはつぶやいた。「そして、一口がお食事一回ぶんと同じくらいだったとしたら……。こんなに食べたら、食べすぎになっちゃうわね」

女子寄宿学校がある広場まで帰ってきたときには、あたりは暗くなっていた。家々にはどこも明かりがともっていた。セーラがいつも〈大きな家族〉の人影を見かける部屋は、まだ鎧戸が閉まっていなかった。この時間だと、セーラが「モンモランシー氏」と呼んでいる紳士が大きな椅子に腰をおろし、子供たちが周囲をとり囲んで、おしゃべりしたり笑ったり、椅子の肘掛けや紳士の膝に乗ったりもたれかかったりしている光景がよく見られるのだった。この晩も紳士のまわりに子供たちが集まっていたが、紳士は立ったままで、部屋の雰囲気が何やらあわただしく見えた。どうやら誰かが旅行に出かけるらしく、そして、出かけるのはモンモランシー氏らしかった。玄関前にはブルーム型の箱馬車が止まっており、馬車の屋根に大きな旅行用トランクがくくりつけてあった。子供たちは父親のまわりで跳ねまわり、おしゃべりしたり父親にぶら下がったりしている。バラ色の頬をした美人の母親がモンモランシー氏のそばに立って、出発直前の夫にあれこれ確認するように話しかけている。セーラはちょっと足を止め、父親が小さい子供たちを抱き上げてキスしたり大きい子供たちのほうへかがんでキスしてやったりする光景を眺めた。

「長い旅行なのかしら」セーラは思った。「ずいぶん大きなトランクだもの。あの子たち、お父様がいらっしゃらないあいだ、寂しいでしょうね！　わたしもなんだか寂しいような気がするわ――あの方はわたしのことなんてまるっきりご存じないけれど」

　玄関のドアが開いたとき、セーラは脇へよけた。六ペンスのことを思い出したのだ。旅行に出る父親が玄関に出てきて、暖かい光のあふれる玄関を背にして立つのが見えた。大きい子たちはまだ父親のそばにいた。

「モスクワは雪が積もっているのかしら？」ジャネットが言った。「どこもかしこも氷だらけなのかしら？」

「お父様、ドロスキー[1]に乗るの？」別の子が尋ねた。「ツァーリ[2]に会うの？」

「手紙を書いて、みんなにいろいろ知らせてあげるよ」父親が笑いながら返事をした。「ムジーク[3]やら何やらの写真も送ってあげるよ。さ、急いで中にもどりなさい。今夜はひどい雨だ。モスクワに行くより、おまえたちといっしょにいたいよ。おやすみ！　おやすみ、みんな！　神様のお恵みがありますように！」そう言って、父親は家の前の石段を駆けおり、馬車に飛び乗った。

「その女の子が見つかったら、よろしく伝えてね」ギー・クラランスがドアマットの上でとびはねながら大声で言った。

　そしてモンモランシー家の子供たちは家の中にひっこみ、ドアが閉まった。

「ねえ、見た？」部屋にもどりながら、ジャネットがノラに話しかけた。「例の〈物乞いじゃない女の子〉が通りかかったわね。濡れて、とっても寒そうだった。ふりむいて、わたしたちのほうを見てたわ。お母様が言ってらしたけど、あの子の着てる服はどれもずいぶんお金持ちの人からもらったように見える、って。もう着古していらなくなったから、あの子にあげたんだろう、って。あの学校の人たちったら、昼でも夜でもお天気が最悪のときに決まってあの子をお使いに行かせるのよね」

セーラは広場を横切り、寄宿学校の勝手口へ下りていく階段のほうへ歩いていった。目が回りそうで、足もとがふらついた。

「誰のことなのかしら……モンモランシー氏が探しにいく女の子って……」セーラは思った。

セーラは重い買い物かごを引きずるようにして地下への階段を下りていった。〈大きな家族〉の父親は、モスクワ行きの汽車に乗るために、駅へと馬車を走らせた。モスクワで八方手をつくして、行方不明になっているクルー大尉の娘を探すのだ。

1　ロシアの屋根なし軽装四輪馬車。
2　帝政ロシア皇帝。
3　帝政ロシア時代の農民。

第14章　メルキゼデクが見聞きしたこと

その同じ日の午後、セーラが買い物に出かけているあいだに、屋根裏部屋では変わったことが起きていた。メルキゼデクだけがそれを見聞きしたのだが、あまりに驚くべきことで、またあまりに不可解なことだったので、メルキゼデクは自分の穴にあわててもどり、穴の中に隠れたまま、わなわな震えておおいに警戒しながら事態の推移をそっと見守ったのであった。

その日の朝早くにセーラが出ていったあと、屋根裏部屋は一日じゅうひっそりと静まりかえっていた。静けさを破るのは、スレート屋根や天窓をたたく雨粒の音だけ。メルキゼデクは、かなり退屈していた。雨があがって、屋根裏部屋に完璧な静寂が訪れたとき、経験上セーラはしばらくもどってこないだろうとわかっていたが、メルキゼデクは穴から出てあたりを探索してみることにした。あたりをぶらぶら歩きながら嗅ぎまわっていると、まったく思いがけないところに前回の食べ残しとおぼしきパンくずが見つかった。と、そのとき、屋根の上で物音がした。メルキゼデクはその場で固まり、どきどきしながら耳をすました。どうやら屋根の上を何かが移動しているようだ。音は天窓に向かって近づいてきて、天窓のところで止まった。すると、不思議なことに、天窓が開いた。そして、浅黒い顔が屋根裏部屋をのぞきこんだ。続いて、背後からもう一つ顔があらわれ、二つの顔が用心しながら興味深そうに部屋をのぞいた。二人の男は屋根の上にいて、天窓から音もなく屋根裏部屋へはいってこようとしていた。一人はラム・ダスで、もう一人の若い男はインドの紳士の秘書だった。しかし、もちろん、メルキゼデクはそんなことは知らない。メルキゼデクにわかるのは、二人の男が屋根裏部屋の静寂と領域を侵害しようとしている、ということだけだ。浅黒い顔をしたほうの男が天窓を身軽に通りぬけて音もたてずに部屋に下りてきたのを見て、メルキゼデクはしっぽを巻いて大急ぎで穴に逃げ帰った。メルキゼデクは死ぬほどおびえていた。セーラには馴れて、セーラならばパンくず以外のものを投げつけられる心配がないこともわかっていたし、優しく誘うような低い口笛を吹くだけで大きな音を出さないこともわかっていたが、見慣れぬ男たちの近くは危険だと思われた。メルキゼデクは自分の家の入り口のそばにピタッと伏せて、すき間から光る片目だけをのぞかせて見張った。メルキゼデクが人間たちの話す言葉をどれだけ理解できたかは知るよしもないが、たとえすべて理解できたとしても、やはり謎は解けぬままだっただろう。

　秘書も若くて身軽だったので、ラム・ダスと同じように音も立てずに天窓からするりと屋根裏部屋へはいってきた。そして、穴に姿を消そうとしているメルキゼデクのしっぽを見た。

「いまのはネズミか？」秘書はラム・ダスに小声で聞いた。

「はい、ネズミです、サーヒブ[1]」ラム・ダスも小声で答えた。「壁の中にたくさんおります」

「げっ！」秘書が声をあげた。「その子はよく怖がらないものだな」

ラム・ダスは両手で「まことに」というような身ぶりをしながら、うやうやしい笑顔を見せた。セーラとはいちどしか言葉をかわしたことがなかったが、ラム・ダスはこの場でセーラの代弁者を自任していた。

「この子は、みんなと友だちです、サーヒブ」ラム・ダスが答えた。「ほかの子供とちがう。この子が見ていないときに、わたし、この子を見ます。夜、何度も、屋根を伝って、この子の無事を確かめます。わたしが近くにいることをあの子が知らないとき、わたし、こっちの窓からあの子を見る。あの子はそのテーブルに立って、空を見上げて、空と話すみたいにします。スズメは、あの子が呼ぶと、来ます。淋しいとき、ネズミに餌をやって、仲良くなった。この学校のあわれな奴隷も、あの子になぐさめてもらいに来ます。こっそり訪ねてくる小さい子もいます。もっと大きい子にも、あの子を崇拝して物語をいつまでも聞いてる子、一人います。わたし、屋根を這っていって、そういうのを見ました。この学校の校長は悪魔のような女、あの子をパリア[2]のごとく扱いますが、あの子には王の血を引くがごとき気高さがあります！」

1　インド人がヨーロッパ人に対して用いた尊称。sir に相当。

「おまえは、その子のことをよく知っているようだね」秘書が言った。

「毎日のこと、ぜんぶ知っています」ラム・ダスが答えた。「出かけるとき、知っている。帰ったとき、知っている。悲しいこと、ささやかなる喜び、寒いとき、ひもじいとき。真夜中までひとりぼっちで本を勉強するのも知っている。友だちがこっそり訪ねてくると、あの子はうれしそうにします。やはり子供ですから、貧乏のどん底でも。友だちが来ると、あの子は笑ったり、ひそひそ声で話します。もし病気になったら、わたし、気がつく。できるなら、看病する」

「ここには、ほんとうにその子以外は誰も近づかないのか？　その子が帰ってきて鉢合わせしたりしないか？　もしこの部屋にわたしたちがいるのを見たら、その子はびっくりするだろうし、カリスフォード様の計画も台無しになってしまう」

ラム・ダスは足音も立てずに戸口のほうへ行き、ドアの前に立った。

「ここには、あの子しか上がってきません、サーヒブ」ラム・ダスが言った。「買い物かごを持って出たから、何時間も帰らないでしょう。わたしがここにいれば、足音が階段をのぼりきる前に気がつきます」

秘書は胸ポケットから鉛筆とメモ帳を取り出した。

「耳をすましておいてくれよ」と言うと、秘書はみすぼらしい小さな部屋の中をゆっくりと音を立てずに歩きまわって、あちこち見まわしながら手早くメモを取りはじめた。

最初に、秘書は狭いベッドのところへ行き、手でマットレスを押してみて、声をあげた。

「石のように硬いぞ。これは、その子が出かけているあいだに取り替えないと。運びこむのに、少々工夫が必要だな。今夜は無理だ」秘書はベッドカバーをめくって、薄っぺらい枕が一個だけあるのを見た。

「ベッドカバーは汚れてすり切れ、毛布はぺらぺら、シーツはつぎはぎだらけでぼろ

2　インドのヒンドゥー教社会において、歴史的に社会から分離され、激しい差別を受けてきた最下層民に対する英語での呼び名。現代ではダリット、あるいはスケジュールド・カースト（指定カースト民）と呼ばれる。一九五〇年施行のインド憲法で差別禁止が明記されたが、現在でも差別や偏見が根深く残っている。

ぼろ。こんなベッドに子供を寝かせるのか。上流寄宿学校が、聞いてあきれる！あの暖炉も、何日も火がはいっていないようだな」錆びついた暖炉に目をやって、秘書が言った。

「わたしが見るかぎり、いちども」ラム・ダスが言った。「ここの女校長、自分以外の人間も寒い、思わないらしい」

秘書は手早くメモ帳に書きつけた。そして、切り離したメモ用紙を胸ポケットにしまいながら、顔を上げた。

「それにしても、変わったやり方だね。誰が計画したの？」

ラム・ダスが恐縮した顔で頭を下げた。

「最初に思いついたのは、たしかにわたしです、サーヒブ。ただの思いつきだった。わたし、この子が好きです。この子も、わたしも、寂しい。この子の癖、秘密の友だちに想像を語って聞かせます。ある晩、わたし、悲しくて、天窓を開けたすぐそばに横になって、聞いていた。この子がしゃべった想像は、このみすぼらしい部屋が居心地のいい部屋だったらどんなだろう、という話でした。この子は、まるで目の前に見えているみたいに語って、語っているうちにだんだん元気が出て明るくなっていくようでした。そのとき、この話をした。その次の日、旦那様はお加減が悪くて気分が沈んでおられたので、わたしは旦那様に楽しんでほしくて、その子の話をしました。そのときは、ただの夢物語にしか思えなかった。でも、旦那様はその話がお気に召して、その子のことをいろいろ話すと喜んで聞いてくださるようになった。そして、その子に興味を持たれて、いろいろお尋ねになった。そのうちに、その子の想像を実現してやったらどうかと思いつかれて、それを楽しまれるようになったのです」

「その子が眠っているあいだにやってのけられると思うか？　もし、その子が目をさましたら？」秘書が聞いた。計画の内容がどうであれ、秘書もカリスフォード氏と同じようにこの計画に心を奪われはじめたのはあきらかだった。

「わたし、ビロードの足で歩けます」ラム・ダスが言った。「それに、子供はぐっすり眠る。不幸な子供でも。これまで何度でも、この部屋に夜しのびこもうと思えば、できた。そうしても、あの子は寝返りさえ打たなかったはず。もし、荷物を運んで天窓から中へ渡してくれる人がいれば、あとはわたしがぜんぶできます。あの子は寝返りも打たないでしょう。そして、目がさめたら、魔法使いがこの部屋にやってきたと思う」

ラム・ダスは白い服の下で自分の心まで温かくなったような顔をしてほほえみ、秘書も笑顔で応じた。

「さながら『アラビアン・ナイト』だね」秘書が言った。「東洋人でなければ思いつかないことだ。霧のロンドンの発想ではないな」

二人の男は屋根裏部屋に長くはとどまらず、メルキゼデクはおおいに安堵した。おそらく会話の内容は理解できなかっただろうから、メルキゼデクは二人の動きやひそひそ話を不穏なものと受けとめたにちがいない。若い秘書はありとあらゆることに興味を示し、床のこと、暖炉のこと、壊れた足のせ台のこと、古いテーブルのこと、壁のことなど、何でもメモ帳に書きつけた。壁には何度も手でさわってみて、あちこちに古い釘が打ってあるのを見つけて満足そうな顔をした。

「これなら、いろいろなものが吊るせるな」秘書が言った。

ラム・ダスが訳ありげな顔でにやりとした。

「きのう、あの子が出かけているあいだに、わたし、この部屋にはいりました。そのときに、かなづちを使わなくても壁に押しこめる小さくて先のとがった釘を持ってきました。それを、しっくい壁のあちこち必要な場所に刺しておきました。すぐ使えます」

インドの紳士の秘書はその場に立ったまま、メモ帳をポケットにしまいながら部屋の中を見まわした。

「これでメモはじゅうぶんだな。行こうか」秘書が言った。「カリスフォード様は心の優しいお方だ。行方不明の子供が見つからないのは、ほんとうに、なんともお気の毒だ」

「その子が見つかれば、旦那様はお元気になられますのに」ラム・ダスが言った。

「そのうち神様がその子とめぐりあわせてくださるかもしれません」

二人は、来たときと同じように音もなく天窓から出ていった。男たちが行ってしまったことを確信したあと、メルキゼデクはおおいに安堵し、数分後にはまた穴から出てあたりを歩きまわってみようかという気になった。あのように怪しい人間どもでも、もしかしたらポケットにパンくずがはいっていないともかぎらない、一つか二つばかり落としていかなかったか、と思ったのである。

第15章　魔法

セーラが隣の家の前を通りすぎたとき、ちょうどラム・ダスが鎧戸を閉めようとしているところで、部屋の中がちらりと見えた。

「もうずいぶん長いあいだ、すてきな部屋にはいってみる機会がないわ」という思いがセーラの胸をよぎった。

いつものように暖炉にはあかあかと火が燃えていて、インドの紳士がその前にすわっていた。ほおづえをついて、これまでになく寂しく不幸せな表情をしている。

「お気の毒に！」セーラはつぶやいた。「どんなことを考えていらっしゃるのかしら」

そのときインドの紳士が考えていたのは、こんなことだった。

「もしも……もしも、カーマイケルがモスクワでその家族を見つけたとして、パリのマダム・パスカルの学校からもらわれていったその女の子がわれわれの探している子とは別人だったとしたら？　まったくの別人だったとしたら？　そこから先は、どういう手があるのだろう？」

セーラが帰ってくると、ちょうどミンチン女史がいた。地下の調理場にコックを叱りつけにきたのだった。

「どこで道草していたのですか！」ミンチン女史が厳しい口調で言った。「たかがお使いに何時間もかかって」

「ずぶ濡れで、足もとが悪かったものですから」セーラは答えた。「歩くのが苦労だったのです。靴がだめになっているので、ぬかるみで滑ってしまって」

「言い訳をしないっ！」ミンチン女史が言った。「嘘を言うのもやめなさい」

セーラは調理場へはいっていった。コックはミンチン女史からこっぴどく叱られたあとだったので機嫌は最悪で、怒りの矛先を向ける対象ができたのをこれ幸いと喜んだ。例によって、セーラはいちばん手近ないじめの対象だったのだ。

「いっそのこと、一晩じゅう帰ってこなけりゃよかったのに」コックが吐き捨てた。

セーラは買ってきた品物をテーブルに並べた。

「買ってきました」

コックはぶつぶつ文句を言いながら、品物をあらためた。とにかく、コックはこれ以上ないほど機嫌が悪かった。

「何か食べるものをいただけますか？」セーラは弱々しい声で言った。

「お茶なら、もう終わったよ」[1]コックが答えた。「あんたのために料理を温めて待ってろって言うのかい？」

セーラは少しのあいだ黙って立っていた。

「わたし、お昼もいただけなかったのです」セーラはできるだけ低い声で言った。声が震えてしまわないように。

「パントリー[2]にパンがあるだろ」コックが言った。「この時間じゃ、それくらいしか

1　夕方に紅茶とともに軽食をとって夕食がわりとする場合がある。
2　調理室とつながった小部屋で、食料品や食器を収納してある。

ないね」

セーラはパントリーにはいっていって、パンを見つけた。古くて干からびて硬くなったパンだった。意地悪なコックは、パンといっしょに食べるおかずさえ出してくれなかった。セーラをいじめるのは、いつだって安全で手軽な気晴らしなのだ。

子供の足には四階の屋根裏部屋まで長い階段を上がっていくのはたいへんなことで、疲れているときはとくに階段が長く急勾配に感じられることがたびたびだったが、この晩は階段のいちばん上までのぼりきれそうもない気がした。セーラは途中で何度も休み休みしながらのぼっていった。いちばん上の踊り場に着いてみると、うれしいことに、ドアの下からあかりが漏れていた。アーメンガードがこっそり屋根裏部屋を訪ねてきているということだ。そう思うと、少し心がなぐさめられた。ひとりぼっちで誰もいないわびしい屋根裏部屋にもどってくるよりは、ずっといい。ふくよかで気のおけないアーメンガード、赤いショールをナイトガウンの上からはおったアーメンガードの存在は、屋根裏部屋をいくらか暖かくしてくれるだろう。

思ったとおり、ドアを開けるとアーメンガードが待っていた。ベッドの真ん中にすわって、足をからだの下にしっかりとたくしこんでいる。アーメンガードはメルキゼデク一家に興味がないわけではなかったのだが、やはりどうしてもネズミと仲良くはなれなかった。屋根裏部屋へ来てみてセーラがいないとき、アーメンガードはいつもセーラが部屋にもどってくるまでベッドの上で待っていた。実際、今回も、アーメンガードはひやひやしどおしだった。メルキゼデクが姿を見せてあちこち嗅ぎまわり、いちどなど前足を上げておすわりしてアーメンガードに向かってクンクン鼻をひくつかせたので、アーメンガードは押し殺した叫び声をあげてしまった。

「ああ、セーラ！」アーメンガードが声をあげた。「よかったわ、もどってきてくれて。メルキーが、やたらクンクンするんだもの。おうちに帰っててって頼んだのに、ちっとも消えてくれなくて。そりゃ、まあ、メルキーは嫌いじゃないけど、でも、やっぱり怖いの。あたしのほうを向いてクンクンされると。メルキーって、ベッドに飛び乗ってくると思う？」

「いいえ」セーラが答えた。

アーメンガードは四つん這いでベッドの端まで来て、セーラの顔をのぞきこんだ。

「セーラ、あなた、ずいぶん疲れているみたいね。顔色がとっても悪いわ」アーメンガードが言った。

「ええ、疲れているの」セーラは傾いた足のせ台に崩れ落ちるように腰をおろした。

「あら、メルキゼデク。よしよし。晩ごはんがほしいのね」

メルキゼデクは、まるでセーラの足音を聞きつけたかのように穴の奥から姿を見せた。わたしの足音がわかっているにちがいない、と、セーラは思った。メルキゼデクは親愛の情と期待を込めて近づいてきたが、セーラはポケットに手をつっこみ、裏返しにして、首を振った。

「ごめんなさいね。パンくずひとかけもないの。おうちへお帰り、メルキゼデク。そして、きょうはポケットに何もはいってなかったって奥さんに伝えてちょうだい。わたし、忘れちゃったの、コックとミンチン先生がとってもご機嫌ななめだったんだもの」

メルキゼデクは事情を理解したようで、しかたがないな、という足取りで帰っていった。

「今夜会えるとは思っていなかったわ、アーミー」セーラが言った。

アーメンガードは赤いショールをはおったからだを縮めた。

「アミリア先生がお年を召した叔母様のところへ一泊で出かけたの」アーメンガードが説明した。「アミリア先生以外には、就寝時間のあと寝室を見回りに来る人なんかいないわ。だから、その気になれば、朝までここにいたってだいじょうぶよ」

アーメンガードは、天窓の下のテーブルを指さした。部屋にもどってきたときには気づかなかったが、テーブルには何冊もの本が積みあげてあった。アーメンガードは、げんなりした顔で言った。

「お父様がまた本を送ってきたのよ、セーラ。そこに積んである本」

セーラはふりむいて、さっと立ち上がった。そしてテーブルに駆け寄り、いちばん上の一冊を手に取ると、ぱらぱらとページをめくった。少しのあいだ、疲れも空腹も忘れた。

「まあ、すごいじゃないの！」セーラは声をあげた。「カーライルの『フランス革命史』だわ。すごく読みたいと思ってたの！」

「あたしは、べつに」アーメンガードが言った。「でも、読まないと、お父様がとっても怖いの。休暇で家に帰ったときに、本の中身をちゃんとおぼえていなくちゃいけないのよ。ねえ、どうすればいいかしら?」

セーラはページをめくる手を休め、興奮で頬を上気させながらアーメンガードを見た。

「いいことがあるわ。この本をわたしに貸してくれたら、わたしが読んで、そのあとで本に書いてあったことをぜんぶ話して聞かせてあげる。あなたがちゃんとおぼえておけるように話してあげるわ」

「うわぁ、ほんとう? そんなこと、できるの?」アーメンガードが声をあげた。

「もちろんよ」セーラが答えた。「小さい子たちだって、わたしがお話しして聞かせてあげたら、いつもちゃんとおぼえているもの」

「セーラ」アーメンガードの丸い顔に希望の輝きがもどった。「もし、そうしてくれて、あたしがおぼえていられるようにしてくれたら、あたし……あたし、あなたに何だってあげちゃうわ」

「あなたから何かもらおうとは思わないけれど」セーラが言った。「でも、あなたの本が欲しいわ。ここにある本が欲しいわ！」セーラは目を大きく見開き、胸を上下に波打たせていた。

「だったら、もらって」アーメンガードが言った。「あたしが自分で本を欲しかったらいいんだけど、そういう気にはなれないの。あたし、頭が良くないから。お父様は自分が頭がいいから、娘のあたしも頭がいいはずだと思っているけど」

セーラは次から次へと本を手に取ってページをめくっていたが、心にひっかかることがあって、アーメンガードに尋ねた。「あなた、お父様には何て言うつもりなの？」

「あら、言う必要なんてないわ」アーメンガードが答えた。「あたしが本を読んだと思うでしょ、きっと」

セーラは本を置いて、ゆっくりと首を横に振った。「それは嘘をつくのと同じようなことよ。嘘はね、悪いだけじゃなくて、卑しい行為なの。ときどき」――と、セーラは考えにふけるような顔をした――「ときどき、わたし、自分でも悪いことをしそうな気持ちになることはあるわ。ミンチン先生にいじめられているときに、カッとなってミンチン先生を殺しちゃう、とか。でも、わたし、卑しいことはできないわ。ねえ、わたしに本を読んでもらったってお父様に言うわけにはいかないの？」

「お父様は、あたしが読むように、って思ってるんだもの」話が思わぬ方向へ進んだことに少し落胆しながら、アーメンガードが答えた。

「お父様は、あなたに本の内容を理解してほしいと思っていらっしゃるのでしょう？」セーラが言った。「わたしが本の内容をかみくだいて、あなたがおぼえていられるように話して聞かせてあげれば、お父様は満足なさるのではないかしら？」

「まあ、どんなやり方でも、あたしが何かをおぼえれば、お父様は満足すると思うけど」悲しそうな顔でアーメンガードが言った。「あなただって、あたしみたいな娘を持ったら、きっとそう思うわよ」

「でも、あなたが――」と言いかけて、セーラは危ういところで口をつぐんだ。ほんとうは「あなたがおバカさんなのは、あなたが悪いんじゃないわ」と言いそうになったのだ。

「あたしが、なあに？」アーメンガードが聞いた。

「のみこみが遅いのは、あなたが悪いんじゃないわ」と、セーラは言いなおした。「のみこみが遅い人は、そういうものなんだし、わたしみたいにのみこみが早い人も、そういうものなの。それだけのことよ」

セーラはいつもアーメンガードに対してとても優しい気持ちで接していて、ものごとをいちどで習得できる生徒とどうしても習得できない生徒との落差をなるべく感じさせないように気づかっていた。アーメンガードのふっくらした顔を眺めているうちに、セーラは自分がいつも抱いている思慮深い早熟な考えを思い出した。

「たぶん、ものごとののみこみが早いかどうかがすべてではないと思うの。優しいことだって、まわりの人にとってはすごく大切だと思うわ。もしミンチン先生がこの世のすべての知識を身につけていたとしても、あんな性格なら、やっぱり最低な人だし、みんなに嫌われると思う。頭が良くても、他人に害を与えたり悪いことをしたりした人は、たくさんいるでしょう？　たとえば、ほら、ロベスピエール――」

セーラはそこで話を止めて、アーメンガードの顔をのぞきこんだ。アーメンガードは困ったような顔をしていた。「おぼえていないの？」セーラが聞いた。「少し前に話して聞かせてあげたでしょう？　忘れちゃったのね」

「うん……あんまりおぼえていないの……」アーメンガードが認めた。

「じゃ、ちょっと待ってて。いま、濡れた服を脱いで、ベッドカバーにくるまったら、もういちどお話ししてあげるから」

セーラは帽子とコートを脱いで壁のくぎに引っかけ、濡れた靴を脱いで古い室内ばきにはきかえた。そして、ベッドに飛び乗り、ベッドカバーを肩からはおって、両腕で膝をかかえた。

「じゃ、お話しするわよ」

セーラはフランス革命の血塗られた歴史を語った。その描写がおどろおどろしかったので、アーメンガードは驚愕に目を大きく見開き、息を詰めて聞き入っていた。恐ろしい話ではあったが、どきどきしながら物語を聞くのもまた楽しく、アーメンガードはもう二度とロベスピエールのことは忘れないだろうと思ったし、ランバル公妃マリー・ルイーズの記憶も薄れることはないだろうと思った。

「暴徒たちはランバル公妃の首を槍に突き刺して、そのまわりで踊ったのよ」セーラは話して聞かせた。「ランバル公妃は流れるような美しい金髪だったんですって。わたし、ランバル公妃のことを考えるたびに、首と胴体がつながっている姿が想像できないの。首が槍に突き刺さっていて、そのまわりで怒り狂った人たちが踊ったりわめいたりしている光景ばかり思い浮かぶの」

けっきょく、アーメンガードの父親セントジョン氏には二人の計画を正直に話すことになり、当面のあいだ本は屋根裏部屋に置いておくことになった。

「ところで、近況報告をしましょうよ」セーラが言った。「フランス語の授業は、どう?」

「この前、ここに来て動詞の活用変化を教えてもらってから、ずいぶんよくできるようになったわ。あの日の朝、授業でどうしてあんなによく答えられるのか、ミンチン先生は不思議に思ったみたい」

3　マリー・アントワネットの女官長を務めた人物。最後までマリー・アントワネットに従ったために投獄され、九月虐殺の際に暴徒に首を切り落とされたと伝えられる。

セーラはくすっと笑って、両膝を抱きかかえた。

「ロティがどうして足し算があんなにできるようになったのかも、ミンチン先生にはわからないでしょうね」セーラが言った。「ロティもこっそりこの部屋に来て、わたしが教えているの」セーラは屋根裏部屋を見回した。「ここも悪くはないわね――こんなにひどい部屋じゃなければ」そう言って、セーラはまた笑った。「〈空想ごっこ〉をするには、もってこいの部屋だけど」

ほんとうのことを言うならば、アーメンガードは屋根裏部屋のときとして耐えがたいほどひどい実情については何ひとつ知らず、自分でそれを思い描いてみるほどの想像力もなかった。たまにセーラを訪ねてこの部屋にやってくるとき、アーメンガードは〈空想ごっこ〉やセーラが語ってくれるお話を聞いてわくわく心躍るような面しか見ていなかった。アーメンガードにとって、この屋根裏部屋を訪ねてくるのは冒険のようなものだったのだ。たしかに、セーラはときどき顔色が悪かったりしたし、最近ひどく痩せてきたようにも見えたけれど、弱音を吐くことはセーラのプライドが許さなかった。この夜のように、食べられる物なら何にだってむしゃぶりつきたいほどの空腹に耐えている夜もあることを、セーラはいちども打ち明けなかった。セーラは伸びざかりのうえに、しょっちゅうお使いで歩いたり走ったりさせられているので、たとえ一日三食たっぷりの栄養に富んだ食事がもらえたとしてもお腹がすくほどの食欲があったはずなのに、実際には、コックの虫の居所しだいで、まずくて粗末な食事さえもらえたりもらえなかったり、というありさまだった。セーラは若い胃袋をさいなむ空腹感にだんだん慣れっこになってきていた。

「きっと兵隊さんは、艱難辛苦の長行軍で、こんな思いをしているんだと思うわ」と、セーラはたびたび自分に言い聞かせた。「艱難辛苦の長行軍」という言葉の響きが気に入っていた。そう口に出してみると、自分が兵士になったような気がした。それ以外にも、セーラは、屋根裏部屋がお城で自分はその女城主、という風変わりな想像にひたることもあった。

「わたしがお城に住んでいるとすると、アーメンガードは別のお城に住む女城主で、馬に乗った騎士や従者や家臣たちを引きつれて、わたしのお城へ訪ねてくるの。槍の先につけた旗をひるがえして。跳ね橋の外でラッパの響く音が聞こえたら、わたしは階下へ下りていって、アーメンガード城主を出迎える。そして、大広間で晩餐会を催して、吟遊詩人や楽士を招いて歌や演奏をつけた中世の物語を語らせたりするの。屋根裏部屋では晩餐会は無理だけど、物語を語ってあげることはできるし、いやな話を耳に入れないようにすることくらいはできるわ。きっと、昔の女城主たちも、国が略奪にあって食べるにも事欠くような状態になったときには、そうするしかなかったのでしょうね」セーラは誇り高く勇敢な小さき女城主であり、自分にできるただ一つのもてなし――胸に抱く夢、心に思い描く光景、そして、自分にとって喜びでありなぐさめでもある空想の世界――を惜しみなく与えるのだった。

そんなわけで、二人並んでベッドの上にすわっていても、アーメンガードはセーラが目が回りそうに疲れていてものすごく空腹であることには気づかなかったし、話をしながらも、アーメンガードが帰っていって自分一人になったあと、こんなに空腹で眠れるかしら、という思いがときどきセーラの胸をよぎることにも気がつかなかった。セーラは、この夜ほど空腹をつらく感じたことはなかった。

「ねえ、セーラ、あたし、あなたみたいに痩せてたらいいのにと思うわ」アーメンガードが突然言いだした。「あなた、前よりもっと痩せてきているんじゃない？　目がすごく大きく見えるし、それにあなたのひじ、とがった骨が飛び出てるじゃないの！」

セーラは、ずり上がっていた短すぎる袖を引っぱりおろした。

「わたしは昔から痩せっぽちの子供だったから」セーラは空元気を出して言った。「それに、昔から大きな緑色の目だったし」

「あなたの変わった目、あたし、大好きよ」アーメンガードが愛情を込めた憧れの眼差しでセーラの顔をのぞきこんだ。「あなたの目って、いつもすごく遠くを見通しているように見えるもの。とってもすてき。それに、緑の色も大好き。ふだんは黒い色に見えるけれど」

「猫の目みたいね」笑いながらセーラは言った。「でも、わたしの目は暗いところでは見えないわ。やってみたけど、見えなかったもの。見えたらいいんだけど」

ちょうどこのとき、天窓であることが起こっていたのだが、二人ともそれを見なかった。もし、どちらかがふりかえって天窓を見上げたら、びっくり仰天したことだろう。浅黒い顔がそっと屋根裏部屋の中をのぞいたあと、現れたときと同じようにすばやくほとんど音もたてずに消えたのである。とはいえ、まったく音をたてなかったわけではない。耳のいいセーラが、さっとふりむいて天井を見上げた。

「いまのはメルキゼデクじゃなかったみたいね」セーラが言った。「ひっかくような音じゃなかったもの」

「何？」アーメンガードがびくっとした顔を見せた。

「何か聞こえなかった？」セーラが聞いた。

「ううん……」アーメンガードが口ごもった。「何か聞こえた？」

「たぶん空耳ね」セーラが言った。「でも、聞こえたような気がしたのよ。何かが屋根の上にいるみたいな……何かをそっと引きずるみたいな……」

「何かしら？」アーメンガードが言った。「もしかして……どろぼう？」

「ううん」セーラが明るい口調で言いかけた。「ここには盗むものなんて——」

そこまで言いかけて、セーラがハッと口をつぐんだ。こんどは二人とも聞こえた。屋根の上ではなく、下の階段から。それは、ミンチン女史のどなり声だった。セーラはベッドからとびおりて、ろうそくの火を消した。

「ベッキーを叱ってるんだわ」暗闇の中で立ったまま、セーラが小声で言った。

「ベッキーを泣かせてる」

「この部屋にはいってくるかしら?」アーメンガードがおろおろしながら小声で聞いた。

「いいえ。わたしはもう寝ていると思うでしょう。じっとして動かないで」

ミンチン女史がいちばん上の階まで上がってくることは、めったになかった。セーラがおぼえているかぎり、一回だけだ。しかし、今回は怒り狂ったあまり、少なくともいちばん上の階段の半分あたりまで上がってきているようだった。どうやらベッキーを追い立てながら上がってくるように聞こえた。

「この図々しい嘘つきが!」ミンチン女史の声が聞こえた。「しょっちゅうものがなくなる、とコックから聞いていますからね!」

「あちしじゃねえです、校長様」ベッキーが泣きじゃくっている。「あちし、すごく腹ぺこだったけど、あちしじゃねえです、ぜったい!」

「こんなことして、刑務所送りですよ」ミンチン女史の声がした。「ものを盗むなんて！　ミートパイを半分も！　まったく！」

「あちしじゃねえです」ベッキーは泣いていた。「パイなんか丸ごと食っちまえるくらい腹ぺこだったけど――けど、指一本さわっちゃいねえです」

かんかんに怒っているのと、階段を上がってきたのとで、ミンチン女史は息を切らしていた。ミートパイは、ミンチン女史が特別の夜食にするつもりだったのだ。ベッキーの頬に平手打ちが飛んだ。

「嘘を言わないっ！　いますぐ自分の部屋へ下がりなさいっ！」

セーラもアーメンガードも平手打ちの音を聞いた。そのあと、ベッキーがぶかぶかの靴で階段を駆けあがって自分の屋根裏部屋へはいる音が聞こえた。部屋のドアが閉まり、ベッキーがベッドに身を投げ出したのがわかった。

「二個だって食えたようぅ……」ベッキーが枕に顔を押しつけて泣いているのが聞こえた。「けど、あちし、一口だって食っちゃいねえよ。コックが好きあってるお巡りにあげたんだ……」

　セーラは真っ暗な部屋の真ん中に立ったまま、歯を食いしばり、怒りに震えながら伸ばした両手の指を握ったり開いたりしていた。じっと立っていることさえできないくらいだったが、ミンチン女史が階段を下りていって何もかもが静まるまで、じっとがまんした。

「悪人！　人でなし！」言葉がセーラの口をついて出た。「コックは自分で盗んでおきながら、ベッキーのせいにしたんだわ。ベッキーはそんな子じゃない！　そんな子じゃないのに！　おなかがすいて耐えられないときは、パン焼きの灰の中に落ちてるパンくずを拾って食べているくらいなのに！」セーラは両手を顔にぎゅっと押しあて、肩を震わせて小さな声で泣きじゃくった。アーメンガードは、思ってもみなかった事態に唖然とした。セーラが泣いている！　あの何にも負けないセーラが！　それは何か新しいもの、アーメンガードがそれまで味わったこともない感情を表しているように思われた。もしかして……もしかして……？　それまで考えてもみなかった恐ろしい可能性が、アーメンガードのお人好しで鈍感で小さな頭の中に一気にわきあがった。アーメンガードは暗闇の中を這ってベッドから下り、ろうそくが置いてあるテーブルまで手探りで近づいた。そしてマッチをすり、ろうそくに火をつけた。それから、セーラの顔をのぞきこんだ。アーメンガードの眼差しには、新しく頭に浮かんだ考えがはっきりと心配の影を落としていた。

「セーラ……」アーメンガードはおどおどした遠慮がちな声で尋ねた。「あの……あなた……あたしにはいちども言ってくれなかったけど……あの……失礼なことを言うつもりはないんだけど……もしかして、あなた、おなかがすいているんじゃない？」

もうがまんの限界だった。とうとう壁が崩れ落ちた。セーラは両手でおおっていた顔を上げた。

「そうよ」セーラはそれまでになく激しい感情をあらわにした。「ええ、おなかがすいているの。あんまりおなかがすいて、あなたのことも食べてしまえそうなくらいよ。かわいそうなベッキーの声を聞いたら、ますますつらくなるわ。ベッキーはわたしよりもっとおなかをすかせているんですもの」

アーメンガードは息をのんだ。

「あぁ！　あぁ！」アーメンガードは悲しみの声をあげた。「あたし、ちっとも知らなかったわ！」

「あなたに知られたくなかったの」セーラは言った。「だって、それでは街の物乞いみたいな気持ちになってしまうから。わたし、自分が物乞いみたいに見えていることは、わかっているけれど」

「ううん、そんなことないわ。そんなことない！」アーメンガードがセーラの言葉をさえぎった。「そりゃ、服はちょっと変だけど……でも、セーラが物乞いに見えるはずがないじゃない。セーラは物乞いの顔をしていないもの」

「でも、前にいちど、小さな男の子が六ペンスを恵んでくれたことがあったのよ」セーラが思わず小さな笑いをもらした。「ほら、これ」セーラは襟もとから細いリボンを引っぱり出した。「クリスマスの六ペンス銀貨[4]をくれたのは、わたしが貧しそうに見えたからよ」

4　クリスマス・ディナーのデザートに食べるプディングの中に六ペンス銀貨を入れておき、コインが当たった人は来たる年に富と幸運に恵まれる、という言い伝えがある。現在は六ペンス銀貨は鋳造されていない。

愛すべき小さな六ペンス銀貨を見て、なぜか二人とも心がなごんだ。二人は目に涙をためたまま、くすっと笑ってしまった。

「誰がくれたの？」アーメンガードが珍しいものを見るような目つきで六ペンス銀貨を見つめた。

「かわいい男の子よ。パーティーに出かけるところだったの」セーラが答えた。「〈大きな家族〉の一人で、ぷくぷくの足をした小さい男の子、わたしがギー・クラランスって呼んでいる子よ。きっと、子供部屋にクリスマス・プレゼントやケーキなんかが詰まったかごがいっぱいあって、わたしが何ももらっていないって思ったのね」

アーメンガードがハッとして後ろへとびのいた。セーラの最後の言葉を聞いて、混乱していた頭の中に何かの記憶がよみがえり、いいことを思いついたのだ。

「ああ、セーラ！　あたしったらバカね、こんなことを思いつかなかったなんて！」アーメンガードが声をあげた。

「どんなこと？」

「いいものがあるのよ！」アーメンガードが興奮して早口にまくしたてた。「ちょうど、きょうの午後、いちばん優しい叔母様から荷物が届いたの。おいしそうなものがいっぱいはいってたわ。あたしはまだ手をつけてないけど。お昼にプディングをいっぱい食べちゃったし、お父様が送ってきた本のことで頭がいっぱいだったから」アーメンガードは勢いこんで話した。「ケーキがはいってたわ。小さいミートパイもあったし、ジャムのタルトとか丸パンとか、オレンジとか、レッド・カラントのワインとか、イチジクとか、チョコレートとか。あたし、こっそり部屋にもどって、いますぐ取ってくるわ。いっしょに食べましょうよ」

セーラは目がまわりそうになった。ふらつくほど空腹なときに食べ物の話を聞くと、奇妙なことが起こるものだ。セーラはアーメンガードの腕にすがりついた。

「そんなこと――できるの？」セーラの口から思わず言葉が出た。

「もちろんよ」アーメンガードはそう答えると、戸口へ走っていって、そっとドアを開け、暗がりに頭を突き出して耳をすました。そして、セーラのところへもどってきた。「あかりは消えてるわ。みんな寝てる。そうっと、そうっと行けば、誰にも気づかれないわ」

二人はすっかりうれしくなって、手を取りあった。セーラの目が、きらりと輝いた。

「ねえ、アーミー！　〈空想ごっこ〉しましょうよ！　パーティーの〈空想ごっこ〉をするの！　あ、それから、隣の独房にいる囚人も招待しない？」

「ええ！　いいわよ！　壁をノックしましょう。看守には聞こえないと思うわ」

セーラは壁に近づいた。壁ごしにあわれなベッキーが小さな声でまだ泣いているのが聞こえる。セーラは壁を四回ノックした。

「これは『壁の下の秘密の通路を通ってこちらへ来られたし』っていう意味よ」セーラが説明した。「『お伝えしたきこと、あり』っていう意味」

壁のむこうからすばやいノックが五回返ってきた。

「来るって」セーラが言った。

それとほぼ同時に屋根裏部屋のドアが開き、ベッキーが姿を見せた。泣きはらした赤い目をして、メイド・キャップがずり落ちそうになっている。アーメンガードの姿を見たベッキーは、あわててエプロンで顔を拭こうとした。

「あたしのことなら気にしなくていいのよ、ベッキー！」アーメンガードが声をかけた。

「アーメンガードさんがあなたをご招待してくださったのよ」セーラが言った。「これからおいしいものの詰まったかごをここへ持ってきてくれるんですって」

ベッキーは興奮のあまりメイド・キャップを落っことしそうになりながら口を開いた。

「食べもんですか、お嬢様？　おいしい食べもんですか？」

「そうよ」セーラが言った。「これからパーティーごっこをするの」

「食べ放題よ」アーメンガードが言った。「いますぐ取ってくるわね！」

アーメンガードは気が急くあまり、屋根裏部屋から忍び足で出て行くときに赤いショールを落として、それに気づかないまま行ってしまった。少しのあいだ、誰もそのことに気がつかなかった。ベッキーはあまりの幸運に感極まっていた。

「ああ、お嬢様！　ああ、お嬢様！」ベッキーはあえぐような息づかいで言った。「あちしを呼ぼうって言ってくれたのはお嬢様だね、わかってます。考えただけで、あちし、泣けてきちゃうよ」ベッキーはセーラのかたわらへ行って、拝むような目でセーラを見つめた。

セーラの飢えた瞳にいつもの輝きがもどり、屋根裏部屋が空想の世界へと変わりはじめた。まさにこの屋根裏部屋で――外は寒い夜だけれど、ぬかるんだ道で苦労した午後はまだほんのさっきのことだけれど、物乞いの少女の恐ろしく飢えた目つきの記憶もまだ生々しいけれど、それでも――この文句なしにうれしいできごとが魔法のように起こったのだ。

セーラは息をのんだ。

「なぜかわからないけれど、いつも何かが起こるのよ」セーラは声をあげた。「ああもうだめ、ってなる直前に。まるで魔法のように。いつも忘れないようにしなくちゃ。最悪の最悪のことまでは起こらないんだ、って」

セーラは明るい顔でベッキーの肩をつかんで小さく揺さぶった。

「だめよ、泣いちゃだめ！　急いでテーブル・セッティングをしなくちゃ」

「テーブル・セッティングですか、お嬢様？」ベッキーが屋根裏部屋を見まわしながら言った。「何を使ってテーブルを飾るんです？」

セーラも屋根裏部屋を見まわした。

「たいして何もないわね」なかば笑いながら言ったそのとき、セーラはあるものを見つけて、それにとびついた。アーメンガードの赤いショールが床に落ちていたのだ。

「ショールがあるわ」セーラが声をあげた。「アーメンガードは許してくれると思うわ。これ、すてきな赤いテーブルクロスになると思わない？」

二人は古いテーブルを手前に引っぱり出して、その上にショールをかけた。赤というのは、すばらしく暖かくて気分の引き立つ色だ。屋根裏部屋はたちまち華やかな雰囲気になった。

「床に赤いじゅうたんが敷いてあったらすてきね！」セーラが声をあげた。「赤いじゅうたんが敷いてあるつもりになりましょうよ！」

セーラが感嘆の面持ちで、むきだしの床を眺めた。その目には、すでに赤いじゅうたんが見えているのだ。

「まあ、なんて柔らかで分厚いじゅうたんなの！」セーラはそう言って、ベッキーがよく知っている小さな笑い声をあげた。そして、足を上げ、床に敷かれているものを踏みしめるように、そっと足を下ろした。

「そうですね、お嬢様」ベッキーも本気で有頂天になって、セーラを見つめた。ベッキーはいつだってすごく本気なのだ。

「つぎは何にしようかしら？」セーラはそう言って、立ったまま両手で目隠しをして、期待を込めた小さな声で「ちょっと待てば、何か考えつくわ」と言った。「〈魔法〉がきっと教えてくれるはず……」

セーラのお気に入りの空想のひとつに、〈外の世界〉（これはセーラの表現）にはいろいろなひらめきが存在していて、人に呼び出されるのを待っている、という空想があった。ベッキーは、セーラがじっと立ってその瞬間が訪れるのを待つ場面を何度も見ていた。だから、今回もすぐにセーラが何か思いついて笑顔を見せるだろうとわかっていた。

その瞬間はすぐにやってきた。

「そうだわ！」セーラが言った。「思いついたわ！　わかったわ！　プリンセスだったときに持っていた古いトランクの中を見てみなくちゃ！」

セーラは部屋の隅に置いてあったトランクに駆け寄り、床に膝をついた。トランクが屋根裏部屋に運び上げられたのはセーラへのお情けではなく、ほかに置いておく場所がなかったからだ。トランクの中に残っているのは、がらくたばかりだった。それでも何か見つかるにちがいない、とセーラは思った。〈魔法〉はいつもそんな驚きをもたらしてくれるのだ。

トランクの奥に、包みがひとつ転がっていた。何の変哲もない包みで、ずっと放っておかれたものだ。セーラも以前にそれを見つけたとき、単なる思い出の品としてそのままにしておいたのだった。その包みの中には、一二枚の小さな白いハンカチがはいっていた。セーラはうれしそうにハンカチの束をつかんで、テーブルに駆け寄った。そして赤いテーブルクロスの上に白いハンカチを並べ、たたんだり形づくったりして、細いレースの縁取りが外向きに波打つようにした。そうしているあいだじゅう、セーラは〈魔法〉でハンカチに呪文をかけているように見えた。

「これはお皿よ」セーラが言った。「金のお皿なの。こちらは、豪華な刺繍をしたナプキン。スペインの修道院で尼僧たちが刺繍したものなのよ」

「そうなんですか、お嬢様」セーラの話を聞いたベッキーが高揚した気分になって、ささやくように言った。

「空想してみるのよ」セーラが言った。「空想すれば、そのうち見えてくるわ」

「はい、お嬢様」ベッキーが言った。そして、セーラがまたトランクのところへ行っているあいだ、ベッキーはなんとかして自分も見えるようになろうと努力した。

　セーラがふりかえると、ベッキーがテーブルのそばに立って、なんだか変なことになっていた。ぎゅっと目を閉じて、顔をぴくぴく引きつらせ、からだの両側に下ろした手を堅く握りしめているのだ。何かとてつもなく重いものを持ちあげようとしているみたいだった。

「どうしたの、ベッキー？」セーラが声をかけた。「何してるの？」

　ベッキーがびくっとして目を開けた。

「あちし、空想してたんです、お嬢様」ベッキーはばつの悪そうな顔で答えた。「お嬢様みたいに見えねえかな、と思って。もうちょっとで見えそうだったけど」そう言って、ベッキーはうれしそうな顔でにっと笑った。「けど、ずいぶん力がいるなあ……」

「たぶん、慣れていないと、そうかもしれないわね」セーラが優しい思いやりのこもった声で言った。「でも、しょっちゅうやっていると、とっても簡単にできるようになるのよ。最初のうちは、そんなにがんばらないほうがいいかもしれないわ。そのうち、見えるようになるから。それまでは、わたしが説明してあげるわね。これを見て」

セーラは古い夏用の帽子を手に持っていた。トランクの底から見つけ出してきたものだ。帽子には輪になった花飾りがついていた。セーラはそれをはずした。

「これを晩餐会の花飾りにいたしましょう」セーラがもったいぶった口調で言った。「花飾りのおかげで、大広間にはいい香りが満ちているの。そこの洗面台にマグカップがあるわ、ベッキー。あ、それから、せっけん皿も持ってきて。テーブルの中央に飾るから」

ベッキーがうやうやしくマグカップとせっけん皿を手渡した。

「そんで、これは何なんですか、お嬢様?」ベッキーが聞いた。「ほんとは瀬戸物だけども、あちし、ちがうもんだって知ってますから」

「これは切り子ガラスのワインの大びんよ」セーラがマグカップの周りに花飾りを巻きつけながら言った。「そして、これは」――と言いながらせっけん皿の上にそっとかがみこんで、バラの造花をこんもりと飾りつけて――「これは真っ白なアラバスター[5]に宝石がちりばめてあるの」

セーラは、幸福そうな笑みを口もとに浮かべながら、優しい手つきでテーブルに並んでいるものに触れた。その姿は、夢の中を漂っている人のように見えた。

「うわぁ、すてきだぁ!」ベッキーがささやくような声を出した。

「あと、ボンボン[6]を入れるお皿が欲しいわね」セーラがつぶやいた。そして、「そうだわ!」と言って、ふたたびトランクに駆け寄った。「たったいま、何かを見たような気がしたのよ」

それは、赤と白の薄紙で包んだ毛糸の束だったが、セーラは薄紙をひねって小さなお皿をいくつか作り、残っていた帽子の造花と組み合わせて、宴の席を照らす燭台のまわりに飾った。まさに〈魔法〉の力で、赤いショールをかぶせただけの古テーブルと、長いあいだ開けられもしなかったトランクから掘り出したがらくたの飾りが、りっぱなテーブル・セッティングに化けたのだ。セーラは一歩引いてテーブルを眺め、〈魔法〉の力ですばらしく整えられた宴席をめでた。ベッキーもうれしそうな顔でテーブルを見つめたあと、興奮を抑えた声で言った。

「ここの場所は」――と言って、ベッキーは屋根裏部屋を見まわした――「ここはいまもまだバスチーユですか？　それとも、何か別のものになったんですか？」

「ええ、そうよ、そうよ！」セーラが言った。「ぜんぜんちがうものになったの。ここは大広間（バンケット・ホール）よ！」

「驚いたな、お嬢様！」ベッキーが思わず言葉をもらした。「毛布広間（ブランケット・オール）ですか！」

ベッキーは圧倒されつつも当惑したような顔で、あたりのすばらしい光景を見まわ

5　雪花石膏。白い半透明の柔らかい石で、彫刻などの加工がしやすい。

6　ゼリーやナッツなどを砂糖やチョコレートで包んだキャンディー。

した。

「大広間よ」セーラが言いなおした。「ごちそうを並べたすごく広いお部屋のこと。天井がアーチ形の丸天井になっていて、高いところに吟遊詩人や楽士の並ぶバルコニー席があって、ものすごく大きな暖炉にはいっぱい積まれたオークの薪があかあかと燃えていて、どっちの壁にも細長いろうそくの火がいっぱいきらめいていて、まばゆい明るさなの」

「すんごいなぁ、セーラお嬢様！」ベッキーがまた息をのんだ。

そのとき、ドアが開いてアーメンガードがはいってきた。抱えたかごが重くて、よろよろしている。アーメンガードはびっくりして、歓声をあげながら一歩下がった。寒くて暗い踊り場から部屋に一歩踏みこんだとたん、目の前に思ってもみなかった美しい飾りつけのテーブルがあったのだ。赤いテーブルクロスがかかり、白いナプキンが並び、輪になった造花が飾られている。アーメンガードが美しく準備された宴のテーブルに驚いたのも無理はない。

「まあ、セーラ！」アーメンガードが声をあげた。「あなたみたいにいろんなことを思いつく人は見たことがないわ！」

「すてきでしょ？」セーラが言った。「古いトランクにはいっていたものを使ったの。〈魔法〉に聞いてみたら、トランクの中を見てごらん、って教えてくれたの」

「けど、あの、アーメンガードお嬢様」と、ベッキーが口をはさんだ。「これが何なのか、セーラお嬢様の説明を聞いてくだせえまし！　これは、ただのあれじゃなくて——ああ、セーラお嬢様、こちらのお嬢様に教えてあげてくだせえましよ」

ベッキーにうながされて、セーラがアーメンガードに説明した。〈魔法〉の力のおかげで、アーメンガードも夢の世界が目に見えるような気分になった。金の大皿、高い丸天井、あかあかと燃える薪、ちらちらと揺れる無数の細いろうそくの灯。アーメンガードが持ってきたかごの中から白い砂糖をかけたケーキや果物やボンボンやワインが取り出され、豪華な宴が整った。

「本物のパーティーみたいね！」アーメンガードが声をあげた。

「女王様のテーブルみてえだ」ベッキーがため息をもらした。

そのとき、アーメンガードが急にいいことを思いついた。

「ねえ、セーラ、あなた、プリンセスのつもりになってみて。そしたら、この晩餐会は王様の宴になるわ」

「でも、これはあなたの宴よ」セーラがアーメンガードに言った。「あなたがプリンセスでなくちゃいけないわ。ベッキーとわたしは侍女になるから」

「あら、それは無理よ」アーメンガードが言った。「あたしは太りすぎてるもの。それに、どうやったらいいか、知らないし。セーラがプリンセスになって」

「まあ、そう言うならそれでもいいけど」セーラが言った。

しかし、突然セーラはまた別のことを思いついて、錆びた暖炉に駆け寄った。

「ここには紙やごみがいっぱいはいっているわ！　火をつけたら、少しのあいだ明るく燃えるんじゃない？　そうしたら、ほんとうに暖炉に火が燃えているような感じになるわ」セーラはマッチをすって火をつけた。パッと火が燃えあがって、つかの間の火影が屋根裏部屋に揺れた。

「燃えつきるころには、本物の暖炉の火じゃないことなんか忘れちゃうでしょう」

セーラは踊る炎に照らされながらほほえんだ。

「本物のように見えないこと？　さあ、それではパーティーを始めましょう」

セーラは先頭に立ってテーブルへ向かい、優雅なしぐさでアーメンガードとベッキーを宴の席へ誘った。もうすっかり夢の世界にはいりこんでいる。

「お進みくださいませ、うるわしき乙女たちよ」セーラは幸せそうな夢見る声で言った。「どうぞ、宴の席におつきください。高貴なる王にして、長き旅路にあらせられるわが父君より、皆様方をおもてなしするようにと仰せつかっております」セーラは部屋の隅に向かって少し首を傾け、「ささ、そこなる楽隊よ！　ヴィオール[7]とバスーン[8]を奏でよ」と声をかけたあと、「プリンセスはね、晩餐会の席ではかならず吟遊楽士に演奏をさせていたのよ」と、早口でアーメンガードとベッキーに説明した。

「あそこのすみっこに吟遊楽士たちが立っている二階のバルコニー席があるって想像して。さあ、始めましょう」

7　弦楽器。バイオリンの前身。
8　低音の木管楽器。ファゴット。

ところが、ケーキを手に取る暇もなく——まして口へ運ぶ暇もなく——三人はさっと立ち上がり、顔面蒼白になってドアのほうを見た。耳をすます……。じっと耳をすます……。

誰かが階段を上がってくる。まちがいない。三人とも、怒りに満ちた足取りが階段を上がってくる音を聞いて、覚悟した。もう何もかもおしまいだ。

「校長様だ！」ベッキーが息をのみ、手に持っていたケーキを床に落とした。

「そうね」セーラはショックで目を大きく見開き、小さな顔が蒼白になっている。「ミンチン先生に見つかったんだわ」

ミンチン女史はドアを乱暴に開け放った。ミンチン女史の顔も蒼白だったが、こちらは怒りのせいだ。ミンチン女史は三人の震えあがった顔を見たあと、宴のテーブルへ視線を移し、それから紙くずが燃えつきようとしている暖炉に目をやった。

「こんなことだろうと思っていました」ミンチン女史が声を荒らげた。「でも、ここまで恥知らずなことをしていたとは。ラヴィニアの言うとおりでしたね」

その言葉で、秘密をかぎつけて暴露したのがラヴィニアだったのだとわかった。ミンチン女史はベッキーの前へつかつかと歩み寄り、さっきと同じように平手打ちを見舞った。

「この図々しい子供が！」ミンチン女史が言った。「あすの朝、ここから出ていきなさい！」

　セーラはその場にじっと立ちつくしていた。目がどんどん大きくなり、顔がどんどん蒼白になっていく。アーメンガードは泣きだした。

「先生、追い出さないで」アーメンガードが泣きじゃくった。「あたしの叔母様が送ってくれたお菓子なんです。みんなでパーティーをしていただけ……」

「そのようですね」ミンチン女史の声に、三人は縮みあがった。「プリンセス・セーラがテーブルの最上席について」ミンチン女史はすさまじい目つきでセーラをにらみつけた。「あなたの入れ知恵ですね。わかっています」ミンチン女史は声を荒らげた。「アーメンガードはこんなことを思いつきはしないでしょうからね。テーブルの飾りも、あなたがやったんでしょう――こんながらくたを集めて」ミンチン女史はベッキーのほうを向いて、床を踏み鳴らした。「自分の部屋へ下がりなさいっ！」

ベッキーはエプロンに顔をうずめ、肩を震わせながら、すごすごと出ていった。

つぎは、またセーラの番だった。

「あなたの処遇は、あす決めます。あすは朝食も、昼食も、夕食もなしですからね！」

「ミンチン先生、わたしはきょうもお昼をいただいておりませんし、夕食もいただいておりません」セーラが弱々しい声で言った。

「それならば、なおさらけっこう。これで少しは身にしみるでしょう。突っ立っていないで、テーブルの上のものをかごにもどしなさい」

ミンチン女史は自分でテーブルの上のものをかき集めてかごにもどしはじめたが、そのときアーメンガードの新しい本に目をとめた。

「あなたは」――と、アーメンガードに向かって――「美しい新しい本を、こんな汚らしい屋根裏部屋へ運んできたのですか。さっさと本を持って、自分のベッドにもどりなさい。あすは一日じゅうベッドから出てはなりません。お父様にはわたくしから手紙を書いておきます。あなたが今夜どこにいたかを知ったら、お父様はなんとおっしゃるでしょうね」

このとき、ミンチン女史はセーラが自分を厳しい目つきでじっと見つめているのに気づき、ふたたびセーラのほうに向きなおった。

「何を考えているのです⁉」ミンチン女史が詰問した。「なぜそのような目つきでわたくしを見るのです⁉」

「わたし、考えていたんです」セーラは、いつぞやの教室での場面と同じように答えた。

「何を?」

まさしく、例の教室で起こった場面の再現だった。セーラの態度には、生意気なところはひとつもなかった。ただ悲しそうな静かな声で、セーラは答えた。

「わたしは考えていたんです。わたしが今晩どこにいるかを知ったら、わたしのお父様はなんとおっしゃるかしら、と」

ミンチン女史は前回と同じようにかんかんに怒り、その怒りを、これまた前回と同様に乱暴なやり方で吐き出した。ミンチン女史はセーラに飛びかかり、セーラの両肩をつかんで激しく揺さぶったのだ。

「なんとふてぶてしい！　救いがたい子供だこと！　よくも言いましたね！　よくも！」

ミンチン女史は本を取り上げ、テーブルの上のお菓子をひとかきでかごに放りこんで、それをアーメンガードに押しつけ、アーメンガードを先に立たせて戸口へ向かった。

「好きなだけ考えていればよろしい」ミンチン女史は言った。「いますぐベッドにはいりなさい！」そして、ミンチン女史は、アーメンガードをせきたてて後ろ手にドアを閉めて出ていった。セーラはひとりぼっちで部屋に立ちつくしていた。

夢は終わってしまった。暖炉で燃えていた紙くずも燃えつき、黒い燃えかすだけが残った。テーブルの上には何もなくなってしまった。金の大皿も、豪華な刺繍のナプキンも、花飾りも、もとどおりの古いハンカチと、赤と白の紙くずと、引きちぎられた造花にもどって、床に散らばっていた。バルコニー席に控えていた吟遊楽士たちもいつの間にか姿を消し、ヴィオールとバスーンも音ひとつ奏でなかった。エミリーは壁ぎわに背中をつけてすわり、こちらをじっと見つめている。セーラはエミリーに目をとめて近づき、震える両手で人形を抱きあげた。

「晩餐会はなくなってしまったわ、エミリー」セーラは人形に話しかけた。「プリンセスも、いなくなったし。残ったのはバスティーユ監獄の囚人たちだけよ」セーラは腰をおろし、両手で顔を覆った。

そのときセーラが手で顔を覆わなかったら、そして間の悪いタイミングで天窓を見上げたとしたら、どうなっていたことだろう？　おそらく、この章の終わりはずいぶんちがう話になっていたにちがいない。というのも、もしそのときセーラが天窓を見上げたとしたら、そこに仰天するようなものが見えたはずだからだ。天窓のガラスに顔をつけて部屋の中をのぞいていたのは、その晩、少し前にセーラがアーメンガードと話していたときに天窓からのぞいていたのと同じ顔だったのである。

しかし、セーラは天窓を見ず、黒髪の小さな頭を両腕にうずめたまま、しばらくじっとすわっていた。何かを黙って耐えようとするとき、セーラはいつもそうするのだった。そのあと、セーラは立ち上がり、のろのろとベッドのほうへ行った。

「目がさめてるあいだは、もうこれ以上何の〈空想ごっこ〉も浮かんでこないわ」

セーラはつぶやいた。「やってみても、無駄なだけ。眠ってしまえば、たぶん、夢の中で〈空想ごっこ〉ができるかも……」

セーラはどっと疲れた気がして——おそらく、空腹も一因だっただろう——ベッドの端にぐったりと腰をおろした。

「空想してみるのよ……暖炉に暖かい火が燃えているところ……小さな炎がいっぱい踊っていて……」セーラはつぶやいた。「そして、暖炉の前には、すわりごこちのいい椅子があるの。そして、そのそばには小さなテーブルがあって、ちょっとした温かい……温かい夕ごはんがのっているの。それから……」セーラは薄っぺらい掛けぶとんを引きあげながら、つぶやいた。「……このベッドが、すてきな柔らかいベッドで、ふわふわの毛布と大きな羽根枕があって……。それから……それから……」へとへとに疲れていたのが、かえってよかった。セーラは目を閉じて、深い眠りへと落ちていった。

どのくらい眠ったのだろうか。とても疲れていたので、セーラは深くぐっすりと眠っていた。あまりに深くぐっすり眠っていたので、何の音にも目をさまさなかった。たとえメルキゼデクが一家総出でチューチュー鳴いて走りまわったとしても、メルキゼデクの子供たち全員が穴から出てきてくんずほぐれつして遊びまわったとしても、セーラは目をさまさなかっただろう。

しかし、やがて、セーラはふと目をさました。何がきっかけで目がさめたのか、本人にはわからなかったが、実際には音がしたからだった。夢ではなく、現実の音。白いしなやかな人影が天窓をすり抜けたあと、天窓が閉まるカタンという音がしたのである。白い人影は天窓のすぐそばのスレート屋根にかがみこんだ。屋根裏部屋で起こっていることが見えるていどに近く、しかし部屋の中からは見えない場所に。

はじめのうち、セーラは目を開けなかった。まだ眠かったし、奇妙なことに、とても暖かくて心地よかったからだ。あまりに暖かくて心地いいので、ほんとうに目がさめているとは思えなかった。こんなに暖かくて気持ちいいのは、すてきな空想の中だけだ。

「なんてすてきな夢なの！」セーラはつぶやいた。「とっても暖かいわ。まだ目がさめ……ない……で……」

もちろん、これは夢にちがいなかった。暖かくて気持ちのいい掛けぶとんにくるまっているような気がするのだから。実際に、毛布の手ざわりを感じることまでできた。手を出してみると、上等なダウンのはいったサテン地の羽根ぶとんにそっくりな感触があった。こんなうれしい夢なら、さめないでほしい――セーラは、夢が続くように、そのままじっと寝ていた。

しかし、眠りつづけるのは無理だった。目をぎゅっと閉じているのに、目がさめてしまう。何かがセーラを目ざめさせようとするのだ。部屋の中の何かが。それは、明るさと、音――小さな炎がパチパチと元気よく燃える音だった。

「ああ、目がさめちゃう……」セーラは残念そうにつぶやいた。「目がさめちゃう……どうしても……」

目を開けたくなかったが、目が開いてしまった。そして、思わず笑みがこぼれた――というのも、それまで屋根裏部屋では目にしたことのない光景、目にすることはけっしてないだろうと思っていた光景が目にはいってきたからだ。

「あら、まだ目がさめていないんだわ」小声でつぶやきながら、セーラはひじをついて上半身を起こし、あたりを見まわしてみた。「まだ夢の中だわ」夢にちがいない、と思った。目がさめているのなら、こんなことはありえないのだから。

セーラがまだ目ざめていないと思いつづけていたのは、不思議でもなんでもない。セーラの目に映ったのは、こんな光景だったのだ。暖炉には、あかあかと火が燃えている。暖炉の中に突き出した棚には小さな真鍮のやかんが置いてあって、シュンシュンとお湯が沸いている。床には分厚くて暖かな深紅のじゅうたんが敷いてある。暖炉の前には折りたたみ式の椅子が広げてあり、クッションがのっている。椅子のそばには小さな折りたたみ式のテーブルが広げてあり、白いテーブルクロスがかかっていて、蓋つきの小さな皿や、ソーサーつきのティーカップとティーポットが並んでいる。ベッドには新しい暖かな毛布やサテン地の羽毛ぶとんがかかっている。足もとには見たこともない羽毛入りのシルクのガウンが置いてあり、キルトの室内ばきがあり、本も何冊か置いてある。セーラの夢見た部屋が、そのままおとぎ話の世界になったみたいだった。しかも、部屋には暖かい色の光があふれていた。テーブルの上に、バラ色のシェードをつけた明るいランプがともっている……。

ひじをついて上半身を起こしたまま、セーラの呼吸が速くなっていた。

「溶けて消えたり……しないかしら」セーラは息を切らしながらつぶやいた。「ああ、こんな夢を見たのは初めてだわ」セーラは身動きもしないであたりを見つめていたが、とうとうベッドにかかっているふとんをはねのけ、うっとりとした笑みを浮かべながら床に足を下ろした。

「わたしは夢を見ているんだわ。そして、夢の中でベッドから出ようとしている……」セーラには自分の声が聞こえた。そしてとうとうセーラは部屋の真ん中に立ち、ゆっくりとあたりを見まわした。「何もかも本物……の夢を見ているんだわ！本物そっくりに感じる夢を見ているんだわ！〈魔法〉だわ。わたし、〈魔法〉にかかってる。これはぜんぶ、見えていると思っ、ていいるだけなんだわ」言葉がだんだん早口になってきた。「ずっと〈魔法〉の世界にいられるのなら……それでかまわない！それでかまわないわ！」

セーラはなおも息を切らしたまま立ちつくしていたが、やがてまた口を開いた。

「ううん、本物のはずがない！ 本物のわけがない！ ああ、でも、本物そっくりに見える！」

あかあかと燃える火に引き寄せられて、セーラは暖炉の前に膝をつき、火のほうへ手を伸ばしてみた。あまり近くまで手を伸ばしたので、熱くて、セーラはさっと手を引いた。

「夢の中だったら、火が熱いはずはないわ」

セーラは勢いよく立ち上がり、テーブルに手を触れ、お皿に手を触れ、じゅうたんをなでてみた。それからベッドのところまで行き、重なっている毛布にさわってみた。そして、ふわふわしたキルティングのガウンを手に取り、それを胸にぎゅっと抱きしめて、頰を押しつけた。

「暖かいわ！ 柔らかいし！」セーラは泣きそうだった。「本物だわ。本物にちがいないわ！」

ガウンをはおり、室内ばきに足を入れてみる。

「これも本物だわ。みんな本物だわ！ これは夢じゃない。夢じゃないんだわ！」

セーラは足がもつれそうになりながら本のところへ行き、いちばん上に積んである本の表紙を開いてみた。表紙の内側の白いページに何か書いてある。短い文章だった。

「屋根裏部屋の少女へ。友より」

それを見たとき——セーラらしくないことだが——セーラはそのページに顔をうずめて泣きだしてしまった。

「どなたか知らないけれど、誰かがわたしのことを気にかけてくれている……。わたしには友だちがいるんだわ」

セーラはろうそくに火をともし、そっと部屋を出てベッキーの部屋へ行き、ベッキーの枕もとに立った。

「ベッキー！　ベッキー！」セーラはできるだけの声でささやいた。「起きて！」

ベッキーが目をさまし、ベッドの上に起きあがって、呆然とした顔でセーラを見つめた。顔には涙のあとが残っている。そのかたわらに立つ少女は、深紅のシルクをキルティングした豪華な羽毛入りのガウンをはおり、歓びに顔を輝かせている。プリンセス・セーラ。ベッキーがおぼえているプリンセス・セーラの顔だった。そのプリンセス・セーラが手にろうそくを持って枕もとに立っているのだ。

「来て！　ベッキー、いっしょに来て！」

ベッキーは驚いて、口もきけなかった。言われるままにベッドから出て、目も口もぽかんと開けたまま、ひとこともしゃべらずに、セーラのあとについていった。

戸口から中にはいると、セーラはそっとドアを閉め、ベッキーを明るく暖かい部屋の中へ誘った。ベッキーは頭がくらくらして、ひもじささえ忘れそうになった。

「本物なのよ！　夢じゃないのよ！」セーラが声をあげた。「ぜんぶさわってみたの。わたしたちと同じように、本物なのよ。〈魔法〉が降りてきたのよ、ベッキー。眠っているあいだに。最悪の最悪までは起こらないようにしてくれる〈魔法〉が」

第16章　訪問者

　その夜の続きがどんなふうだったか、想像してみてほしい。二人は小さな暖炉であかあかと燃えさかる火のそばに腰をおろし、テーブルに並んだお皿の蓋を取った。用意されていたのは、濃厚で熱々のおいしいスープ――これだけでもりっぱに一食分になるようなスープだった。ほかにも、サンドイッチやトーストやマフィンが二人でたっぷり食べられるほどたくさんあった。ベッキーのティーカップは、洗面台に置いてあったマグカップを使った。紅茶はほんとうにおいしくて、何かほかのすてきな飲み物を飲んでいるのだと空想する必要などぜんぜんなかった。二人とも、からだが温まり、お腹がいっぱいで、幸せな気分になった。不思議な幸運が本物だと知ったセーラは、いかにもセーラらしく、心ゆくまでその幸運を堪能した。いつもあれこれ空想することに慣れていたので、自分の身に起こった夢のようなできごとをすんなり受け入れて、とまどいをすぐに心の中から払いのけることができたのだ。

「どこのどなたがこんなことをしてくださったのか、わからないけれど、でも、そういう人がいることはまちがいないわ」セーラは言った。「おかげで、こうして火にあたっていられるんですもの。そして……そして、これは夢ではないのよ！　その人が誰であろうと、どこにいる人であろうと、わたしにはお友だちがいるんだわ、ベッキー。誰かがわたしのお友だちなのよ」

あかあかと燃える火のそばにすわって栄養たっぷりのおいしい食事を口に運ぶうちに、二人はうれしすぎて怖いような気持ちになり、思わず不安な眼差しでたがいの目をのぞきこんだ。

ベッキーが口ごもりながら、ささやくような小声で言った。「お嬢様、これ、溶けて消えちゃったりしねえですかね？　急いで食ったほうがよくねえですかね？」そう言って、ベッキーは大急ぎでサンドイッチを口に押しこんだ。これが夢ならば、食事のマナーなど気にしている場合ではないのだ。

「いいえ、消えたりはしないわ」セーラが言った。「だって、現にこうしてマフィンを食べていて、味もわかるんですもの。夢だったら、ほんとうに食べたりはしないわ。これから食べようと思ったところで終わっちゃうから。それに、わたし、さっきから何度も自分をつねってみているの。いまさっき、わざと熱い石炭にもさわってみたし」

やがて、気持ちがよくなって眠気が襲ってきた。天国のような心地よさだった。おなかいっぱい食べた子供が感じる幸福なけだるさ。二人は火にあたりながら、心ゆくまで暖かさを味わっていた。そのうちに、セーラがふりかえって、すっかりようすの変わったベッドに目をやった。

ベッドには、ベッキーに分けてあげてもじゅうぶん足りるほどの毛布がかかっていた。隣の屋根裏部屋の狭いベッドは、その夜、ベッキーが夢見たこともないほど寝心地のいいベッドに変わった。

セーラの部屋を出ていくとき、ベッキーは戸口でふりかえり、部屋の中を食い入るように見つめた。

「これは夢じゃない。夢じゃないんだわ！」

「お嬢様、もし、朝になってこれが消えちまってたとしても、今夜ここにあったってことはとにかくまちがいねえんだし、あちし、ぜったいに忘れねえです」ベッキーは、一つ一つのものを記憶に焼きつけようとするかのように、じっと見た。「暖炉には火がはいってたし」と言って、ベッキーは暖炉を指さした。「暖炉の前にテーブルがあって、ランプがあって、光がバラ色になってたし。ベッドにはサテンのふとんがかかってて、床にはあったかいじゅうたんが敷いてあったし。何もかもすてきで、それに……」ベッキーは言葉を切って、片手でそっと自分のおなかをなでた。「それに、スープとサンドイッチとマフィンがあったし。ほんとうに……」少なくともそれだけは現実だと確信したあと、ベッキーは自分の部屋へもどっていった。

生徒や召使いたちのあいだにはりめぐらされた不思議な情報網の働きによって、朝には、セーラ・クルーがとんでもないことをして謹慎処分になったこと、アーメンガードが罰を科せられたこと、そしてベッキーが朝食前に学校から出ていくよう言い渡されたことが知れわたっていた。ただし、洗い場の下働きはすぐにクビにできないことも、みんな知っていた。ベッキーほど従順で週にわずか数シリングの薄給で奴隷のようにこき使える下働きの代わりが簡単に見つかるはずもなく、だからミンチン女史はベッキーを置いてやるしかないだろう、ということを召使いたちはみんな知っていた。学校の上級生たちは、ミンチン女史がセーラを追い出さないのはそれなりの実利的な理由があるからだ、ということも知っていた。

「あの子、どんどん成長してるし、どうやってんのか知らないけど、すごく勉強も進んでるのよね」ジェシーがラヴィニアに言った。「だから、もうすぐ授業を受け持つようになるわよ、きっと。それに、ミンチン先生はセーラがただ働きするしかないってこともわかってるしね。それにしても、あなた意地悪ね、ラヴィー。あの子が屋根裏部屋でいいことしてるって告げ口するなんて。どうやって知ったの？」

「ロティから聞いたのよ。ロティったら幼稚だから、あたしにしゃべったらどういうことになるか、わかってないのよ。べつに、ミンチン先生に言いつけたって、意地悪なことはないわ。むしろ、それは義務よ」ラヴィニアは、したり顔で言った。「だって、あの子、人をだましてたんだから。それに、あんなぼろを着てるくせに、偉そうな顔して、ちやほやされて、バカじゃないの？」

「ミンチン先生に見つかったとき、何してたの？」

「何かくだらない〈空想ごっこ〉してたんでしょ。アーメンガードが送ってもらったお菓子を持っていって、セーラやベッキーといっしょに食べようとしてたらしいわ。あたしたちのことは誘いもしないのにね。べつに誘ってほしいわけじゃないけど。でも、屋根裏部屋で下働きの連中とお菓子をいっしょに食べるなんて、お品が悪いと思わない？　ミンチン先生がセーラを追い出さなかったのが不思議なくらいよ。そのうち教師として使おうと思ってるとしてもね」

「追い出されたら、どこへ行くの？」ジェシーがちょっと心配そうな顔になって聞いた。

「そんなこと、知るわけないじゃない」ラヴィニアが吐き捨てた。「けさ、教室にはいってくるとき、あの子、きっとひどい顔してるわよ。あれだけのことがあったあとだから。きのうの食事も抜きで、きょうも一日じゅう食事抜きなんだって」

ジェシーは、愚かではあるが、それほど性根の曲がった子ではなかった。ジェシーはちょっと乱暴に教科書を手に取り、「それって、ひどくない？」と言った。「あの子を飢え死にさせる権利はないでしょうに」

その日の朝、調理場へはいってきたセーラを、コックは険のある目つきでにらんだ。小間使いたちも同じだったが、セーラは急ぎ足で通り過ぎた。じつは、セーラは少し朝寝坊をしてしまい、ベッキーも同じく朝寝坊したので、おたがい顔を合わせる暇もなく、それぞれにあわてて地下へ下りてきたのだった。

セーラは台所の流し場へはいっていった。ベッキーはものすごい勢いで鍋を磨きながら、のどを鳴らして小声で歌をうなっていた。そして、上気した顔でセーラを見上げた。

「けさ、目がさめたときにもあったんですよ、お嬢様。毛布が」ベッキーは興奮した口ぶりでささやいた。「きのうの夜とおんなじ、本物でしたよ」

「わたしのところも同じよ」セーラが言った。「ぜんぶ、そのままよ。何もかも。けさ、着替えをしながら、きのうの残り物を少し食べてきたところよ」

「驚きだなぁ！　驚きだぁ！」ベッキーはうれしくてたまらないようすで押し殺した声をもらし、調理場からコックがはいってきた瞬間にさっと鍋の上にかがみこんで働いているふりをした。

ミンチン女史もラヴィニアと同じく、教室にはいってくるセーラはしおれた表情をしているものとばかり思っていた。ミンチン女史にとってセーラはこれまでずっと得体の知れない子供で、それが癪にさわっていた。どんなにつらく当たっても、セーラは泣かなかったし、おびえた顔も見せなかった。どんなに叱りとばしても、セーラはじっとその場に立ったまま、落ち着きはらった表情で礼儀正しく聞いていた。罰として仕事を増やしても、食事を抜いても、不平も言わなければ、反抗する態度も見せない。セーラがけっして生意気な返事をしないという、そのこと自体が、ミンチン女史には生意気に思われた。しかし、きのう一日食事をもらえず、夜にはあのように激しく叱責されて、きょうも一日食事をもらえないとなれば、こんどこそセーラも心が折れたにちがいない。きょうこそ、さすがのセーラも青ざめた頬に赤く泣き腫らした目をしてしょげたようすで下りてくるにちがいない。そうミンチン女史は思っていた。

ミンチン女史がその朝はじめてセーラを見たのは、低学年のフランス語の暗唱を聞いてやり練習問題を見てやるために教室にはいってきたセーラの姿だった。セーラははずむ足取りで教室にはいってきた。頬には赤みがさし、口もとには笑みが浮かんでいる。とうてい信じがたい光景で、ミンチン女史はひどくショックを受けた。いったい、この子はどうなっているのか？　これはどういうことなのか？　ミンチン女史はすぐにセーラを教卓へ呼びつけた。

「謹慎中の顔には見えませんね。何の反省もないのですか？」

まだ子供のセーラにとって――いや、たとえ大人であったとしても――たっぷり食べて、柔らかく暖かいベッドでぐっすり眠れば、あるいはおとぎ話の中にいるような夢見心地で眠りについて、目がさめてもそれが本当だとわかったならば、みじめな気持ちになるはずがないし、みじめな顔をできるはずもなかろう。知らず知らずに、瞳には喜びの輝きがあふれるものだ。セーラが生き生きとした眼差しで非の打ちどころのない返答をしたとき、ミンチン女史はあきれて言葉を失った。

「ミンチン先生、失礼いたしました。わたしは自分が謹慎中だということは承知しております」

「ならば、そのことを忘れないように。まるでけっこうな財産でも相続したような顔をするものではありません。生意気に。いいですか、きょうは一日じゅう食事なしですからね」

「はい、ミンチン先生」セーラはそう返事をしたが、ミンチン女史にくるりと背中を向けたとたん、きのうのことを思い出して心臓がドキッとした。「もし〈魔法〉がちょうどいいタイミングで救ってくれなかったら、なんて恐ろしいことになっていたかしら！」

「それほどひもじそうには見えないわね」ラヴィニアが小声で言った。「見てよ、あの顔。きっと、豪勢な朝ごはんを食べたっていう〈空想ごっこ〉でもしてるんでしょ」ラヴィニアは意地悪な笑いをもらした。

「あの子はほかの生徒とはちがうわ」低学年のクラスを教えているセーラを見ながら、ジェシーが言った。「ときどき、あの子のことが怖くなる……」

「バカバカしい！」ラヴィニアが吐き捨てた。

その日一日じゅう、セーラの表情は明るく、頬の血色もよかった。召使いたちは不思議なものでも見るような目でセーラを見ては小声でささやきあい、アミリア嬢は小さな青い目に当惑の色を浮かべるばかりだった。これほど苛酷な目にあわされながら、なぜあのように満ち足りて平然としていられるのか、アミリア嬢には理解できなかったのである。しかし、セーラほど並外れて強情な子供ならば、そういうこともあるかもしれない、とも思われた。おそらく気力で乗り切ろうとしているのだろう、と。

きのうの夜からのことを思い返してみて、セーラはひとつ心に決めたことがあった。できるならば、自分の身に起こった不思議なできごとは秘密にしておこう、と考えたのである。もしミンチン女史がまた屋根裏部屋まで上がってくるようなことがあれば、言うまでもなく、秘密は露顕してしまう。けれども、少なくともしばらくのあいだは、何らかの疑いを抱かないかぎり、ミンチン女史が見にくるようなことはないだろうと思われた。アーメンガードとロティは監視が厳しいだろうから、またベッドを抜け出そうなどとは考えないだろうし、アーメンガードには話をしたとしても秘密を守ってくれるだろう。ロティが秘密を発見するようなことがあったら、こちらもしゃべらないように釘をさせばいい。おそらく、〈魔法〉そのものの力で、秘密は守られるのではないだろうか。

「でも、何が起ころうとも」――と、セーラは一日じゅう自分に言い聞かせていた――「何が起ころうとも、この世界のどこかに、天使のように親切な人がいて、その人はわたしのお友だち……わたしのお友だちなのだわ。それがどなたなのか、知ることができなくても、感謝の気持ちをお伝えすることさえできなかったとしても、それでも、わたしはいままでみたいに孤独ではないわ。ああ、ほんとうに〈魔法〉のおかげだわ！」

前日よりもっとひどい天気があるとしたら、それはこの日の天気だった。雨は一段とひどく、ぬかるみはさらに深く、寒さはいっそう厳しかった。お使いは前日より多く、コックは前日よりもっと機嫌が悪く、セーラが謹慎させられていることを知っていたので、ますます居丈高な態度に出た。けれど、〈魔法〉が味方についていてくれるならば、何だって平気だった。夜中に食べた夜食のおかげでセーラは体力を回復したし、今夜も暖かくぐっすり眠れるだろうとわかっていた。それに、夕方になるころにはもちろん空腹を感じはじめてはいたけれど、翌日の朝食はきっと食べさせてもらえるだろうから、それまではなんとかがまんできる気がしていた。ようやく屋根裏部屋へ上がることができたのは、夜もずいぶん遅くなってからだった。教室へ行って夜の一〇時まで勉強するよう言いつけられ、勉強に夢中になって思いがけなく遅くまで本と向きあっていたせいだった。

階段をいちばん上までのぼり、屋根裏部屋のドアの前に立ったとき、正直なところ、セーラは心臓がどきどきしていた。

「もちろん、ぜんぶ片づけられてしまっているかもしれない……」セーラは小さな声でつぶやいて、覚悟を決めた。「きのうの最悪の一晩だけ、わたしに貸してくれたのかもしれない。でも、貸してもらえたことにちがいはないわ。たしかに、本物だったもの」

セーラはドアを押し開けて、中にはいった。そして、部屋にはいったところで小さく息をのみ、閉めたドアに背中を預けたまま、部屋の中を端から端まで見わたした。また〈魔法〉が降りてきたようだった。まちがいない。前の晩よりもっと〈魔法〉

のしわざが増えていた。暖炉の火はあかあかと燃え、暖かそうな炎が踊って、いっそう楽しげに見えた。朝にはなかったものがいくつも部屋に運びこまれ、屋根裏部屋の景色をすっかり変えてしまったので、もはや〈魔法〉の働きを疑う段階を超越していなかったら、セーラはわが目を疑ったことだろう。低いテーブルには、今夜も夜食が並んでいた。今回は、セーラのぶんだけでなく、ベッキー用のティーカップやお皿もあった。暖炉の上のぼろぼろの炉棚は色あざやかな珍しい刺繍をした布で覆われ、その上にさまざまな装飾品が並んでいた。むき出しでみっともないものはことごとく布で覆い隠されて、とても美しい部屋に様変わりしていた。深い色合いの風変わりな布地が、かなづちを使わなくても木やしっくいの壁に押しこめる細くて鋭い釘で壁にとめつけてあった。あざやかな色の扇があちこちの壁に飾られ、椅子がわりに使える大きくてしっかりしたクッションもいくつか置いてあった。木の箱に敷物をかぶせて上にクッションを並べたソファのようなものも作られていた。

セーラはそろそろとドアの前から部屋の中へ進み、腰をおろして、部屋をじっくりと眺めた。

「ほんとうに、おとぎ話が現実になったみたいだわ」セーラはつぶやいた。「そっくり。おとぎ話とそっくり。まるで何でも――ダイヤモンドでも、金の詰まった袋でも、お願いすれば出てきそうなくらい！　でも、それだって、この屋根裏部屋ほどの驚きではないわ。これは、ほんとうにわたしの屋根裏部屋なのかしら？　このわたしは、ぼろを着て雨に濡れてこごえていたセーラなのかしら？　これまでずっと〈空想ごっこ〉に明け暮れて、おとぎの国がほんとうにあったらいいのに、と思ってはいたけれど！　おとぎ話がほんとうになったらどんなにすてきだろう、ってずっと思ってはいたけれど！　でも、いまは、そのおとぎ話の中で生きている……。まるで、自分がおとぎ話の主人公になったみたい。何でも思いどおりのものに変えられる力をもらったみたいな気がするわ」

セーラは立ち上がり、壁をノックして、隣の独房の囚人に合図した。隣の囚人がやってきた。

部屋にはいってきたベッキーは、その場にへたりこみそうになった。数秒のあいだ、息をするのも忘れているように見えた。

「うわぁ、驚きだぁ！」ベッキーは息をのみ、「驚きだぁ、お嬢様！」と、朝の流し場でもらしたのと同じ言葉を口にした。

「ね」セーラが言った。

この夜、ベッキーは暖炉の前の敷物の上に置いたクッションに腰をおろし、自分用に用意されたソーサー付きのティーカップを使った。

ベッドにはいったとき、セーラはマットレスが新しく分厚いマットレスに変わっているのを発見した。枕も、大きな羽根枕が並んでいた。セーラが使っていた古いマットレスと枕はベッキーのベッドに移され、おかげで、ベッキーは味わったこともないくらい寝心地のいい一夜を過ごした。

「これ、みんな、どっから来るんですかね？」ベッキーがぽつりと口に出した。「ほんと、いったい誰がしてくれてるんですかね、お嬢様？」

「詮索するのは、やめておきましょう」セーラが言った。「ありがとう、とお礼を申し上げたいのはやまやまだけど、できれば知らずにいたほうがいいかと思うの。そのほうが、もっとすてきなんですもの」

そのときから、日ごとに暮らしがすてきになっていった。おとぎ話は続いた。ほとんど毎日のように、何か新しいことが起こった。夜になってセーラが屋根裏部屋のドアを開けるたびに、新しく心地よい家具や装飾品が増えていた。ほどなく、屋根裏部屋は珍しくて豪華な品々でいっぱいの美しい部屋になった。醜かった壁には、少しずつ絵画やカーテンが増えていって美しいものですっかり覆われ、精巧な折りたたみ式の家具が増え、壁には本棚が吊られて本がいっぱいに並び、心地よいものや便利なものが一つずつ増え、もうこれ以上は何も望むものがないほどになった。朝、セーラが階下へ下りていくときには、前日の夜食の食器がテーブルに残っている。そして、夜になって屋根裏部屋へもどってくると、使った食器は魔法使いが片づけてくれてあって、またおいしい食事が新しく用意されているのだった。ミンチン女史はあいかわらず無慈悲で威丈高だったし、アミリア嬢は不機嫌だし、召使いたちは粗野で無作法な態度だった。セーラはどんなにひどい天気の日もお使いに行かされ、叱責され、こき使われた。アーメンガードやロティと口をきくことも、ほとんどかなわなかった。ラヴィニアは、ますますみすぼらしくなっていくセーラの服をあざけって笑った。ほかの生徒たちも、教室に現れたセーラの姿を好奇の目でじろじろ眺めた。けれど、このすばらしく不思議な物語の世界に生きているセーラにとって、そんなことは何でもなかった。セーラの身に起こっていることは、これまで愛情に飢えた幼い魂をなぐさめ絶望を耐えぬくためにセーラが考え出したどんな空想よりも、はるかにロマンチックで歓びに満ちていた。ときどき、叱責されているときなど、セーラは思わず笑みを浮かべそうになってしまうのだった。

「あなたは知らないからよ！」と、セーラは心の中で思っていた。「あなたは何も知らないからよ！」

心地よく幸せな〈魔法〉は、セーラをいっそう強くした。セーラにはいつも〈魔法〉という希望があった。お使いに出されて、雨に濡れて疲れきって空腹で帰ってきた日でも、屋根裏部屋へ続く階段を上がっていけば暖かい部屋とおいしい食事が待っている。どんなにつらい日でも、屋根裏部屋のドアを開けたらどんなことが待っているだろうか、どんな楽しみが新しく増えているだろうか、と考えると、幸せな気持ちで耐えることができた。みるみるうちに、セーラは少しふっくらしはじめた。

頬には赤みがさし、目の大きさばかりが目立つ顔ではなくなった。

「セーラ・クルーはずいぶん元気そうではありませんか」ミンチン女史はいまいましそうな口調で妹に話しかけた。

「そうなんですよ」気のきかないアミリア嬢が答えた。「まちがいなく太ってきていると思います。少し前までは、餓え死に寸前のカラスの子みたいだったのに」

「何が餓え死に寸前ですか！」ミンチン女史が怒って声を荒らげた。「餓え死に寸前なはずがないでしょう！　いつもじゅうぶんな食事を食べさせてやっているのに！」

「もち……もちろん、そうですわね」アミリア嬢が卑屈な口調であいづちを打った。

どうやら、今回もまたまずいことを言ってしまったらしい。

「あの年齢の子供があのような態度に出るとは、まことにもって不愉快なことです」

ミンチン女史が尊大な態度でほのめかした。

「あのような態度……とは？」アミリア嬢は思いきって尋ねてみた。

「ふてぶてしい、とでも言うのかしら」そう答えながら、ミンチン女史はいらいらしていた。自分が気に入らないのはふてぶてしい態度などと呼ぶものとはほど遠いのだが、ほかにどのような不愉快な言葉を使えばいらいらの原因を言い表せるのかわからなかったからである。「ふつうの子供なら、その……このように立場が変われば、高慢な鼻をくじかれて、意地を張らなくなるものなのに、あの子ときたら、少しもくじけるところがないのです。まるでプリンセスのような態度で」

「そういえば、そうでしたわ」と、頭の悪いアミリア嬢が、また下手なあいづちを打った。「教室でひどく叱られたとき、あの子が何と言ったか、お姉様おぼえていらっしゃること？『先生はどうなさるでしょうね、もしもわたしがほんとうは――』なんて」

「いいえ、おぼえていません」ミンチン女史は言下に否定した。「くだらないことを言うのではありません」しかし、実際には、ミンチン女史ははっきりとおぼえていた。

　当然ながら、ベッキーも顔がふっくらとして、以前ほどおどおどした態度ではなくなってきた。無理もない。ベッキーもまた秘密のおとぎ話をセーラとともに享受していたのだから。ベッキーのマットレスは二枚重ねになり、枕も二個に増え、暖かい毛布もたっぷりあって、毎晩、暖炉の前に置いたクッションにすわって温かい夜食を口に運んでいたのである。バスティーユ監獄は、消えてなくなった。囚人は、いなくなった。屋根裏部屋にいるのは、心地よく満ち足りた二人の子供たちだった。ときどき、セーラはベッキーに本を読んで聞かせてやった。あるいは、自分の勉強をすることもあった。そうかと思えば、すわって暖炉の火を見つめ、親切なお友だちは誰かしら、と思いをめぐらし、心の中にある思いをいくらかでも伝えることができたら、と考えるのだった。

そうこうするうちに、また、すてきなことが起こった。男の人が学校を訪ねてきて、いくつもの小包を置いていったのだ。どの小包にも、大きな文字で「右側の屋根裏部屋の少女へ」と宛名書きがされていた。

玄関へ応対に出るよう命じられて小包を受け取ったのは、セーラ本人だった。セーラはいちばん大きい包み二個を玄関ホールのテーブルに置き、宛名を眺めた。ちょうどそこへ、ミンチン女史が階段を下りてきた。

「荷物をさっさと受取人に届けなさい」ミンチン女史はきつい口調で言った。「そんなところでぼんやり立っているんじゃありません」

「この荷物、わたし宛てなのですが」セーラが静かな口調で答えた。

「あなた宛て?」ミンチン女史の声が高くなった。「いったいどういう意味です?」

「どこから来たのかわかりませんが、わたし宛てなのです」セーラは言った。「右側の屋根裏部屋で寝起きしているのは、わたしです。ベッキーが左側ですから」

ミンチン女史がセーラのかたわらへやってきて、色めきたった顔で小包を眺めた。

「何がはいっているのです?」ミンチン女史が聞いた。

「わかりません」

「開けてみなさい」

セーラは命じられたとおりにした。小包が開けられると、ミンチン女史の表情がさっと変わった。箱にはいっていたのは、美しく着心地の良さそうな衣類だった。しかも、いろいろな小物までそろっている。靴、ストッキング、手袋、暖かくて美しいコート。すてきな帽子や傘まであった。どれもみな上等で高級そうな品々で、コートのポケットにはピンで紙がとめつけてあり、「ふだん着に。必要ならば着替えを送ります」と読めた。

ミンチン女史はひどく動揺した。この事態を目にして、計算高いミンチン女史は奇妙なことを連想したのだ。もしかして、自分はまちがいを犯したのだろうか？　身寄りがないと思われたこの子供には、奇矯で有力な後ろ盾があるのだろうか？　これまで知られていなかった親戚とか？　その親戚がいまになってこの子供の居場所を突きとめて、このように謎めいた風変わりな方法で経済的援助をしようというのだろうか？　親戚というものは、やっかいだ。とくに、金持ちで独身の年老いた伯父で、小さい子供を身近に置くのが苦手である、というような人物がいたりすれば。その手の男性は、親戚の子の幸せを遠くから見守るほうを好む場合がある。そういう人物は、まずまちがいなく偏屈で怒りっぽくて、すぐにへそを曲げると相場が決まっている。もし、そのような親戚がいたとしたら、そしてその人物が痩せこけてみすぼらしい身なりで食べるものさえ満足に与えられずにこき使われている親戚の子の実態を知ったとしたら、面倒なことになりそうだ……。ミンチン女史はなんとも形容しがたい不安にかられて、セーラの顔をそっと盗み見た。

「そうですね」と、ミンチン女史はセーラが父親をなくして以来ついぞ出したことのないような声で話しかけた。「どなたか、ずいぶん親切な方がいらっしゃるようですね。せっかく送っていただいたのだし、着古したらまた新しい着替えをくださるというお話ですから、これから着替えに行って、ちゃんとした格好をなさい。着替えたら、階下に下りてきて、教室で授業を受けてよろしい。きょうはお使いは免除します」

三〇分ほどして、教室のドアが開いてセーラがはいってきたとき、学校の生徒全員があっけにとられて言葉を失った。

「驚いたわね！」ジェシーが思わず口走り、ラヴィニアのひじを小突いた。「見て、プリンセス・セーラよ！」

全員がセーラに注目していた。セーラの姿を見たラヴィニアは、顔を真っ赤にした。

まさに、プリンセス・セーラの復活だった。少なくとも、かつてプリンセスだった日々以来、こんなにプリンセスらしいセーラの姿は初めてだった。数時間前に裏の階段を下りてきたセーラとは、まるで別人だった。いま教室にはいってきたセーラは、かつてラヴィニアの嫉妬の的になっていたような豪華なドレスに身を包んでいた。深くて暖かみのある色合い、手のこんだ仕立て。ドレスの裾からのぞくほっそりとした足は、かつてジェシーがうらやんだころのままだった。豊かな黒髪は、小さくて風変わりな顔のまわりに落ちかかっていたときはまるでシェトランド・ポニーのように見えたものだったが、いまはリボンで後ろにきちんと束ねられている。

「誰かの遺産でもはいったんじゃないの?」ジェシーが小声でささやいた。「あの子にはきっと何かが起こるんじゃないかと思ってた。だって、ふつうじゃないんだもの」

「ダイヤモンド鉱山でも突然見つかった、とか?」ラヴィニアが痛烈な当てつけを口にした。「あなた、そんな目で見てたら、あの子が喜ぶだけじゃないの、バカね」

「セーラ」ミンチン女史の低い声がした。「こちらの席に着きなさい」

生徒全員が注目をし、ひじで小突きあい、興奮と好奇心をあらわにするなかで、セーラはかつて自分が座っていた特等席に腰をおろし、教科書に視線を落とした。

その晩、屋根裏部屋へもどってベッキーと二人で夜食をとったあと、セーラは暖炉の前にすわりこんで、長いあいだ真剣な顔で火を見つめていた。

「また何か頭ん中でお話を作ってるんですか、お嬢様？」ベッキーが尊敬を込めた声でそっと尋ねた。セーラが黙って腰をおろして夢見る眼差しで燃える火を見つめているときは、たいてい何か新しい物語を考えているときなのだ。けれども、今回はそうではなかった。セーラは首を横に振った。

「ううん。どうすればいいのかしら、って考えているの」

ベッキーは、なおも尊敬を込めた眼差しでセーラを見つめている。ベッキーは、近ごろではセーラの言うことなすことすべてを拝みたいような気持ちになっているのだった。

「例のお友だちのことを考えずにはいられないの」セーラが説明した。「ご自分の身元を明かしたくないのなら、誰なのか見つけようとしては失礼にあたると思うの。でも、どんなに感謝しているか、その気持ちはなんとかしてお伝えしたいのよ。どれほどわたしを幸せにしてくださったか、って。他人に親切にする人は、誰だって、その相手が幸せになったら、そのことは知りたいと思うものよ。感謝の言葉よりも、そっちのほうが気になるものなの。だから、わたし……なんとかして……」

そこで唐突にセーラは口をつぐんだ。部屋の隅のテーブルの上に置いてあるものが目にとまったのだ。それは、二日ほど前に部屋にもどってきたときにテーブルの上に置いてあった小さな文房具箱で、中に便箋と封筒とペンとインクがはいっていた。

「そうだわ!」セーラは声をあげた。「なぜ、あれを思いつかなかったのかしら」

セーラは立ち上がり、部屋の隅へ行って、文房具箱を暖炉の前に持ってきた。

「お手紙を書けばいいんだわ」セーラはうれしそうに言った。「そして、それをテーブルの上に置いておくの。そうしたら、きっと、テーブルを片づけてくれる誰かが手紙も持っていってくれるんじゃないかしら。あれこれお尋ねする気はないの。感謝を伝えるだけならば、きっと、気を悪くなさることはないと思うわ」

そこで、セーラは短い手紙を書いた。こんな手紙だった。


ご身分を明かされないあなた様にお手紙をさしあげる勝手を、どうかお許しくださいませ。失礼なことをするつもりはございませんし、何かをつきとめようというつもりでもございません。ただ、こんなにご親切に——信じられないくらいご親切に——してくださり、何もかもをおとぎ話のように変えてくださったことへのお礼を申し上げたいと思ったのです。心から感謝いたしております。そして、とても幸せに存じております。ベッキーも同じ思いでございます。ベッキーもわたくしと同じように感謝の気持ちでいっぱいです。わたくしと同じように、ベッキーも、今回のことをとてもすばらしく夢のように感じております。わたくしたち二人は、とても寂しく、寒く、ひもじい思いをしておりました。でも、いまは——ああ、あなた様はわたくしたち二人にどれほどの幸せをもたらしてくださったことでしょう！　せめて、この言葉だけは申し上げさせてください。どうしても申し上げずにはいられません。ありがとうございます。ほんとうに、ほんとうに、ありがとうございます！

〈屋根裏部屋の少女〉より

翌朝、セーラはこの手紙を小さなテーブルの上に置いておいた。すると、夜には、ほかのものといっしょに手紙もなくなっていた。それで、〈魔法使い〉に手紙が届いたことがわかり、そう思うといっそう幸せな気分になった。セーラが新しい本をベッキーに読んで聞かせてやり、そのあとそれぞれベッドにはいろうとしたとき、天窓のところで何かの音がした。読んでいた本から顔をあげると、ベッキーも同じ音を聞いたらしく、天窓を見上げてちょっと不安そうな顔で耳をすましている。

「何かあそこにおります、お嬢様」ベッキーが小声で言った。

「そうね」セーラがゆっくりと答えた。「なんだか……ネコみたいな音……中にはいりたがっているような……」

セーラは椅子から立ち上がり、天窓のところへ行った。セーラの耳に届いたのは、何かをそっと引っかくような、奇妙な小さい音だった。そのとき、セーラは急にあることを思い出して、笑い声をあげた。以前に屋根裏部屋にはいりこんだ小さな闖入者を思い出したのだ。ちょうどその日の午後も、その動物がインドの紳士の家の窓際でテーブルの上にちょこんとすわって、やるせない顔をしているのを見たばかりだった。

「もしかしたら……」セーラはうれしそうな弾んだ声でささやいた。「もしかしたら、またあのお猿さんが逃げ出したのかもしれないわ。ああ、そうだといいんだけど!」

　セーラは椅子の上に立って、そっと天窓を開け、外をのぞいた。その日は一日じゅう雪が降っていて、積もった雪の上、セーラのすぐそばに、小さな動物がうずくまって震えていた。セーラの顔を見たとたん、小さな黒い顔があわれな表情にゆがんだ。

「やっぱり、あのときのお猿さんだわ」セーラが声をあげた。「〈ラスカー〉の屋根裏部屋から逃げ出して、ここの光が見えたのね」

　ベッキーがセーラのかたわらに駆け寄った。

「入れてやるんですか、お嬢様?」ベッキーが言った。

「ええ」セーラはうれしそうに答えた。「外は猿には寒すぎるもの。猿って弱い生き物なのよ。わたしがなだめて中に入れるわ」

　セーラは片手をそっと外に差し伸べ、スズメやメルキゼデクに話しかけるときのようにやさしくあやすような声で猿に話しかけた。まるで自分も友好的な小動物になったようなつもりで、野生の生き物の臆病さを心得た愛情の込もった声で。

「さあ、いらっしゃい、お猿さん」セーラは声をかけた。「だいじょうぶだからね」

猿はセーラが危害を加えないことを知っていた。セーラが手でそっと猿の背中をなでて自分のほうへ引き寄せる前から、この人間は怖くないと知っていた。ラム・ダスのしなやかな褐色の手に人間の愛情を感じたのと同じく、猿はセーラの手からも愛情を感じ取った。猿はおとなしくセーラの手につかまれて天窓を通り、セーラの両腕に抱かれると、胸にしがみついてセーラの顔を見上げ、すっかりなついたようにセーラの髪を手で握った。

「いい子ね！　いい子ね！」セーラは猿の愛嬌のある頭にキスをしながら、優しい声で話しかけた。「こういう小さい動物って、大好きよ」

猿は火のそばに連れてこられたのがうれしかったようで、セーラが腰をおろして猿を膝にのせると、興味と感謝のいりまじった顔でセーラとベッキーの顔を交互に見くらべた。

「ずいぶん不器量な顔ですね、お嬢様」ベッキーが言った。

「とっても不細工な赤ちゃんみたいね」セーラが笑った。「ごめんなさいね、お猿さん。でも、あなたが人間の赤ちゃんじゃなくてよかったわ。お母様がきっとがっかりなさるから。それに、誰も、親戚の誰かに似てるね、って言えなくなっちゃうものね。もう、ほんとうにかわいいんだから！」

　セーラは椅子に背を預けて、考えをめぐらした。

「きっと、この子は自分でもこんなに不器量なのを残念に思ってるのよ。それで、いつもそのことを気にしてるの。気にする、なんてことができるならばの話だけど。お猿さん、あなたには心があるのかしら？」

　猿は小さな手で頭をかいただけだった。

「この猿、どうするんですか？」ベッキーが聞いた。

「今夜はこの部屋で寝かせることにするわ。そして、あした、インドの紳士の家に返しに行くわ。ごめんね、お猿さん、でも帰らなくちゃいけないのよ。あなたは家族のところがいちばんいいの。わたしは親戚でもないし」

　ベッドにはいるときに、セーラは自分の足もとに猿の寝場所を作ってやった。猿はその寝場所がとても気に入ったようで、そこで丸くなり、人間の赤ちゃんのように眠りについた。

第17章 「この子だ！」

翌日の午後、〈大きな家族〉の子供たちのうち三人がインドの紳士の書斎を訪れ、なんとか紳士を元気づけようとしていた。三人が紳士のもとを訪れることが許されたのは、紳士のほうから特別に招待があったからだ。このところしばらく、紳士は知らせを待つ日々が続いていて、この日はあることをたいそう心待ちにしていたのである。それは、カーマイケル氏がモスクワから帰ってくる、ということだった。カーマイケル氏のモスクワ滞在は延長に延長を重ねて何週間にも及んでいた。モスクワに着いた当初は探している一家の手がかりをつかむことができず、ようやく住所をつきとめて家を訪ねてみると、一家は旅行に出かけて留守だった。旅先まで追っていくことは無理だったので、カーマイケル氏はモスクワにとどまって一家がもどるまで待つことにしたのだった。カリスフォード氏は安楽椅子にすわり、ジャネットがかたわらの床に腰をおろしていた。ジャネットはカリスフォード氏の大のお気に入りだった。ノラは足のせ台にすわり、ドナルドはトラの毛皮の敷物の上でトラの首にまたがって、いささか乱暴に猛獣を乗りこなしていた。

「ドナルド、そんなに騒がしくしないの」ジャネットが言った。「お加減の悪い方のお見舞いにうかがっているのに、そんなに声をはりあげて騒ぐものではないわ。わたしたち騒がしすぎませんか、カリスフォード様？」インドの紳士のほうをむいて、ジャネットが言った。

しかし、カリスフォード氏はジャネットの肩をやさしくたたいて、「いや、あれこれ考えすぎずにいられて、ありがたいよ」と答えた。

「ぼく、静かにするよ！」ドナルドが大声を張りあげた。「ぼくたちみんな、ネズミと同じくらい静かにするぞー！」

「ネズミはそんなに騒がしくないわよ」ジャネットが言った。

ドナルドはハンカチを手綱がわりにして、トラの首の上でぴょんぴょん跳ねている。

「すごくたくさんのネズミなら、これくらい騒がしいかもしれないよ」ドナルドが陽気に言った。「千匹のネズミなら」

「五万匹のネズミだって、そんなに騒がしくはありません」ジャネットが厳しい口調で言った。「しかも、ここではネズミ一匹と同じくらい静かにしないといけないのよ」

カリスフォード氏は笑って、またジャネットの肩をたたいた。

「もうすぐ父が着くと思います」ジャネットが言った。「行方不明の女の子のお話をしてもいいですか?」

「こんなときには、ほかに話すこともないからね」額に疲労のしわを刻んだインドの紳士が答えた。

「わたしたち、その子のことが大好きなんです」ノラが言った。「その子のことを〈おとぎ話じゃないプリンセス〉って呼んでいるんです」

「ほう、なぜだね?」インドの紳士が尋ねた。〈大きな家族〉の子供たちが考えつくことは、いつもインドの紳士に心痛をいくらか忘れさせてくれるのだった。

セーラは腰をおろして猿を膝にのせた。

答えたのはジャネットだった。

「なぜかというと、その子は厳密にはおとぎ話の主人公ではないけれど、見つかったときにはすごくお金持ちになるのだから、きっとおとぎ話のプリンセスみたいになると思うんです。わたしたち、初めはその子のことを〈おとぎ話のプリンセス〉って呼んでいたんですけど、なんだかしっくりこなくて」

「あの話って、ほんとうなんですか？」ノラが口を開いた。「その子のお父様がお友だちに全財産を渡して、そのお友だちが渡されたお金をダイヤモンドの埋まっている鉱山に投資して、そのあと、お金をぜんぶなくしちゃったと思いこんで、自分がお金をどろぼうしたような気分になったから逃げてしまった、って？」

「でも、ほんとうはそうじゃないのよ」急いでジャネットが訂正した。

　インドの紳士はさっとジャネットの手を取ると、「ああ。ほんとうはそうではなかったのだ」と言った。

「わたし、そのお友だちのほうが気の毒でならないんです」ジャネットが言った。

「だって、そんなことをするつもりはなかったのだから。それなのに、そんなことになってしまったら、つらいでしょう? きっと、つらい思いをされたのだろうと思うんです」

「きみは思いやりのある子だね、ジャネット」インドの紳士はそう言って、ジャネットの手を引き寄せた。

「ねえ、カリスフォード様にお話しした?」ドナルドがまた大きな声を張りあげた。「あの〈物乞いじゃない女の子〉のこと。あの子が新しいすてきな服を着てたこと、お話しした? きっと、行方不明になってたのを誰かに見つけてもらったんだよ」

「あ、馬車だわ!」ジャネットが声をあげた。「玄関の前に止まったわ。お父様よ!」

子供たちはみな窓際へ走っていって外を見た。

「そうだ、お父様だ!」ドナルドが叫んだ。「でも、小さな女の子はいないぞ」

三人とも先を争うようにして部屋を飛び出して、玄関に駆けつけた。帰ってきた父親を迎えるときは、いつもこうなのだ。子供たちが飛んだり跳ねたりする音が聞こえ、手をたたく音が聞こえ、抱き上げてキスしてもらうのが聞こえた。

カリスフォード氏は椅子から立ち上がろうとしたものの、ふたたび椅子に沈みこんでしまった。

「だめだ。すっかり弱くなってしまって……」カリスフォード氏はつぶやいた。

カーマイケル氏の声が戸口に近づいてきた。

「みんな、だめだめ」カーマイケル氏が子供たちに言いきかせている。「カリスフォードさんとの話がすむまで、部屋にはいってきてはだめだ。ラム・ダスと遊んでおいで」

ドアが開いて、カーマイケル氏がはいってきた。頬はますますバラ色が濃くなり、元気はつらつだったが、病身のカリスフォード氏と握手をするとき、カリスフォード氏のすがるように問いかける眼差しを受け止めるカーマイケル氏の目には失望と不安の色があった。

「何かわかったかね？」カリスフォード氏が尋ねた。「ロシア人夫婦にもらわれていった子供は？」

「その子はわれわれが探している子ではありませんでした」カーマイケル氏が答えた。「クルー大尉の娘さんよりずいぶん年が小さくて。名前もエミリー・カルーでした。

わたしもその子に会って、話をしました。ロシア人ご夫妻からも、細かい話をいろいろ聞けましたが……」

インドの紳士はがっくりと気落ちした表情になり、カーマイケル氏と握手した手を力なく落とした。

「それでは、また最初からやり直しだ」カリスフォード氏が言った。「そうするしかない。かけてくれたまえ」

カーマイケル氏は腰をおろした。なぜか、カーマイケル氏はこの不幸な依頼人をだんだん好きになっていた。カーマイケル氏自身はこの上なく健康で幸せであり、明るく愛情あふれる家族に囲まれているぶん、友人や家族に恵まれず健康を害しているカリスフォード氏が気の毒でしかたなかったのである。せめて家の中に幼い子の明るく甲高い声がひとつでも聞こえれば、よほどわびしさが紛れるだろうに、と、カーマイケル氏は思うのだった。自分が親友の子供を裏切って見捨てたかもしれないという自責の念を胸に抱いたまま生きていかなくてはならないとは、なんと残酷なことだろう、と。

「まあ、まあ」カーマイケル氏は明るい声で言った。「そのうちきっと見つかりますよ」

「すぐに始めなくてはならん。ぐずぐずしている暇はない」カリスフォード氏はいらいらしていた。「何か新しい提案はないかね？　どんな提案でも？」

カーマイケル氏は落ち着かないようすで立ち上がり、部屋の中を歩きまわりはじめた。その顔には、自信はないものの何か考えのありそうな表情が浮かんでいた。

「その……おそらく……」カーマイケル氏が口を開いた。「どのていど見込みがあるかわからないのですが、じつは、ドーヴァーから列車で帰ってくる途中で思いついたことがありましてね」

「何だね？　もしその子が生きているのなら、どこかにいるはずだ」

「そうなんです。どこかにいるはずなんです。われわれはパリの学校をあちこち探しましたが、この際パリはあきらめて、ロンドンを探してはどうでしょうか。それがわたしの考えです——ロンドンを探す、と」

「ロンドンといっても、学校はたくさんある」そう言ったあと、カリスフォード氏はハッとした表情になった。思い出したことがあったのだ。「そういえば、この隣も学校だが……」

「では、その学校から始めましょう。それより近いところはありませんからね」

「そうだな」カリスフォード氏が言った。「その学校に、気になる子が一人いる。しかし、その子は生徒ではないのだ。それに、その子は髪の黒い見るからにあわれな子で、クルーの娘には似ても似つかぬ気がする」

おそらく、この場面にふたたび〈魔法〉の力が働いていたのだろう。すばらしい〈魔法〉の力が。ほんとうに、そうとしか思いようがない。そうでもなければ、この場面で、主人が話をしている最中にもかかわらず、ラム・ダスが部屋にはいってくるはずがない。ラム・ダスはうやうやしくおじぎをして部屋にはいってきたのだが、その黒い瞳は興奮できらきら輝いていた。

「旦那様」ラム・ダスが声をかけた。「あの子が来ております。旦那様がかわいそうに思っていらした、あの子です。猿がまた逃げ出して、あの子の屋根裏部屋へはいりこんだので、それを返しにきたのです。その子に、帰らないで待っているよう頼みました。その子と会ってお話しなされば、旦那様もお気持ちが晴れるかと思いまして」

「誰のことですか？」カーマイケル氏が聞いた。

「わからん」カリスフォード氏が答えた。「さっき、気になると言った子だ。隣の学校で使われている下働きの女の子なのだが」カリスフォード氏はラム・ダスに手を振って返事をした。「ああ、会おう。連れてきてくれ」そして、カーマイケル氏のほうを向いて、説明した。「きみがモスクワへ行っているあいだ、わたしはどうにも具合が悪くてね。暗くて長い日々の連続だった。そこへ、ラム・ダスが、その女の子の気の毒なありさまを話して聞かせてくれた。それで、ラム・ダスと二人でその子を助ける夢物語のような計画を立てたんだよ。まあ、子供じみた話ではあるのだが。しかし、それはそれで計画したりアイデアを出したりする楽しみができた。ラム・ダスのように身軽で足音も立てない東洋人の助けがなければ、実現不可能だったがね」

　そのとき、セーラが部屋にはいってきた。両腕で猿を抱いている。猿はできることならそのまま抱かれていたいようで、セーラにしがみついてキィキィ鳴いている。セーラ自身はインドの紳士の書斎に初めて足を踏み入れた興味と興奮で頬を上気させていた。

「おたくの猿がまた逃げ出したんです」セーラがかわいい声で言った。「きのうの夜、わたしの屋根裏部屋の窓のところへ来たので、部屋に入れました。外はとても寒かったので。それほど遅くない時刻ならば、きのうのうちに連れてきてもよかったのですが、こちら様のお加減が良くないと存じておりましたので、お邪魔になっては悪いかと……」

インドの紳士は、落ちくぼんだ目に好奇の光を浮かべてセーラをじっと見た。

「それは、お気づかいいただいて、ありがとう」紳士は言った。

セーラは戸口に立っているラム・ダスのほうを見ながら、「猿は〈ラスカー〉に渡しましょうか?」と言った。

「どうしてあの者が〈ラスカー〉だとわかるのかね?」インドの紳士が少しほほえみながら聞いた。

「あら、わたし、〈ラスカー〉は知っています」セーラは離れたくなさそうな猿をラム・ダスに預けながら、言った。「わたし、インド生まれですから」

インドの紳士が急に背筋を伸ばしてすわりなおし、表情を一変させたので、セーラはちょっと驚いた。

「インドで生まれた、と？」紳士が声を大きくした。「そうなのか？　こっちへおいで」そう言って、紳士は片手を差し出した。

セーラは紳士のそばへ行き、紳士の手に自分の手を重ねた。紳士が手を握りたそうに見えたのだ。セーラはじっと立ったまま、グリーン・グレーの瞳で探るように紳士の目を見つめた。紳士は何か問題を抱えているように見えた。

「きみは隣に住んでいるのかね？」紳士が聞いた。

「はい。ミンチン上流女子寄宿学校におります」

「しかし、きみは生徒ではないのだな？」

セーラは口もとに微妙な笑みを浮かべて一瞬ためらった。

「自分がどういう立場なのか、よくわからないのです」セーラは答えた。

「なぜ、わからないのだね？」

「初めは、わたしは生徒でした。特別寄宿生だったのです。でも、いまは……」

「生徒だったのか！　それで、いまは？」

　セーラの口もとに、ふたたび奇妙な、ちょっと悲しげな笑みがさした。

「いまは、屋根裏部屋で寝起きしています。隣は皿洗いの女の子の部屋です。わたしはコックに言われてお使いに行ったり、コックに言いつけられることは何でもします。あと、低学年の子たちに勉強を教えています」

「この子に話を聞いてくれ、カーマイケル」カリスフォード氏が力尽きたように椅子に沈みこみながら言った。「話を聞いてくれ、わたしには無理だ」

〈大きな家族〉の大柄で優しい父親は、小さな女の子から話を聞き出すコツを心得ていた。気さくに答えを引き出そうとする口調に接して、この父親がこういうことにとても慣れているのがセーラにもわかった。

「初めは、というのはどういう意味かな、お嬢ちゃん？」カーマイケル氏が聞いた。

「父に連れられて初めて学校に来たときです」

「きみのお父上はどこにいらっしゃるのかな？」

「父は亡くなりました」セーラはとても小さな声で言った。「父は財産をすべて失って、わたしには何も残されませんでした。わたしを養ってくれる人はおらず、ミンチン先生への支払いをしてくれる人もいなくなったのです」

「カーマイケル！」インドの紳士が大声を出した。「カーマイケル！」

「この子を驚かしちゃいけません」カーマイケル氏は脇をむいて小声で早口にインドの紳士を制したあと、ふたたびセーラのほうをむいて、「それで、きみは屋根裏部屋へ追いやられて、下働きをさせられることになったのだね？　だいたいそういうことかな？」と聞いた。

「養ってくれる人がいないものですから」セーラは言った。「お金がないのです。身寄りもありませんし」

「お父上は、どうして財産を失ったのだ？」インドの紳士が荒い息づかいで口をはさんだ。

「父が自分で失ったのではありません」答えながら、セーラの胸の中で、これはいったいどういうことなのだろう、という思いがどんどん膨らんでいった。「父にはとても仲の良い友人がいました。父はその友人をとても好きだったんです。その友人が、父のお金を取ったのです。父は友人を信用しすぎたのです」

インドの紳士の息づかいがますます荒くなった。

「その友人は、そんなつもりではなかったのかもしれない」インドの紳士は言った。

「何かのまちがいでそうなったのかもしれん」

セーラは、質問に答える自分の静かで幼い声がどれほど容赦なく響いているかをまったく自覚していなかった。もし気づいていたならば、インドの紳士のために、もっと穏やかな言い方をしようと気を使っただろう。

「どちらにしても、それが父を苦しめたことにちがいはありません」セーラは言った。「それが父の命を奪ったのです」

「父上のお名前は？」インドの紳士が言った。「お名前は何と言う？」

「父の名は、ラルフ・クルーです」セーラはちょっと驚きながら答えた。「クルー大尉です。インドで亡くなりました」

げっそりやつれたカリスフォード氏の顔がくしゃくしゃにゆがみ、ラム・ダスが急いで主人に駆け寄った。

「カーマイケル」病身の紳士が息も絶え絶えに言った。「この子だ。この子だ！」

一瞬、セーラはインドの紳士が死んでしまうのではないかと思った。ラム・ダスが薬びんから数滴の液体を注いで主人の口もとに持っていった。セーラは少し震えながらそばに立っていた。そして、当惑した顔でカーマイケル氏のほうを見た。

「わたしが……何の子……なのですか？」セーラは言葉につかえながら尋ねた。

「この人が、きみのお父上の友だちなのだよ」カーマイケル氏が答えた。「びっくりしなくていいよ。われわれは、きみのことを二年も前から探していたんだよ」

セーラは片手で額を押さえた。口もとがわなわなと震えた。自分の口から出た言葉が、まるで夢の中のように聞こえた。

「そして、そのあいだじゅうずっと、わたしはミンチン先生のところにいたのですね」セーラはささやくような声で言った。「壁のすぐむこう側に」

第18章 「心の中だけはプリンセスでいようと」

すべてを説明してくれたのは、美しくて包容力のあるカーマイケル夫人だった。すぐにカーマイケル家へ使いが出され、夫人が広場を横切ってやってきて、セーラを温かな両腕に抱きしめて、それまでに起こったことをすべて話して聞かせた。

まったく予期しなかった発見がもたらした興奮を、からだの弱っていたカリスフォード氏はすぐには受け止められなかった。「頼む……あの子を姿の見えるところに置いておいてくれ……」セーラをいったん別の部屋に移したほうがよいのでは、という話になったとき、カリスフォード氏は弱々しい声でカーマイケル氏に言った。「わたしがちゃんとお世話しますわ」ジャネットが言った。「それに、すぐに母が参りますから」そして、ジャネットがセーラを別の部屋へ連れていった。

「あなたが見つかって、とってもうれしいわ」ジャネットが言った。「あなたが見つかって、わたしたち、どんなに喜んでいることか……」

ドナルドは両手をポケットにつっこんで立ったまま、思案顔でちょっと悔しそうにセーラを見つめていた。

「あの六ペンスをあげたときに名前を聞いていたら、セーラ・クルーですって答えてくれて、その場でわかったのにな」

そのとき、カーマイケル夫人が到着した。夫人は感極まった表情でセーラをいきなり抱きしめて、キスした。

「びっくりしているのね。無理もないわ」夫人がセーラに言った。

セーラの頭にあったのは、ただ一つの疑問だった。

「あの人が……」セーラは閉じた書斎のドアのほうへ目をやりながら、尋ねた。「あの人が悪いお友だちだったのですか？ お願いです、教えてください！」

セーラにふたたびキスしながら、カーマイケル夫人は泣いていた。この子はとても長いあいだキスもしてもらっていないのだから、何度でもキスしてあげたい、と思っていた。

「あの方は、悪い人ではないのですよ」夫人は答えた。「あの方は、実際にはあなたのお父様のお金をなくしたわけではありません。ただ、なくしてしまったと思いこんだだけです。そして、あの方はクルー大尉のことをとてもとても大切に思っていらしたので、悲しみのあまり病気になってしまわれて、しばらくのあいだ正気を失っていらしたのです。脳炎にかかって死にかけて、ようやく命を取りとめたときには、あなたのお父様はお気の毒に、もうとっくに亡くなられたあとだったのです」

「そして、わたしがどこにいるか、わからなかったのですね」セーラがつぶやいた。「こんなに近くにいたのに」なぜか、こんなに近くにいたのに、という思いがセーラの頭から離れなかった。

「カリスフォード様は、クルー大尉のお嬢さんがフランスの学校にいると思いこんでおられたのですよ」カーマイケル夫人が説明した。「そして、まちがった手がかりに惑わされて、見当ちがいの方向へ進んでしまったのです。カリスフォード様は、クルー大尉のお嬢さんを探してあちこちへ行かれたのですよ。そして、ご自宅の前をあなたが通りすぎるのを見たとき、その姿があまりに悲しそうでひどい扱いを受けているように見えたので、まさかその子が親友の忘れ形見だとは夢にも思わなかったのです。でも、あなたが忘れ形見の女の子と同じくらいの年格好だったので、カリスフォード様はあなたのことを気の毒に思われて、なんとかあなたを幸せにしてあげたいとお考えになったのです。それで、ラム・ダスに指示して、天窓からあなたの屋根裏部屋にはいってお部屋を居心地よく変えてあげるように、とおっしゃったのです」

セーラは、歓びの感情に打たれてとびあがりそうになった。そして、表情が一変した。

「あれをぜんぶ運んできたのは、ラム・ダスだったのですか?」セーラは声をあげた。「あの方が、ラム・ダスにそうするようにおっしゃったのですか？　あの方が、夢のようなことをしてくださったのですか?」

「そうですよ。そうなのですよ！　あの方は、親切ないい方です。そして、行方不明のセーラ・クルーさんのことを思うがゆえに、あなたの身の上に心を痛めておられたのです」

そのとき、書斎のドアが開いてカーマイケル氏が現れ、セーラを手招きした。

「カリスフォード氏は、もうだいじょうぶです。あなたに来ていただきたいそうです」

セーラはすぐに書斎へ行った。インドの紳士は、部屋にはいってきたセーラの表情がすっかり明るくなっているのを見た。

セーラはカリスフォード氏のすわっている椅子の正面に立ち、両手を胸の前で握りしめて、話しかけた。

「おじさまが、いろいろなものを届けてくださったのですね？」セーラは歓びを抑えきれない声で言った。「うつくしい、すばらしい品々を……。おじさまが届けてくださったのですね！」

「そうだよ、お嬢ちゃん、わたしだったのだ」カリスフォード氏が答えた。長きにわたった病気と心痛からすっかり弱々しくなってしまっていたが、セーラを見つめる眼差しには、セーラの父親を思い出させる温かな光があった。愛情あふれる眼差し、この子を両腕に抱きしめたいと願っている眼差しだ。セーラは思わずカリスフォード氏のかたわらへ行って、床にひざまずいた。この世でいちばん大好きな父親、この世でいちばん心の通じあう友だった父親といっしょに過ごしたときも、セーラはこうして父のかたわらにひざまずいてよりそっていたものだった。

「つまり、わたしのお友だちは、おじさまだったのですね？」セーラは言った。「わたしのお友だちは、おじさまだったのですね！」セーラは痩せ細ったカリスフォード氏の手に顔を近づけ、何度も何度もキスをした。

「三週間もあれば、きっと体調も元どおりになるだろうよ」カーマイケル氏がかたわらにいる妻にささやいた。「ほら、もう表情が明るくなっている」

実際、カリスフォード氏はすでに別人のように見えた。ようやく〈ちい奥様〉が見つかって、さっそく新しいことを考えたり計画したりしはじめたからだ。まず最初に片づけなければならないのは、ミンチン女史の件だった。ミンチン女史に会って、学校の一生徒の資産状況に生じた変化を説明しなくてはならない。

セーラはもう二度と学校にはもどらないことになった。この点については、インドの紳士は断固とした考えだった。セーラはこのままカリスフォード邸にとどまり、カーマイケル氏がミンチン女史に会いに出かけていくことになった。

「もどらなくていいのは、うれしいです」セーラは言った。「ミンチン先生は、ものすごく怒るでしょうから。ミンチン先生は、わたしのことが嫌いなのです。もしかしたら、わたしが悪いのかもしれませんけれど。だって、わたしもミンチン先生のことが嫌いなんですもの」

しかし、奇妙な偶然から、カーマイケル氏がミンチン女史に会いにいく必要はなくなった。ミンチン女史のほうから生徒を探して訪ねてきたのである。ミンチン女史は用事を言いつけようとしてセーラを探したのだが、聞きまわってみると、とんでもないことが明らかになった。小間使いの一人が、セーラが地下の勝手口からそっと出かけていくのを見たと言うのだ。コートの下に何かを隠し持っているように見えたという。しかも、セーラが隣家の正面階段を上がって家にはいっていくところも見たという。

「いったい、どういうつもりでしょうね！」ミンチン女史はアミリア嬢に言った。

「さあ、わたしにはわかりませんわ、お姉様」アミリア嬢が答えた。「お隣の方とお友だちになったのでしょうか、インド帰りのよしみで」

「あの子のやりそうなことだわ。図々しく押しかけて、人前にしゃしゃり出て同情を買おうとするなんて」ミンチン女史が言った。「むこうにお邪魔して、もう二時間にもなるはずです。そのようなぶしつけは許しません。これから出かけていって、事情をよく聞いて、失礼を謝ってきます」

セーラはカリスフォード氏の膝もとに置いた足のせ台に腰をおろして、カリスフォード氏の話に耳を傾けているところだった。セーラに説明しておかなくてはならないいろいろな話があったのだ。そこへ、ラム・ダスが客の来訪を告げた。

セーラは思わず立ち上がり、いくぶん青ざめた顔になった。しかし、カリスフォード氏の目に映るセーラは、ふつうの子供のようなおびえた顔は見せず、落ち着いてその場に立っていた。

ミンチン女史が厳格な表情で肩をいからせて部屋にはいってきた。こういう訪問にふさわしいきちんとした服装で、作法には一分の隙もなかった。

「カリスフォード様のお邪魔をいたしまして、恐縮でございます」ミンチン女史は言った。「ご説明させていただきたい件がございまして、うかがいました。わたくしはミンチンと申します。おたくのお隣で上流女子寄宿学校を経営いたしております」

インドの紳士は、人品を見定めるような目つきでミンチン女史を一瞥した。もともとカリスフォード氏は気の短い性格だったが、できるだけ感情を爆発させないよう自分を律していた。

「なるほど、あなたがミンチンさんですか」カリスフォード氏が言った。

「はい、さようでございます」

「そういうことならば、ちょうどいいときにおいでくださった。わたしの弁護士であるカーマイケル氏が、いまからそちらをお訪ねしようとしていたところです」

カーマイケル氏が会釈すると、ミンチン女史は驚いた顔でカーマイケル氏からカリスフォード氏へと視線を移した。

「弁護士さん……ですか！　どういうことでございましょう？　わたくしは立場上の

必要があってお邪魔いたしたまででございます。わたくしどもの生徒、それもお情けで置いてやっている者が、厚かましくもこちら様にお邪魔しているということを聞きましたので。その者がわたくしの許可なくお邪魔したのだということを釈明しに参りましたのです」ここでミンチン女史はセーラのほうに向きなおり、「いますぐ、家に帰りなさい！」と叱りつけた。「こんなことをして、厳罰ですからね。さっさと、家に帰りなさい」

インドの紳士はセーラを自分のほうへ引き寄せ、その手を優しくたたいた。

「この子は帰りませんよ」

ミンチン女史は、自分の頭がおかしくなったのかと思った。

「帰らない……と？」

「そうです」カリスフォード氏が言った。「この子は、〈家〉には帰りません――あなたがあの施設を〈家〉と呼ぶならの話ですが。この子は、今後はわたしといっしょに暮らすことになります」

ミンチン女史は、あまりの驚きと憤りに一瞬たじろいだ。

「あなた様と⁉　あなた様といっしょに⁉　いったいどういう意味でございましょうか？」

「カーマイケル、説明してさしあげてくれ」インドの紳士が言った。「手短に頼む」

カリスフォード氏はセーラをすわらせて、自分の手でセーラの両手を包んだ。これもセーラの父親がしたのと同じしぐさだった。

　カーマイケル氏が穏便に、淡々と、いかにも法律家らしい落ち着いたものごしで、法律にかかわることの次第をひとつひとつ説明した。ミンチン女史も経営者として話は理解したが、その内容は愉快なものではなかった。

「マダム、カリスフォード氏は亡くなられたクルー大尉とは非常に親しいご友人だったのです」カーマイケル氏が説明した。「クルー大尉は、ある大規模な投資事業において、カリスフォード氏の共同事業者でした。クルー大尉が失ったと思われた財産は回復されて、現在はカリスフォード氏が管理しておられます」

「財産、でございますか！」ミンチン女史の声が大きくなった。「セーラの財産、ということでございましょうか！」そう叫びながら、ミンチン女史は顔面蒼白になった。

「そういうことになります」カーマイケル氏が冷淡な口調で答えた。「実際、現在すでに、セーラさんの財産ということになります。いろいろな経緯があって、セーラさんの財産は莫大な額に増えました。ダイヤモンド鉱山の経営が軌道に乗りましたのでね」

「ダイヤモンド鉱山！」ミンチン女史の息づかいが荒くなった。もしほんとうならば、これはミンチン女史の生涯で最悪の失敗を意味することになる。

「そう、ダイヤモンド鉱山です」そう言ったあと、カーマイケル氏は法律家らしからぬ茶目っ気のある笑顔で、こう付け加えた。「ミンチンさん、世にプリンセスはたくさんおりますが、あなたがお情けで置いてやっていたセーラ・クルー嬢ほど大金持ちのプリンセスにはめったにお目にかかれないでしょうな。こちらのカリスフォード氏は、もう二年近くもこの子を探しておられたのですよ。そして、ついに見つけた。だから、これからは彼女を引き取ることになります」

そのあと、カーマイケル氏はミンチン女史に椅子をすすめ、ことの次第を詳細に説明した。セーラの将来がいっさい心配ないものであることから始まって、いちどは失われたと思われた財産が一〇倍にもなってセーラの手にもどってきたことまで、いささかの疑問の余地もないほど明白に、ミンチン女史に説明して聞かせた。また、これからはカリスフォード氏がセーラの友人であるとともに後見人となることも説明した。

ミンチン女史は、頭の切れる女ではなかった。この期に及んで、女史は取り乱した。自分が目先の損得に執着したばかりに失ってしまったものをどうにも諦めきれなくて、愚かにも破れかぶれの抵抗を試みたのである。

「そちら様がセーラを見つけられたとき、セーラはわたくしの監督下にありました」ミンチン女史は反論した。「わたくしは、一から十まで、できるだけのことをしてセーラの面倒を見てまいりました。わたくしの庇護がなければ、あの子は道端で飢え死にしていたでしょう」

ここに至って、インドの紳士が怒りを爆発させた。

「道端で飢え死にしたほうが、おたくの屋根裏部屋で餓死するより楽に死ねたことだろうよ!」

「クルー大尉は娘さんをわたくしどもに託していかれたのです」ミンチン女史は食い下がった。「セーラは成人するまで、わたくしどもの学校で過ごさなくてはなりません。ふたたび特別寄宿生として処遇することも可能です。とにかく教育を修了しなくてはなりません。法律もわたくしの主張を認めてくれるはずです」

「まあまあ、ミンチンさん」カーマイケル氏が口をはさんだ。「法律はそのようには使えませんよ。もしセーラさんご自身が学校にもどりたいとおっしゃるのであれば、カリスフォード氏もそれを止めるようなことはなさらないだろうと思いますが。いずれにしても、セーラさんしだいです」

「それでは、セーラに話をさせていただきましょう」ミンチン女史が言った。「わたくしは、たしかにあなたを甘やかすようなことはしませんでしたけれども」ミンチン女史はセーラに向かって、取ってつけたような口をきいた。「けれども、あなたのお父様があなたの勉強の進みぐあいに満足なさっていらしたことは、わかっているでしょう。それに……オホン……わたくしは以前からずっとあなたのことが好きでしたし」

セーラはグリーン・グレーの瞳でまっすぐ冷静にミンチン女史を見つめた。ミンチン女史が何よりも嫌っていた態度だ。

「そうでしたか、ミンチン先生？　そうとは存じませんでした」セーラは言った。

ミンチン女史は顔を赤く染めて、肩をそびやかした。

「知らなかったとは、情けないですね。しかし、まあ、子供というものは残念ながら自分にとって何が最善かをわかっていないものです。アミリアもわたくしも、いつも言っておりましたよ、あなたは学校でいちばん優秀な生徒だ、と。お父様とのお約束どおり、うちの学校にもどってはどうですか？」

セーラはミンチン女史のほうに一歩踏み出して、すっくと立った。身寄りがなくなったと聞かされた日のこと、学校から放り出されそうになった日のことが思い出された。屋根裏部屋でエミリーとメルキゼデクだけを友に過ごした寒くひもじく孤独な時間が思い出された。セーラはミンチン女史の顔をまっすぐに見返して言った。

「わたしがなぜ学校にもどりたくないか、よくわかっていらっしゃるはずです、ミンチン先生。よくわかっていらっしゃるはずです」

ミンチン女史は怒りで顔を真っ赤にこわばらせた。

「もう二度とうちの生徒たちとは会えなくなりますからね」ミンチン女史が口を開いた。「アーメンガードにも、ロティにも、会わせないように――」

カーマイケル氏が丁重だが断固とした態度で割ってはいった。

「失礼ですが、マダム、クルー嬢が誰と会おうと、それはクルー嬢の自由です。クルー嬢の後見人のお宅に招待されたならば、ご学友の親御さんがたはお断りにはならないだろうと思いますよ。まあ、カリスフォード氏がお決めになることですがね」

とうとうミンチン女史も引き下がらざるをえなかった。これでは、怒りっぽくて姪が受けた扱いにすぐ腹をたてる独身で偏屈者の伯父が出てきた、というよりもっと始末が悪い。ミンチン女史の勘定高い頭をもってすれば、自分の子供がダイヤモンド鉱山を相続した少女と友だち付き合いすることに反対する親などまずいないだろうということは、簡単に察しがついた。しかも、もしカリスフォード氏が生徒の親たちにセーラ・クルーがいかに不当な扱いを受けていたかを話す気になれば、学校にとってありがたくない事態がいろいろ生ずるであろうことも予想できた。

「面倒なことをお引き受けになりましたわね」ミンチン女史は、去り際にインドの紳士に向かって言った。「すぐにおわかりになりますでしょう。その子は正直でもありませんし、感謝の心もありません」そして、セーラに向かって、「これでまたプリンセス気取りになれますね、けっこうだこと」と言い放った。

　セーラはうつむいて、少し顔を赤らめた。自分の大好きな〈空想ごっこ〉は、事情を知らない人には、たとえその人がいい人でも、初めはなかなか理解してもらえないかもしれないと思ったのだ。

「わたしはプリンセスの心がけを忘れないように努力してきました」セーラは静かな声で答えた。「どんなに寒くても、どんなにひもじくても、心の中だけはプリンセスでいようと」

「ならば、これからはわざわざ努力する必要もありませんね」辛辣な言葉を吐いたミンチン女史を、ラム・ダスが丁重なおじぎとともに部屋から送り出した。

学校にもどったミンチン女史は自分の部屋にはいり、すぐにアミリア嬢を呼びつけた。そして、午後のあいだずっとアミリア嬢と二人で部屋にこもっていた。気の毒に、アミリア嬢はたっぷりと不愉快な時間を過ごすことになった。アミリア嬢は盛大に涙を流し、目もとをハンカチで何度もぬぐった。そして、間の悪いときに間の悪いことを口にしたせいで、ミンチン女史にこっぴどくどなりつけられそうになったが、それが思わぬ方向へ展開した。

「お姉様、わたしはお姉様ほど頭が良くはありませんわ」アミリア嬢は言った。「それに、わたしはいつもお姉様を怒らせるのが恐ろしくて、何も言わずにまいりました。でも、おそらく、わたしがこれほど臆病でなければ、学校のためにも、わたしたち二人のためにも、はっきり言ったほうが良かったかもしれませんわね。この際、言わせていただきますけれど、お姉様がセーラ・クルーにあんなにつらく当たらなければいいのに、もっとまともな服を着せて気持ちよく暮らせるようにしてあげればいいのに、と、わたし、何度思ったかしれません。わたし、ちゃんと見ておりましたわ、セーラ・クルーがあの年ごろの子供にはきつすぎる労働をさせられていたことも、そして、必要な食事の半分も食べさせてもらっていなかったことも――」

「よくもそんなことが言えるわね！」ミンチン女史が大声を出した。

「よくもかどうか、知りませんけれど」開き直ったアミリア嬢が勇気をふるって言い返した。「でも、いったん口に出しかけたからには、言ってしまったほうがいいでしょう、わたしに何が起ころうとも。あの子は賢い子でしたし、良い子でした。お姉様が親切にしてあげたならば、その恩に報いてくれただろうと思います。でも、お姉様はあの子にいっさい親切にしませんでした。ほんとうのことを言うならば、あの子はお姉様よりはるかに賢かったのです。だからこそ、お姉様はいつもあの子を嫌っていらしたのでしょう。あの子はわたしたちの本質を見抜いていたのです――」

「アミリア！」カンカンに怒ったミンチン女史が息を切らしながらどなった。ベッキーにしょっちゅうしているように、アミリア嬢のキャップが吹っ飛ぶほどの平手打ちを食らわしそうな勢いだった。

しかし、とことん幻滅しきったアミリア嬢はヒステリックになって、もうどうにでもなれと思っているようだった。

「そうよ！　見抜いていたのです！　あの子はわたしたちを見抜いていたのです！　お姉様が血も涙もない欲得ずくの女だということも、わたしが気の弱いバカだということも、そして、わたしたち二人ともあの子のお金の前にひれ伏す下品でさもしい人間だということも、お金がなくなったとたんあの子につらく当たるような人間だということも。それでも、あの子は物乞い同然の身に落ちてさえも小さなプリンセスのように気高かったわ。そうよ、あの子は小さなプリンセスのようにりっぱでしたわ！」気の毒なアミリア嬢はヒステリーを起こして、笑いながら泣きわめき、からだを前後に揺さぶりはじめた。ミンチン女史はそんな妹の姿を呆然と見つめるばかりだった。

「そう、お姉様はあの子を失ったのよ」アミリア嬢はすっかり取り乱して泣きながらわめき散らした。「どこかよその学校が、あの子とあの子のお金を手にするのでしょうよ。そして、あの子がふつうの子供ならば、この学校でどんな仕打ちを受けていたかをしゃべるでしょうよ。そしたら、うちの生徒の親たちが子供を引きあげて、わたしたちは破産だわ。それも当然の報いでしょう。だけど、いい気味なのは、わたしよりもお姉様のほうですわ。だって、マリア・ミンチン、あなたは血も涙もない、自分勝手で欲得ずくの女なんですもの！」

アミリア嬢がヒステリックに大声でむせび泣いたりわめき散らしたりしそうになったので、ミンチン女史はしかたなく妹に薬用の塩や気付け薬を飲ませて落ち着かせなければならず、妹の出すぎた物言いに対して怒りを爆発させる余裕もなかった。

そして、そのときを境に、ミンチン女史は妹を頭から見くびることはしなくなった。というのも、アミリア嬢は頭が弱そうに見えるものの、実際には外見ほど愚かではなく、したがって、ときとして耳に痛い真実を言い放ったりするおそれもあったからである。

その晩、いつものように就寝前に生徒たちが教室の暖炉の前に集まっていたところへ、アーメンガードがはいってきた。手に手紙を握りしめ、丸い顔に奇妙な表情を浮かべている。奇妙な表情になっていたのは、うれしくて心がわくわくしている半面、ついいましがた受けたショックと呼びたいほどの驚きもまた顔に表れていたからである。

「いったいどうしたの？」二、三人の生徒が声をかけた。

「さっきから続いてる口げんかと関係あること？」ラヴィニアが勢いこんで尋ねた。

「ミンチン先生のお部屋ですごい口げんかだったわよ。アミリア先生がヒステリーみたいになって、寝込んじゃったんですって」

　アーメンガードは、なかば呆然とした表情で、のろのろと答えた。「いまさっき、セーラからお手紙が届いたの」アーメンガードは手に持った手紙を差し出して、どんなに長い手紙なのかをみんなに見せた。

「セーラから!?」みんながいっせいに声をあげた。

「セーラ、どこにいるの？」ジェシーが甲高い声で聞いた。

「お隣の家よ」アーメンガードの口調は、あいかわらず歯切れが悪い。「インドの紳士の……」

「どこ？　どこだって？　セーラは追い出されたの？　ミンチン先生はご存じなの？口げんかはそのことだったの？　お手紙はなんて書いてあるの？　教えて！　教えて！」

　みんな口々に声をはりあげ、ロティはしくしく泣きだしてしまった。

　この場面で最も重大かつあらためて説明するまでもないことをみんなに告げる役目にまつりあげられた格好のアーメンガードは、のろのろとみんなの質問に答えた。

「ほんとうにダイヤモンド鉱山があったのよ」アーメンガードはきっぱりと言い切った。「ほんとうにあったの！」

　みんなの口があんぐり開き、目が大きく見開かれた。

「本物だったのよ」アーメンガードは急いで言い足した。「何もかも誤解だったの。ちょっとのあいだ問題があって、カリスフォードさんが自分たちは破産したんだと思いこんで……」

「カリスフォードさんって、誰？」ジェシーが叫んだ。

「インドの紳士。クルー大尉もそう思ったんですって。それで亡くなってしまったの。カリスフォードさんも脳炎になって、逃げ出して、それで自分も死にそうになったんですって。それで、セーラがどこにいるのか、わからなくて……。それで結局、鉱山には何百万ものものすごくたくさんのダイヤモンドがあることがわかったんですって。で、その半分がセーラのものなの。セーラが屋根裏部屋でメルキゼデクしか友だちがいなくてひとりぼっちだったあいだも、コックにこき使われていたあいだも、セーラはダイヤモンド鉱山の所有者だった、というわけ。それで、きょうの午後、カリスフォードさんがセーラを見つけて、自分の家に引き取ったんですって。もうセーラは二度とここへはもどってこないって。それで、いままでよりもっとずっとすごいプリンセスになったのよ。これまでの一五万倍もすごいプリンセスに！　それで、わたしはあしたの午後、セーラに会いにいくことになったの。そういうこと！」

　そのあとに起こった大騒ぎは、たとえミンチン女史でも収拾不可能だったにちがいない。騒ぎはミンチン女史の耳にも届いていたが、ミンチン女史は何も手を打たなかった。自分の居室ではアミリア嬢がベッドに倒れこんで泣きじゃくっており、それに対処するのに精一杯で、それ以上のことに立ち向かう気力がなかったのだ。こういう話がどうやって壁のむこうまで伝わるのか不思議きわまりないが、とにかく、召使いも生徒たちもみんな寝るまでこの話で持ちきりになるだろうということは、ミンチン女史にも想像がついた。

そんなわけで、どうやら今夜は何をしてもお咎めがないらしいと察した生徒たちは、真夜中近くまで教室でアーメンガードのまわりに群がって、何度もくりかえしセーラからの手紙を読み聞かせてもらった。手紙に書かれていたことは、セーラが自分で作り出したさまざまなすばらしい物語に負けないくらいわくわくする話だったし、それが現実にセーラ自身の身に起こったこと、そしてすぐ隣に住む神秘的なインドの紳士の身に起こったことだと思うと、なおいっそう心躍る話なのだった。

ベッキーも、この話を聞いた。その晩は、運よくいつもより早く階上へ引きあげることができた。ベッキーはみんなから離れて、もういちどだけあの魔法の屋根裏部屋を見ておきたいと思った。屋根裏部屋がこのあとどうなるのか、ベッキーにはわからなかったが、あの部屋がミンチン女史の手にそのまま残されるとは思えなかった。きっと何もかも片づけられて、以前のようにむきだしでがらんとした部屋にもどるのだろう。セーラのためにはこれでよかったのだと思いつつも、ベッキーは屋根裏部屋へ続く最後の階段を上がりながら、のどに熱いものがこみあげてきて、涙で目の前がにじんだ。今夜はもう暖炉の火は燃えていないだろうし、バラ色のランプもないだろう。夜食もないし、暖炉の火に照らされて本を読んだりお話を語ったりしてくれるプリンセスもいない。そう。もうプリンセスはいないのだ！

ベッキーは泣きそうになるのをこらえて、屋根裏部屋のドアを押し開けた。そして、小さな叫び声をあげた。

部屋はバラ色のランプの光に満たされ、暖炉には火が燃えさかり、夜食が用意されていた。そして、部屋の中央にはラム・ダスが立ち、驚いているベッキーを笑顔で迎えた。

「お嬢様は、忘れていません」ラム・ダスが言った。「お嬢様は旦那様にすべて話しました。お嬢様は、自分の身に起きた幸運をあなたに知ってほしいと思っています。そこのトレイの上の手紙を読んでください。お嬢様が書いた。あなたが悲しい気持ちで眠らないように。あした旦那様のところへ来るようにと、旦那様からのお言葉です。あなたはお嬢様の侍女になる。この部屋のものは、今夜、わたしが屋根を伝って片づけます」

にこやかな顔でそれだけ言うと、ラム・ダスは小さくおじぎをしたあと、天窓からするりと抜けて出ていった。物音ひとつたてない敏捷な身のこなしを見て、ラム・ダスがこれまでのことをいかに楽々とやってのけたのか、ベッキーにもわかったのだった。

第19章　アン

〈大きな家族〉の子供部屋がこれほどの喜びに包まれたことは、いまだかつてなかった。〈物乞いじゃない女の子〉と親しく知りあうことがこれほどの楽しみをもたらすとは、誰ひとり夢にも思わなかった。これまでたくさんの苦難や珍しい経験を乗り越えてきたというだけでも、その子にはかけがえのない存在価値があった。誰もが、その子の身に起こったできごとを何度も何度もくりかえし聞きたがった。大きくて明るい部屋の中で、暖かい暖炉の火にあたりながら聞くぶんには、屋根裏部屋がどんなに寒かったかという話も楽しい物語として聞けた。屋根裏部屋の話は子供たちに大人気で、メルキゼデクの思い出話やテーブルの上に立って天窓から身を乗り出して外を眺めたときのスズメやいろいろな景色の話を聞いていると、寒くてがらんとした屋根裏部屋のわびしさもさほどつらいことではなく思えてしまうのだった。

もちろん、いちばん人気があったのは、晩餐会の話と、夢が本物になったときの話だった。セーラが初めてその話をしたのは、インドの紳士がセーラを見つけた翌日のことだった。〈大きな家族〉の何人かがお茶の時間に訪ねてきて、みんなで暖炉の前の敷物にすわったり丸くなったりしていたときに、セーラがまるで眼前に見るように物語を話して聞かせたのだった。インドの紳士はセーラの話に耳を傾け、セーラを見守っていた。語りおえたセーラはインドの紳士を見上げ、紳士の膝に片手を乗せて、言った。

「これがわたしの側から見たお話です。こんどはトムおじさまの側から見たお話を聞かせてくださいませんか?」インドの紳士はセーラに、自分のことをこれからは「トムおじさま」と呼んでほしい、と望んだのだった。「わたし、おじさまの目から見たお話はまだ聞いたことがありません。きっと、すてきなお話にちがいないと思うの」

そこで、こんどはカリスフォード氏が語りはじめた。からだの具合が悪くて退屈でいらいらしながらひとりきりで部屋にすわっていたときに、ラム・ダスが気晴らしに外を通りかかる人たちのようすを描写して聞かせてくれたこと。そのなかに、誰よりも頻繁に通りかかる子供が一人いたこと。カリスフォード氏が、その子供に関心を抱くようになったこと。おそらく、ある少女のことがいつも気にかかっていたことも理由の一つだったのだろう。また、ラム・ダスから猿が逃げ出したときにその子の住む屋根裏部屋を見たという話を聞いていたことも、理由の一つだったように思われる。ラム・ダスは、その子の住む屋根裏部屋がひどく粗末だったこと、その部屋に住んでいる子供の立ち居ふるまいが下働きや召使いの階級に属する人たちの態度とはちがっていたこと、を主人に話して聞かせた。それから少しずつ、ラム・ダスはその女の子のみじめな境遇を知るようになった。また、数メートルしか離れていないその子の屋根裏部屋の天窓まで、屋根を伝って行けば苦もなく行けることも、ラム・ダスは知っていた。そして、このことが、すべての始まりとなったのだった。

「旦那様」ある日、ラム・ダスが言った。「わたしがスレート屋根を伝って行けば、あの子がお使いに出かけているあいだに、屋根裏部屋の暖炉に火をおこしてあげることができます。雨に濡れてこごえながら帰ってきて、部屋の中で暖炉の火が燃えているのを見たら、あの子は魔法使いがやったと思うことでしょう」

そのアイデアが夢のように楽しく思われて、カリスフォード氏の憔悴した顔に笑みが浮かび、それを見たラム・ダスはすっかりうれしくなって、そのアイデアだけでなくもっとほかのことも簡単に実行できます、と主人に話した。ラム・ダスは子供のようにはしゃいで次々にいろいろなことを思いつき、その計画を実行するための準備を進めることで、長く退屈だった日々が楽しく過ぎていった。晩餐会の〈空想ごっこ〉が無残な結末に終わったその夜も、ラム・ダスは一部始終を見ていた。魔法を実行するための荷物は、すでにラム・ダスの屋根裏部屋にそろっていた。計画を手伝うことになった相棒も、この奇妙な冒険にはラム・ダスに劣らず夢中になり、いっしょに屋根裏部屋に待機していた。晩餐会が破滅的な結末に終わったとき、ラム・ダスはスレート屋根にぴたりと身を伏せて、天窓からそのようすをうかがっていた。そして、疲れはてたセーラはぐっすり眠ってしまうにちがいない、と踏んだ。セーラが眠りに落ちたあと、ラム・ダスは光を暗く絞ったランタンを持って部屋に忍びこみ、相棒が外からいろいろな荷物をラム・ダスに手渡した。セーラがほんのかすかでも身動きするたびに、ラム・ダスはランタンのスライド式の蓋を閉めて、床にぴたりと身を伏せた。こんな話や、それ以外にもわくわくするような話を、子供たちはあれやこれや無数の質問をして聞き出したのだった。

「おじさまがわたしのお友だちだったなんて、ほんとうにうれしいです」セーラが言った。

カリスフォード氏とセーラは、無二の親友になった。どういうわけか、二人はすばらしく気が合った。インドの紳士は、セーラほど好きになれる友人に出会ったことがなかった。一カ月もたつと、カーマイケル氏が予言したとおり、カリスフォード氏は別人のように元気になった。いつも楽しそうで、いろいろなことに興味を抱いて、それまで重荷としか思えなかった巨万の富でさえ、楽しんで使いみちを考えるようになった。セーラのためにしてやりたいすてきな計画がいっぱいあったのだ。セーラとカリスフォード氏のあいだでは、ちょっとしたジョークのような決めごとがあった。カリスフォード氏は魔法使いである、ということになっていたのだ。セーラを驚かせることをいろいろ考えつくのが、カリスフォード氏の楽しみになった。ある日にはセーラの部屋に美しい花がいっぱい飾られていることもあったし、ある日には枕の下にちょっとしたプレゼントが忍ばせてあることもあった。そして、ある日の晩には、二人が部屋でくつろいでいたところへ大きな前足でドアをひっかく音がしたので、セーラがドアを開けてみると、そこに大きな犬がいた。みごとなロシアン・ボアハウンド[1]で、金と銀のりっぱな首輪をつけていて、「ぼくはボリス、プリンセス・セーラにお仕えします」というメッセージが浮き彫りになっていた。

インドの紳士が何より好んだのは、小さなプリンセスがぼろに身を包んでいたころの思い出話だった。〈大きな家族〉のみんなやアーメンガードやロティが遊びに来る午後もとても楽しい時間だったけれども、セーラとインドの紳士が二人きりでゆっくりと本を読んだり話したりして過ごす時間は、何にも代えがたい楽しみだった。そういうときに、いろいろなできごとが起こった。

ある晩、読んでいた本から目を上げたカリスフォード氏は、セーラがしばらく前からじっと動かずに暖炉の火を見つめているのに気がついた。

「こんどは何を考えているのかな、セーラ?」カリスフォード氏が尋ねた。

セーラが顔を上げた。頰に赤みがさしている。

「たしかに、考えごとをしていたんです」セーラは言った。「あのひもじかった日のことと、その日に見かけた女の子のことを思い出していたんです」

「しかし、ひもじい日はたくさんあったのじゃないかね？」インドの紳士は、ちょっと悲しそうな声で言った。「いつのひもじい日だったのかな？」

「忘れていました、まだお話ししていませんでしたね」セーラが言った。「夢が現実になった日のできごとでした」

そして、セーラはパン屋でのできごとを紳士に話して聞かせた。ぬかるみの中で四ペンス銀貨を拾ったこと、自分よりもっとひもじそうな女の子がいたこと。セーラはごく簡単に、出来るだけ言葉少なに話したのだが、インドの紳士は片手で目を覆って、敷物に視線を落とさずにはいられなかった。

1　イノシシ狩りに使われた猟犬。現在のグレート・デーンに似ているが、もっと大型であったらしい。

「それで、わたし、ある計画を考えていたんです」話しおわったセーラが言った。「やりたいことがあるのです」

「何かね？」カリスフォード氏が低い声で言った。「何でもやりたいことをしていいのだよ、プリンセス」

「わたし、考えていたんです」セーラが少しためらいがちに言った。「その……おじさまは、わたしがとてもお金持ちだとおっしゃったでしょう？　それで、わたし、パン屋のおかみさんに会いに行って、こんな話をしたらどうかと思ったのです。もし、お腹をすかせた子供たちが――とくにひどい天気の日なんかに――パン屋の店先に来て腰をおろしていたり、お店のショーウィンドーをのぞいたりしていたら、その子たちを店に入れてやって何か食べるものをあげてもらえませんか、お勘定はわたしがお支払いしますから、って。そういう話を持ちかけてもいいものでしょうか？」

「あすの朝、さっそく行ってみよう」インドの紳士が言った。

「ありがとうございます」セーラが言った。「わたし、お腹がすくのがどういうことか、知っています。どんなに〈空想ごっこ〉をしてもひもじさが消えないときは、

カリスフォード氏は、セーラがじっと暖炉の火を見つめているのに気がついた。

とってもつらいものです」

「ああ。そうだね、よくわかるよ」インドの紳士は言った。「そうだね。そうにちがいない。早く忘れられるといいね。わたしのそばへ来て、この足のせ台にすわりなさい。そして、きみはプリンセスだということだけを考えればいいのだよ」

「そうですね」セーラはほほえんだ。「プリンセスならば、民衆にパンを与えてあげることができますものね」セーラはインドの紳士の膝もとにある足のせ台に腰をおろし、インドの紳士（本人が、たまにはこう呼ばれることも望んだ）がセーラの小さな頭を自分の膝に抱き寄せて、黒髪をなでた。

翌朝、窓の外に目をやったミンチン女史は、おそらく何よりも不愉快な光景を目にすることになった。大きな馬を二頭つないだ馬車が隣の家の前に止まり、インドの紳士と小さな人影が階段を下りて馬車に乗りこむところが見えたのだ。柔らかくて上等な毛皮に身を包んだその小さな人影は、よく見おぼえのある姿で、ミンチン女史に過ぎた日々のことを思い出させた。そして、二人のあとにも見おぼえのある人影が付き従っていた。じつにいまいましい光景だった。それはベッキーで、嬉々としてセーラの付き添いをつとめ、いつも若き女主人のあとについて膝掛けや持ち物を馬車まで運ぶのだった。ベッキーも、すでに顔がふっくら丸くなり、頰がピンク色になっていた。

少し走って、馬車はパン屋の前に止まった。乗っていた二人が馬車から降りたとき、ちょうど、パン屋のおかみさんが焼きたてほかほかの丸パンをショーウィンドーに並べているところだった。

セーラが店にはいっていくと、パン屋のおかみさんがふりむいてセーラの顔を見た。そして、丸パンを並べたあと、カウンターの奥にもどった。少しのあいだ、おかみさんはセーラをじっと見つめていたが、やがて人の好さそうな顔がぱっと明るくなった。

「たしか、あのときのお嬢さんですね、おぼえていますよ」おかみさんが言った。

「ただ、その——」

「ええ、そうです」セーラが言った。「あのとき、四ペンスで丸パンを六個くださいましたね。そして——」

「そして、お嬢さんはそのうちの五個を物乞いの子供にやったんでしたよね」おかみさんが言葉を引き取った。「あのことは、忘れませんよ。最初はどういうことなのか、さっぱりわかりませんでしたけどね」パン屋のおかみさんは、インドの紳士のほうに向きなおって、続きをしゃべった。「失礼ですがね、旦那さん、こんなに小さいのに他人のひもじさをあんなふうに思いやれる子どもなんて、めったにおりませんからね。わたしはその後もあの晩のことを何度も考えましたよ。失礼なことを申し上げるようですけど、お嬢さん」――と、おかみさんはこんどはセーラに向かってしゃべった――「ずいぶんと顔色が良くなられて、それに……その……あの晩にくらべると、その……」

「ええ、ずいぶん元気になりました。ありがとうございます」セーラは言った。「それに、ずっと幸せになりました。きょうは、お願いしたいことがあって伺ったのです」

「あたしにですか⁉」パン屋のおかみさんが声をあげ、うれしそうに笑った。「それは、まあ！　ええ、ようございますよ、お嬢さん。何をしてさしあげましょう？」

セーラはカウンターに身を乗り出して、ひどい天気の日にお腹をすかせた浮浪児がいたらパンを恵んでやってほしい、というささやかな提案をもちかけた。

おかみさんはセーラをじっと見たまま、驚いた顔で話を聞いていた。

「それは、まあ！」話をぜんぶ聞きおわったおかみさんは、さっきと同じ言葉を口にした。「喜んでやらせていただきますよ。あたしも稼いで食っていかなきゃならない身ですから、自分の力だけじゃたいしたことはできませんけど、それにこの世はどっちを見てもつらい光景だらけですけど、でも失礼ながら言わせてもらうなら、あたしもあの雨の午後以来、けっこうたくさんのパンを恵んでやってるんですよ、お嬢さん、あなたのことを思って。あなたがどれだけずぶ濡れで、こごえて、どれだけひもじそうな顔をしてたか、って。それでも、あなたは自分の温かいパンを他人にくれてやったんですから。まるでプリンセスみたいに」

それを聞いて、インドの紳士は思わずにっこりした。セーラも少しほほえんだ。丸パンをむさぼり食う少女のぼろをまとった膝の上にパンを置いてやりながら自分に言い聞かせていた言葉を思い出したのだ。

「あの子はとってもひもじそうに見えたんですもの」セーラは言った。「わたしよりもっとひもじそうでした」

「あの子は飢え死に寸前だったんですよ」パン屋のおかみさんが言った。「あれ以来、あの子から何度その話を聞いたことか——雨の中、お腹をすかしてあそこにうずくまってたとき、オオカミにはらわたを食いちぎられるような感じだったんだ、って」

「あら、それでは、あのあともあの子にお会いになったことがあるんですか?」セーラが声をあげた。「あの子がどこにいるか、ご存じなのですか?」

「ええ、存じておりますとも」おかみさんは、人の好さそうな顔をますますほころばせて答えた。「あの子はね、そこの奥の部屋にいるんですよ、お嬢さん。もう一カ月くらいになるでしょうかね。ちゃんとした、いい子になってきていますよ。店先でも、奥の調理場でも、とってもよくやってくれていますよ、信じられないくらいですよ、あの子がどうやって生きてきたかを考えると」

　パン屋のおかみさんは店の奥の小さな部屋に通じるドアのところへ行って、声をかけた。すると、女の子が顔を出し、おかみさんについてカウンターの奥まで出てきた。たしかに、あのときの物乞いの女の子だったが、清潔できちんとした身なりをしていて、もう長いこととひもじさとは無縁なように見えた。少し内気なようすだが、かわいい顔をしていて、あのときの野蛮な浮浪児ではなく、血走ったような目つきは消えていた。女の子は一目見ただけでセーラのことがわかり、その場に立ったまま、穴の開きそうなほどセーラを見つめた。

「まあ、こんなわけでしてね」と、おかみさんが言った。「この子に、ひもじいときは店においで、って言ってやったんですよ。そして、店に来るたびに、ちょっとした仕事をやらせてみたんです。そしたら、やる気はあるし、そのうちにあたしもこの子がかわいくなっちゃいましてね。それでけっきょく、この子をうちに置いてやることにしたんです。よく手伝ってくれるし、行儀もいいし、感謝の心もちゃんとあるし。この子、アンって言う名前なんです。名字はないそうです」

セーラとアンはその場に立ったまま、数分のあいだ、おたがいに見つめあっていた。そのうちに、セーラがマフから手を出して、カウンターごしに手を伸ばし、アンがその手を握って、二人はまっすぐに相手の目をのぞきこんだ。

「ほんとうに良かったわ」セーラが言った。「わたし、いま、いいことを思いついたの。きっと、こちらのブラウンさんは、子供たちにパンをあげる役目をあなたにやらせてくださると思うわ。あなたも、そうしたいでしょう？　だって、ひもじいつらさを、あなたは自分でよく知っているから」

「はい、お嬢様」と、女の子が言った。

なぜかはわからないけれど、そして女の子はほとんどしゃべらなかったけれど、セーラはその子に自分の気持ちが通じたと感じた。女の子はその場に立ちつくしたまま、セーラがインドの紳士と店を出ていったあとも、馬車に乗りこんで店をあとにする二人の後ろ姿をずっと見送っていた。

解説

安達まみ
（聖心女子大学教授）

今日、フランシス・ホジソン・バーネットといえば、『小公子』『小公女』『秘密の花園』という三冊の児童文学作品の作者として高い評価を得ている。とくに『秘密の花園』は最高傑作とみなされ、最近も映画化されるなど依然として人気がある。『小公子』と『小公女』のほうは、日本の読者にとっては、絶妙な題名のおかげで対作品の印象が強いけれども、原題はそれぞれ『小さなフォントルロイ卿』（*Little Lord Fauntleroy*）と『小さなプリンセス』（*A Little Princess*）であるから、厳密な対称性はない。どちらも、複数の文化を身に帯びた主人公が、イギリスの閉塞的な環境に移り住み、最終的にはハッピーエンドを迎える。『小公子』と『小公女』には多くの共通点が認められる一方で、いくつかの点でちがいもある。

第一に、制作年代が大きく異なる。『小公子』は一八八五年一一月から八六年一〇月にかけて『セント・ニコラス』誌に連載、八六年にアメリカとイギリスでほぼ同時に単行本として出版、戯曲版は八八年に初演された。一方、『小公女』の原型『セーラ・クルー――またはミンチン先生の学校で起きたこと』は『セント・ニコラス』誌に一八八七年一二月から八八年二月まで連載、イギリス（八八年）とアメリカ（八八年）で時を同じくして単行本として刊行された。『小公子』同様、人気を博したが、二万六〇〇〇語程度の中編小説で、登場人物も少なく、筋が唐突に展開する。それから一五年近くを経て、戯曲版が発表される（イギリス初演一九〇二年、アメリカ初演〇三年）。本書の作者による序文に従えば、戯曲が好評だったため、出版社に促されて作者が書き直したのがこの長編小説版である。戯曲版に登場する幼い少女ロティ、「紳士」メルキゼデクといった人物にあらたな人物が加えられ、中編小説にも登場するベッキーやアーメンガードといった人物にさらに立体感が与えられた。また、戯曲版に挿入された会話が長編小説版にも組みこまれた。そして、現在のかたちの長編小説『小公女――このたび初めて語られるセーラ・クルーのすべての物語』が出版されたのは、『小公子』の雑誌掲載からじつに二〇年後の一九〇五年だった。

　第二に、主人公ふたりの「身分」の含意が異なる。『小公子』のセドリックは生来的な資質と資格により、祖父の正統な跡継ぎとなるのであって、彼自身の内面は変化しない。伯爵位を継ぐべき運命にあるセドリックは、字義どおり生まれながらのプリンスである（Prince は公文書などで公爵、侯爵、伯爵に対応する称号）。一方、『小公女』のセーラは裕福なクルー大尉の娘だが、爵位があるわけではなく、生まれながらのプリンセスではない（とはいえ後述するように、「プリンセス」にはさまざまな含みがある）。当初から頭がよく思慮深い少女だったセーラは、運命の急転の結果、成長し、変わってゆく。大人にひどい扱いを受けても卑屈にならず、他者を思いやり、他者の役に立とうとする。ある意味でセドリックよりも読者に親しみやすく、いわば等身大の主人公である。

第三に、主人公の年齢、および作品の扱う歳月のちがいがある。セドリックの物語は一年足らずのできごとを語る。主人公が七歳のときに始まり、八歳の誕生日を寿ぐ祝祭で終わる。一方、セーラの物語はおよそ六年間におよぶ。物語の冒頭ではセドリックと同じ七歳だが、一一歳の誕生日パーティの席で父の訃報を受け、学校中の羨望の的から一転、無視と冷笑の対象となり、その後、二年ほど過ぎるので、結末では一三歳くらいになっている。こうした主人公の経験を数年間にわたり追ううちに、読者は彼女の内面について多くを知るにいたる。

以下、『小公女』の特徴を、四つの観点からみてみたい。

作者と『小公女』

前述のとおり、作者フランシス・ホジソン・バーネットは、一九〇五年、満を持して長編小説『小公女』を発表した。個人的な思い入れが強い作品と評されるゆえんである。

学校という設定からして、フランシスの個人史にその源泉を見いだせる。フランシスと妹たちは、マンチェスターでヘンリー・ハドフィールド運営の「上流子女学校」に学ぶ。しかし、『小公女』の冷酷で強欲なミンチン先生とは大ちがいで、この学校の教師だったハドフィールドの三人の娘はなにくれとフランシスと妹たちの世話を焼いてくれ、ハドフィールド家とホジソン家には家族ぐるみのつきあいがあった。当時のフランシスは、上の妹イーディスによると、のちにみずから創作するセーラ・クルーそっくりで、休み時間にクラスメートを愉しませるために物語を語り、皆に敬愛されていた。困ったひとのために労苦を厭わない強さもそなえていたという。

セーラがフランシスの分身であるという指摘にもっとも説得力を与えるのは、両者ともに想像力と他者に共感する力を駆使して人びとを喜ばせた点だろう。フランシスは一九歳からペン一本で家族を支え、作家としてのアイデンティティを築きあげた。快適な生活も、度重なるヨーロッパ旅行も、美しい邸宅も、自分の才覚で手に入れた。自分にとって価値あるものを守るために離婚も辞さなかった。当時の女性としては先進的な生き方である。『小公女』もまた、女性の意志の強さ、想像力、学習能力、教育、社会における役割について、読者にさりげなく問うことで、「女性の問題(Woman Question)」をめぐる議論に一石を投じている。

フランシスはアメリカとイギリスを頻繁に行き来しながら、一八九八年からは、イギリス南東部、ケント州ロルヴェンデンのメイサム館を借り、ここの薔薇園がお気に入りの仕事場になる。近くには小説家のヘンリー・ジェイムズとラドヤード・キプリングや俳優エレン・テリーがいた。天気のいい日には、白いドレスに身を包み、つば広の帽子をかぶって、薔薇園に持ちこんだテーブルに向かって坐り、多くの作品をものした。ここで中編『セーラ・クルー』に加筆し、現存の長編小説を完成させた。コマドリを餌づけし『秘密の花園』の着想を得たのもこの薔薇園だった。幼い子どもとのつきあいを好んだフランシスは、友人の娘や息子を館に招いてもてなした。一九〇一年の春に館を訪れた、パメラ・モードもそのひとりだった。パメラは戯曲版『小公子』でセドリックの母を演じた俳優ウィニフレッド・エメリーの娘だった。当時七歳のパメラは、花を摘んだり子羊をかわいがったり、フランシスが読み聞かせてくれた『セーラ・クルー』の物語の世界に遊んだりした。このとき、フランシスは幼い少女に読み聞かせながら、この作品にどのように肉づけできるかを考えたのかもしれない。

最晩年になっても、フランシスは子どもたちの想像力に訴えかけるのが得意だった。一九〇八年、彼女はニューヨーク州ロングアイランドのプランドームに邸宅を建てる。この邸宅には、メイサム館に住んでいたころに入手した、一七世紀ジェイムズ朝様式の戸棚があった。戸棚を開けると、なかはドールハウスのしつらえになっており、ミニチュアの調度品が置かれ、長年かけて蒐集された人形たちがいた。最晩年の作家を訪れたある少女は、人形は人間が見ていないときを見計らって、勝手に動き出すのよ、とセーラそっくりのことを作家に言われた。少女はその言葉どおり、戸棚を閉めたとたん、なかの人形に命が吹きこまれて動き出すのだと信じていたという。

帝国の娘

『小公女』は、『ハリー・ポッター』シリーズなどでおなじみの「(寄宿)学校物語」のジャンルに属する。主人公の母親はすでになく、父親は不在である。少女は学校の仲間たちと真夜中のパーティをしたりして楽しい秘密を共有するが、意地悪な上級生に嫉妬される。皆に疎まれる下級生や、甘やかされた金持ちの娘がいる。威圧的で冷酷な教師や、無能な教師がいる。

セーラの物語が属するもうひとつのジャンルは、おとぎ話である。庇護者を失い、虐げられて、つらい労働を強いられ、屋根裏部屋で寝起きさせられるセーラの姿は、おなじみのシンデレラを連想させる。そして、物語の結末では、学校物語やおとぎ話の筋にたがわず、苦労にもめげず健気にふるまう主人公が報われる。

さて、この小説で結末に向けての展開を起動させるのが、帝国主義的な仕掛けであろう。この仕掛けが、筋の転換点において、主人公に独特の心理的な枠組みを提供するのである。

フランシスが『セーラ・クルー』を執筆してから書き直して『小公女』として発表

するまで、すなわち一八八七年から一九〇五年の時期は、みごとに大英帝国の最盛期と重なる。本作においては帝国主義の思想が、個人の能力による逆境の克服というテーマと分かちがたく結びつく。

物語の前半、娘を溺愛する父親の経済力に支えられて、主人公セーラは何不自由ない生活を送っている。その富の出どころは英国領インドであり、セーラはいつか父の莫大な財産を相続すると思われている。幼いころから現地の召使いたちにかしずかれて育ち、「お嬢様（ミッシー・サーヒブ）」と呼ばれていたセーラの〈プリンセスらしさ〉を裏打ちするのは、彼女に内在する、大英帝国下の植民地インドに住む支配階層のイギリス人女性の理想像だ。

フランシス自身は一度もインドを訪れたことがなかった。そのため、小説のインドのイメージは、もっぱら彼女の想像のなかのインドであり、当時、流布していた帝国主義的なインドの言説に基づいている。セーラの人物像が連想させるのは、一九世紀から二〇世紀にかけて、帝国の植民地でくりひろげられるロマンスに登場する白人のイギリス人女性像、すなわち、意志が強く、善意にみち、よき家系の出で、兵士の資質をもち、逆境に屈することなく、男性に進んで協力する女性像である。英国の帝国主義テクストにおいて、逆境に発揮される女性の力は重要なテーマである。モード・ダイヴァーは著書『インドの英国婦人』（一九〇九）でこう述べる。「結局のところ、状況こそが人間の品格が試される究極の試練であり、インドは女性の品格を極限まで試すのです」。そしてセーラはこの「試練」をみごとにクリアし、インドですごした歳月に、自分のかけがえのなさの感覚を身につける。

物語の中盤（第11章）で、セーラがくじけそうになったとき、隣家のインド人の召使いラム・ダスとの出会いを契機に、プリンセス、つまりミッシー・サーヒブとしてふるまう決意をあらたにする。セーラの部屋に逃げこんだ猿をつれもどしに、セーラの許可をえたラム・ダスが屋根伝いにセーラの部屋にやってくる。インドに暮らしたセーラはミッシー・サーヒブとしての正しいふるまいを承知している。相手にヒンドスタニ語で話しかけ、人種の優位に裏打ちされて余裕のある、落ち着いた物腰で応対する。一方、ラム・ダスは「ヨーロッパ人の子供たちを扱い慣れている」ので、セーラにたいして恭しい態度で接する。

ラム・ダスが帰っていったあと、セーラは屋根裏部屋のまん中に立って、ラム・ダスの顔や礼儀作法が思い出させたたくさんのことを考えた。インド人の服装とうやうやしい態度を見たら、過去の記憶が一気によみがえってきたのだ。（……）わずか数年前までは、さっきのラム・ダスと同じような態度で自分に接する人々に囲まれていたこと。行く先々で召使いたちが自分におじぎをし、話しかければ額を地面にすりつけんばかりにして拝聴し、召使いや奴隷として自分に仕える人々に囲まれていたこと。

（本書二五二頁）

ラム・ダスとの出会いは、セーラの植民地時代の記憶の引き金となる。英国領インドに源があるのは、セーラの富だけではない。〈プリンセスらしさ〉もまた、植民地でイギリス人の少女が身につけた、人種的・国家的特権に支えられている。たとえ、召使い同然に落ちぶれても、自分のかけがえのなさの感覚が身にしみついている。それを再起動させたのが、植民地の支配者側に属しているという階層意識であった。

作者が帝国主義や植民地支配そのものに疑義を呈することはなく、既存の社会秩序を転覆させるまでには至らない。ラム・ダスにインドの召使いのステレオタイプを脱するほどの個性は与えられていない。大英帝国のモティーフはおとぎ話の構造のなかに取りこまれ、おとぎ話の転換点で主人公に自分のアイデンティティを再確認させる。ラム・ダスはセーラを幸せな結末へといざなうおとぎ話の「助け手」の役割を果たすのである。

マリー・アントワネット幻想

孤独なセーラは想像力を駆使してロールモデルに共感し、その人物に自己を重ねることで先に進む力を得る。

ラム・ダスの登場で、しばし思いをめぐらせたセーラに、やがて、「ある考えがよみがえってきた」。ぼろをまとっていても心はプリンセスでいられる、という考えだ。さらに、セーラは思う。外見を飾り立てているときにプリンセスであることは簡単だが、外見からわからないときにプリンセスでいられることこそが立派である、と。ここで、セーラが逆境における真の高貴さ（ノブレス）を体現するロールモデルとして挙げるのは、マリー・アントワネットである。大英帝国の植民地インドに育ち、英国軍人を父にもつセーラにしては意表をつく選択と思えるかもしれないが、セーラの亡き母はフランス人であることを忘れてはならない。

「（……）牢獄につながれていたときのマリー・アントワネットを思い出せばいいの。王妃の座を追われて、着るものといえば黒いドレスだけで、髪は真っ白になって、みんなから侮辱の言葉を投げつけられて、〈カペーの後家さん〉なんて呼ばれていた。でも、そのときのほうが、陽気に騒いで贅沢三昧の暮らしをしていた時代よりも、ずっと女王らしかったわ。わたしは、そのころのマリー・アントワネットがいちばん好き。どんなに群衆が罵声を投げつけても、マリー・アントワネットはひるまなかった。マリー・アントワネットは群衆よりはるかに強かった。断頭台に上げられたときでさえ」

（本書二五四―二五五頁）

セーラが語るマリー・アントワネット像は、英語圏では、まさに進行中のフランス革命にリアルタイムで警鐘を鳴らした、イギリスの政治家エドマンド・バーク（一七二九―一七九七）の『フランス革命についての省察』（一七九〇年）〔以降、光文社古典新訳文庫、二木麻里訳を参照）に端を発する。バークは知人のフランス人青年Ｃ・Ｊ・Ｆ・デュポンの質問への答えとして、書簡の体裁でこの大部の書物を出版した。革命勃発初期にもかかわらず、バークはフランス革命を破壊的で暴力的であると批判し、凄惨な流血の事態（一七九二年の九月虐殺や国王夫妻の処刑など）や、軍部を掌握した指導者の登場（ナポレオンの台頭）を予見した。この書物は出版されるや、革命賛成派、反対派のあいだで等しく大反響を巻き起こし、たちまち一一版を数える。フランスでもデュポンによる翻訳版が刊行されるや、奪いあいとなった。

バークは皇太子妃だったころのマリー・アントワネットに謁見を賜わり、強い印象を受け、「まるで地面に足が触れていなくて、地平線の上に浮いているようにみえました。まるで歩み入ろうとする高みに美と活気をあたえるように、暁の明星のように命と光輝と喜びに満ちて光り輝いていたものです」と記している。ところが、一七八九年一〇月六日、いわゆるヴェルサイユ行進で暴徒化した市民に手荒な扱いを受けながら、国王夫妻はパリに移される。バークは「高貴な人びとの受難」に「心が動かされ」、王妃の最期を予想する。

あの凱旋行進のもう一人の重要な登場人物、あの偉大な貴婦人が、あの日をしっかり耐え抜いたことを耳にして、とても嬉しく思っています。苦しむように生まれてきた人が、りっぱに苦しんでいるとき、誰でも心を打たれるものです。王妃はそれにつづく日々にもよく耐えています。夫の投獄と自身の幽閉、友人たちの亡命や慇懃無礼な言上、つみ重なる不幸のすべての重さを、静かにこらえているそうです。その身分と生まれにふさわしいかたちで、また信仰と勇気においてきわだっていたあの女帝「マリア・テレジア」の子にふさわしいありかたで、そうしているのです。

（バーク、一六三―一六四頁）

バークの予想は的中し、一七九三年一〇月一六日、マリー・アントワネットは断頭台の露と消える。その後も、フランス革命は多くの国々の注目を集めつづけた。なかでも一九世紀の英語圏に普及させたのは、トマス・カーライル（一七九五―一八八一）の大著『フランス革命史』（一八三七）だろう。本書の後半、第15章でアーメンガードの父親がこの本を娘に送り、セーラがそれを読むのを楽しみにしている（本書三一九頁）。バークの省察と趣を異にし、カーライルの記述には悲痛なドラマ性が際立つ。一方、革命の勃発と同時期に書かれ、皇太子妃との謁見の感動や王妃の「受難」に感銘を受けたバークの証言は、セーラの考えるロールモデルとしての王妃の原型にしずかな説得力を与える。

『小公女』におけるマリー・アントワネットへの言及は、セーラが将来に絶望しそうになるこの一回限りである。しかし、これは「ずいぶん前からセーラの頭の中にあった考え」で「心のなぐさめだった」（本書二五五頁）。セーラは正規の生徒だったころからフランス革命の本を読みあさり、バスティーユ監獄に長年繋がれた囚人たちに思いをはせている。この時点ではカーライルの著作を読んでいないので、バークやカーライルのダイジェスト版の革命史を読んでいたのだろうか。屋根裏部屋に追いやられてからの〈空想ごっこ〉では、自分と下働きのベッキーがバスティーユで隣同士の独房に繋がれた囚人、ミンチン先生が看守、ネズミのメルキゼデクが「バスティーユ監獄のネズミ」である（本書二一五頁）。

セーラはミンチン先生に無礼な言葉を浴びせられるたびに思う。「わたくしがその気になれば、手の一振りであなたを処刑することだってできるのですよ」。だが、大目にみてやるのは、「あなたはあわれで愚かで慈悲の心もない低俗な年寄りで、何の分別もない人間だから」（本書二五六頁）。こんなとき、セーラの想像はいかにも子どもらしい。セーラの考えるマリー・アントワネットの高貴さにはどこか幼さが否めないが、等身大の少女が非情なおとなに頭のなかで精いっぱい反撃するようすは、読者の共感を誘う。

少女たちの連帯へ

学校に入学したころのセーラはダチョウの羽根、アーミンの毛皮、ヴァランシエンヌ・レースをあしらった衣服を身にまとい、生徒たちの羨望の的となる。また、華奢な靴に包まれた彼女の小さな足は、シンデレラよろしく高貴さの証として受け止められる。同時に、これらの贅沢品は退廃や搾取の象徴になりえる。みずからも作家らしく「印刷（プリント）の言語」と衣服に贅を尽くす「布地（クロス）の言語」というふたつの言語を操っていたフランシスは、「ノブレス・オブリージ」の発想に与（くみ）して上流階級を理想化するとともに、階級社会の限界も意識していた。

ミンチン先生の学校では、服装が富と地位を表し、学校の内と外に厳然と存在する封建制度に個人がからめとられている。だれよりも贅沢な身なりをしたセーラが入学すると、それまでいちばん優遇されていたラヴィニアがセーラに場所を譲ることになる。

しかし、父の死と破産の知らせが届くと、ミンチン先生はセーラから華やかな服や安らいで寝起きできる部屋を奪う。即物的な衣服と居場所とともに抽象的な社会的地位をはぎ取られ、出自の階級から追放されたセーラは、周縁に追いやられる。そして、自分のアイデンティティは外的属性に由来するのではなく、自分の知性と道徳観に成型されることを学ぶ。

セーラはマリー・アントワネットをロールモデルとするプリンセスであり、お話を空想してつまらない世界をすばらしい世界に思わせてくれる語り手であり、雑用係として労働で学校を支える働き手である。また、ほかの少女たちの勉強を助け導く教師であり、小さなロティの母親も務める。本書は想像力の効用を説くが、セーラは本を読んだり、物語を語ったりするだけでなく、世のなかで行動するすべをみいだしていく。

どんな〈空想ごっこ〉もひもじさを追いやることができなくなった、ひどく寒いある日、セーラは道路のぬかるみに落ちていた四ペンス銀貨を拾う。その四ペンスで手に入れた六個の焼きたての丸パンのうち五個を、自分より飢えている少女に与えた（第13章）。物語の終盤近く、失われた財産を回復したセーラは、その子が忘れられず、貧しい子どもたちのためにパンを無料で提供するプロジェクトを、パン代は自分がもつという条件でパン屋に申しでる。

セーラが〈民衆の一人〉と認識したその少女アンは、物語の最後の場面では、小ぎれいな身なりで、パン屋の手伝いをしている。パン屋を訪れたセーラとアンが互いにみつめあう。フランシスのプロット＝フェミニズムが汲みとれる場面だ。ここには階級を超えた少女たちの友情と連帯への希望がある。富と特権に恵まれたひとは、自分の選択に責任がある。よって、社会の安寧のために献身し、外見と同じように内面も行動も立派であらねばならぬ、と「心のプリンセス」セーラは学んだのである。〈民衆の一人〉にパンを与えることで。

〈参考文献〉

Diver, Maud. *The Englishwoman in India*. William Blackwood & Sons, 1909.
George, Rosemary M. "British Imperialism and US Multiculturalism: The Americanization of Burnett's *A Little Princess*." *Children's Literature*, vol. 37, 2009, 137–64.
Gruner, Elisabeth R. "Cinderella, Marie Antoinette, and Sara: Roles and Role Models in *A Little Princess*." *The Lion and the Unicorn*, vol. 22, no. 2, 1998, 163–87.
Jeikner, Alex. "What a True Princess Wears: Dress, Class, and Social Responsibility in Frances Hodgson Burnett's *A Little Princess*." *International Research in Children's Literature*, vol. 12, issue 2, 2019, 208–19.
Kawabata, Ariko. "The Story of the Indian Gentleman: Recovery of the English Masculine Identity in *A Little Princess*." *Children's Literature in Education*,vol. 32, 2001, 283–93.
McGillis, Roderick. *A Little Princess: Gender and Empire*. Twayne, 1996.
Thwaite, Ann. *Waiting for the Party: The Life of Frances Hodgson Burnett 1849-1924*. Faber, 1994.
バーク、エドマンド作、二木麻里訳『フランス革命についての省察』二〇二〇年、光文社古典新訳文庫

バーネット年譜

一八四九年

一一月二四日、イングランドのマンチェスターで、銀製・鉄製の高級装飾器具の商売を手がける父エドウィン・ホジソン、母イライザの娘として生まれる。フランシスは、ふたりの兄の後に生まれた長女にあたり、のちに妹がふたり生まれる。三歳年下の妹イーディスは、そのかわらぬ愛情によって、生涯フランシスを支えつづけた。

一八五三年　四歳

父エドウィン、三八歳の若さで急逝。

一八五四年　五歳

母イライザはマンチェスター市内で引っ越しを繰り返すが、最終的に夫の店舗を売却する。

フランシス、上流階級の子女のための私立学校に入学する（この学校での経験が、フランシス自身をモデルとする『セーラ・クルー』や『小公女』に生かされているといわれている）。

一八六五年　一六歳

母イライザの兄の勧めにより、ホジソン一家は米国テネシー州へ移住。苦しい生活は変わらず、丸太小屋生活を余儀なくされる。

一八六八年 一九歳
最初の短編小説「心とダイヤモンド」("Hearts and Diamonds")が女性向け雑誌に掲載される。

一八七三年 二四歳
眼科医スワン・バーネットと結婚。

一八七四年 二五歳
第一子、ライオネル誕生。

一八七六年 二七歳
『スクリブナー』誌上で、最初の長編小説となる「ローリー家の娘」("That Lass O'Lowrie's")の連載が始まる。
第二子、ヴィヴィアンがパリで誕生。
この頃から、過労による神経衰弱にしばしば悩まされるようになる。

一八八五年 三六歳
『セント・ニコラス』誌上で「小公子」("Little Lord Fauntleroy")の連載が始まる。

一八八六年 三七歳
『小公子』(*Little Lord Fauntleroy*)が英米でほぼ同時に発売され、ベストセラーとなる。

一八八七年 三八歳
『セント・ニコラス』誌上で、のちの『小公女』(*A Little Princess*)の元となる「セーラ・クルー」("Sara Crewe")の連載が始まる。
ロンドン、テリーズ劇場で『ほんとうの小公子』(*The Real Little Lord Fauntleroy*)

公演。

一八八八年　三九歳

ボストンで『小公子』公演。

ブロードウェイで『小公子』公演。

児童小説『セーラ・クルー』(*Sara Crewe*)が英米でほぼ同時に発売される。

一八九〇年　四一歳

長子ライオネルが結核に罹る。ライオネルの療養のため、フランシスはふたりの息子を連れてヨーロッパの高級保養地へ行く。

ライオネル、パリにて死去。享年一六。

★一八九〇年〜一八九二年

若松賤子(わかまつしずこ)が『女学雑誌』誌にバーネットの"Little Lord Fauntleroy"を「小公子」として翻訳連載する。言文一致体による生き生きとした訳文として好評を博し、坪内逍遙や森田思軒などにも絶賛された。

★一八九三年〜一八九四年

若松賤子が『少年園』誌にバーネットの"Sara Crewe"を「セーラ・クルーの話」として翻訳連載する。

一八九八年　四九歳

離婚の手続きを済ませて、妹イーディスと英国へ出発。ケント州メイサム館に居を構え、この後、約一〇年間の住処とする。

一九〇〇年　五一歳

医師であり、素人役者でもあったスティーヴン・タウンゼンドとイタリアで結婚。

一九〇二年　五三歳
タウンゼンドとの結婚生活が破綻。
ロンドン、シャフツベリー劇場で『小公女』公演。

一九〇三年　五四歳
ニューヨーク、クライテリオン劇場で『小公女』公演。

一九〇五年　五六歳
アメリカ合衆国の国籍を取得。
『セーラ・クルー』と戯曲『小公女』を元に書かれた小説『小公女』が完成、英米でほぼ同時に発売される。

一九〇八年　五九歳
メイサム館のリースが切れたのを機に、ニューヨーク州ロングアイランドに土地を購入、イタリア風の邸宅の建設に着手する。

一九一〇年　六一歳
『ザ・アメリカン・マガジン』誌上で「秘密の花園」（"The Secret Garden"）の連載が始まる。

一九一一年　六二歳
『秘密の花園』（*The Secret Garden*）が英米でほぼ同時に発売される。

一九二四年
一〇月二九日、ニューヨーク州ロングアイランドの自宅にて死去。享年七四。

訳者あとがき

本書は、フランシス・ホジソン・バーネット著 *A Little Princess*（SEAWOLF PRESS）の全訳です。

原題の意味は、「小さなプリンセス」。ただし、「プリンセス」と言っても、主人公セーラ・クルーは王族の血を引く娘というわけではありません。セーラにとって、プリンセスとは、「ものすごくお金持ちで人々からかしずかれる地位にある尊い人」という意味ではなく、「いつも自分の幸せより他人の幸せを思いやる気高い心を持った人」という意味なのです。

セーラは、お金持ちの家の娘でした。インドで生まれ、イギリスのロンドンで教育を受けるために、一人でミンチン先生の経営する上流女子寄宿学校に入学します。

セーラのお母さまはセーラを出産したときに亡くなっており、セーラはイギリス軍人のお父さまと二人暮らしでしたが、セーラをロンドンの学校に入学させたあと、お父さまはインドで親友とダイヤモンド鉱山の開発に乗り出し、事業が軌道に乗る前に熱病にかかって亡くなってしまいます。財産をすべて鉱山事業につぎこんでいたので、お父さま亡きあと、セーラは身よりもなく、相続する財産もなくて、無一文の孤児（みなしご）になってしまいました。

　セーラがお金持ちの娘だったころは、寄宿学校では特別寄宿生として下にも置かぬ待遇を受けていましたが、計算高い校長のミンチン先生は、無一文になってしまったセーラに対する態度をがらりと変え、さっそくその日から屋根裏部屋へ追いやって、学校の小間使いとして次から次へとつらい仕事にこき使い、食事もろくに与えなくなりました。

　雪の降るロンドンの寒い冬、雪と泥のぬかるみに滑って転びながら、セーラはあちこちへ買い物に行かされます。全身ずぶ濡れになって凍え、空腹で目が回りそうになっていたとき、セーラは道に落ちていた小銭を拾い、それで焼きたてのパンを買います。けれども、パン屋の店先にすわりこんで寒さと飢えに苛（さいな）まれていた少女を見過ごすことができず、自分が食べようと思って買ったパンのほとんどをその少女にあげてしまいます。そんなときにセーラの心を支えていたのは、「自分はどんなときもプリンセスの心がけを忘れたくない。困っている人がいたら救いの手を差し伸べるのがプリンセスだ」という気高い思いでした。
ある日、女子寄宿学校の隣の空き家にインド帰りの紳士が引っ越してきました。その紳士は親友の忘れ形見の女の子を探しており、その子が見つからないので心を痛めていました……。

『小公女』は、これまで多くの翻訳が出ています。その中に菊池寛の翻訳もあるのですが、菊池寛は物語の冒頭部分に独自の「はしがき（父兄へ）」と題した文章を付け足していて、それがなかなか面白いので、ここに紹介しておきたいと思います（アマゾンのKindle版より引用。底本は『小學生全集第五十二巻　小公女』興文社、文藝春秋社　一九二七（昭和二）年一二月一〇日発行）。

はしがき（父兄へ）
この『小公女』という物語は、『小公子』を書いた米国のバァネット女史が、その『小公子』の姉妹篇として書いたもので、少年少女読物としては、世界有数のものであります。

『小公子』は、貧乏な少年が、一躍イギリスの貴族の子になるのにひきかえて、この『小公女』は、金持の少女が、ふいに無一物の孤児（みなしご）になることを書いています。しかし、強い正しい心を持っている少年少女は、どんな環境にいても、敢然（かんぜん）としてその正しさを枉（ま）げない、ということを、バァネット女史は両面から書いて見せたに過ぎないのです。

『小公子』を読んで、何物かを感得された皆さんは、この『小公女』を読んで、また別な何物かを得られる事と信じます。

昭和二年十二月

菊池　寛

それにしても、『小公女』の主人公セーラの「敢然としてその正しさを枉げない」

強さは、ちょっと現実離れしていて、翻訳しながら、とても面白く書かれた物語ではあるけれど、こんなに出来すぎた主人公はかわいげがないな、と思うときも正直ありました。訳者の個人的な感想を述べさせていただくならば、セーラが最愛の父の死去を知ったあとベッキーに同情されて思わず泣いてしまう場面、どんなに話しかけても返事をしてくれないお人形のエミリーに当たり散らしてしまう場面、意地悪なミンチン先生を殺してしまう(!)展開を妄想する場面など、セーラらしくない側面の描かれているところが好きです。

テクニカルな問題について、いくつか触れておきます。

挿絵について。

バーネットの主要作品発表から約百年たったのを記念して初版を再現する形で出版されたSEAWOLF PRESSの*A Little Princess*には、初版に挿絵を描いたエセル・フランクリン・ベッツの絵が再録されています。ただ、SEAWOLF版の挿絵は画質が悪いので、今回の光文社古典新訳文庫にはSEAWOLF版のもとになったScribner版の、初版ではないものの一九二八年版の挿絵をカラー口絵として採用することとしました。

訳者としては、HarperFestival（A Division of HarperCollins Publishers）版に収録されているターシャ・テューダーの挿絵が好きなのですが、この版はミスプリントや抜けが何箇所もあり、翻訳の底本として使うことはできませんでした。


ロンドンのタウンハウスの構造について。

この物語の舞台となっているミンチン上流女子寄宿学校の舞台は、ロンドンの大きなタウンハウスです。タウンハウスというのは、何軒かの建物どうしが壁を共有して横につながりあっている構造で、『小公女』に出てくるタウンハウスは地上が四階まであり、そして半地下構造の地階があります。『ダウントン・アビー』をご覧になったことのある読者ならばご存じでしょうが、大きいお屋敷の地階は台所や使用人たちの部屋になっていて（セーラやベッキーのように最下層の小間使いは、地下ではなく、もっと寒い屋根裏に部屋をあてがわれていました）、多少の日光を取り込むために地階の周囲が掘り下げてあって（ドライエリアと呼ばれます）、地面の高さに黒い鉄のフェンスがめぐらされ、フェンスの切れたところに地下へ降りていく外階段がついていて、その階段を使えばお屋敷の正面玄関を通らなくても建物の地下部分に出入りできる構造になっています。ベッキーが初めてセーラの姿に見とれていたのは、この外階段を上がりきったあたりでした。セーラがお使いに出されるときも、この外階段を使い、お使いから帰ってきて隣のタウンハウスにインドの紳士が引っ越してきたようすを眺めていたのも、この外階段から地下へ降りるときのことでした。

発音と表記について。

　主人公Saraの発音は、ほんとうは「セァラ」で、しかも「ラ」の音は舌を巻き上げて発音する「r（アール）」の音です。「セーラ」と書くと、日本語ではつい「ラ」の音を「l（エル）」で発音しがちなので、今回の翻訳ではどうしようかとずいぶん迷ったのですが、昔からいろいろな人の翻訳で「セーラ」と表記されることが多かったし、訳者自身も小さいころから「小公女セーラ」という名前に親しんできたので、「セーラ」と表記することにしました。

　セーラと親友になったアーメンガード・セントジョン嬢の名字は、St. Johnなので、「**セン**ジョン」とか「**シン**ジョン」と発音されるのが普通なのですが、これも字面を優先して「セントジョン」と表記しました。ファーストネームのほうは、「**ア**ーメンガード」と、最初の母音にアクセントがあります。

セーラの屋根裏部屋に登場するネズミのメルキゼデクの発音は、「メル**キ**ゼデク」と、「キ」の音にアクセントがあります。それにしても、屋根裏部屋のネズミに旧約聖書に出てくる王様の名前をつけるなんて、セーラはほんとうにおもしろい子です。

第10章に出てくる「モンモランシー家」の子供たちの名前ですが、これは英語とフランス語の両方に通じているセーラならではの英仏ごちゃ混ぜの命名です。名字のモンモランシー（Montmorency）はフランス風の読みかたにしましたが、英語読みだと「モントモレンシー」となります。エセルバータ・Beauchamp・モンモランシーのミドルネームは、英語読みでは「ビーチャム」なのですが、フランス語好きのセーラはフランス語読みで発音したのかな、などと想像して、「ボーシャン」としました。赤ちゃんのヴァイオレット・Cholmondeley・モンモランシーのミドルネームは、英語読みだと「チャムリー」（つづりからは想像しにくいのですが、古いノルマン系フランス人の名前を英国人が読めなかったのでチャムリーという発音になった、という説がありますす）なのですが、これもフランス風に「コルモンドレー」としました。セーラに無理に六ペンスを「恵んで」くれた男の子Guy Clarenceの名前は、英語読みでは「ガイ・クラランス」ですが、Guyをフランス語風に「ギー」としました。こんな具合で、英語読みとフランス語読みがごちゃ混ぜなのですが、このほうがセーラらしいのではないかと想像しています。

『秘密の花園』の文章もそうでしたが、『小公女』は児童文学とされているわりに文章がそっけなく、理屈っぽく、頭でっかちで――つまり、子供の読者をとくに想定したとは思えない印象の文章でつづられています。発表されたのが一九〇五年ですから、英語が時代がかっている印象も否めません。でも、そんな特徴も含めて、今回の翻訳ではなるべく原文の雰囲気をそのまま伝えるように訳しました。ちょっと気難しい感じの文章ですが、読み慣れてくると、これはこれでバーネット女史らしくていいのではないか、という気がしてきます。気難しい文章のところどころに、たまにユーモアが隠れていて、それもまたクスッと笑える魅力です。

最後になりましたが、本書を翻訳する機会を与えてくださった光文社古典新訳文庫の編集長中町俊伸氏と、編集を担当しScribner版の挿絵を入手してくださった副編集長小都一郎氏に感謝を申し上げます。また、精確な原稿チェックでこの作品を世に出しても恥ずかしくない文章に仕上げてくださった校閲の方々にも、心からのお礼を申し上げます。

二〇二〇年一一月

土屋京子

本文中に、親や保護者をなくし、住むところがなく街を放浪している子供を指して「浮浪児」という言葉が用いられています。今日の観点からすると、不快・不適切とされる呼称ですが、本作品群が成立した一九〇五年当時のイギリスおよびアメリカの時代背景と、本作の歴史的価値および文学的価値を考慮したうえで、原文に忠実に翻訳することを心がけました。差別の助長を意図するものではないということをご理解ください。

編集部

小公女（しょうこうじょ）

著者 バーネット
訳者 土屋京子（つちやきょうこ）

2021年4月20日 初版第1刷発行

発行者 田邉浩司
印刷 萩原印刷
製本 ナショナル製本

発行所 株式会社光文社
〒112-8011東京都文京区音羽1-16-6
電話 03（5395）8162（編集部）
03（5395）8116（書籍販売部）
03（5395）8125（業務部）
www.kobunsha.com

落丁本・乱丁本は業務部へご連絡くだされば、お取り替えいたします。
ISBN978-4-334-75442-6 Printed in Japan

いま、息をしている言葉で、もういちど古典を

長い年月をかけて世界中で読み継がれてきたのが古典です。奥の深い味わいある作品ばかりがそろっており、この「古典の森」に分け入ることは人生のもっとも大きな喜びであることに異論のある人はいないはずです。しかしながら、こんなに豊饒で魅力に満ちた古典を、なぜわたしたちはこれほどまで疎んじてきたのでしょうか。

ひとつには古臭い教養主義からの逃走だったのかもしれません。真面目に文学や思想を論じることは、ある種の権威化であるという思いから、その呪縛から逃れるために、教養そのものを否定しすぎてしまったのではないでしょうか。

いま、時代は大きな転換期を迎えています。まれに見るスピードで歴史が動いていくのを多くの人々が実感していると思います。

こんな時わたしたちを支え、導いてくれるものが古典なのです。「いま、息をしている言葉で」——光文社の古典新訳文庫は、さまよえる現代人の心の奥底まで届くような言葉で、古典を現代に蘇らせることを意図して創刊されました。気取らず、自由に、心の赴くままに、気軽に手に取って楽しめる古典作品を、新訳という光のもとに読者に届けていくこと。それがこの文庫の使命だとわたしたちは考えています。

このシリーズについてのご意見、ご感想、ご要望をハガキ、手紙、メール等で翻訳編集部までお寄せください。今後の企画の参考にさせていただきます。
メール　info@kotensinyaku.jp

★続刊

戦争と平和5　トルストイ／望月哲男・訳

モスクワに入ったフランス軍はたちまち暴徒と化し、放火か失火か、市内は大火で焼かれてしまう。使命感からナポレオン殺害を試みるピエール。退去途中で偶然、重傷のアンドレイを見つけたナターシャは、懸命の看護で救おうとするのだが……。

フロイト、夢について語る　フロイト／中山 元・訳

主著『夢解釈』を刊行後も、フロイトは次々と増補改訂を行い、さまざまな論考で自説を補足してきた。本書は、その後の「メタ心理学」の構想を境として、夢についての考察、理論がどのように深められ、展開されたかを六つの論考からたどる。

アルプスの少女ハイジ　ヨハンナ・シュピリ／遠山明子・訳

アルプスの山小屋に住む祖父に預けられたハイジは、たちまち山の生活にも慣れ、大自然のなかで成長していく。でもある日、ゼーゼマン家の足の不自由な娘クララの遊び相手として、都会の家に住み込むことになり……。挿絵多数で贈る新訳！